MIRA®

Der Preis dieses Bandes versteht sich einschließlich der gesetzlichen Mehrwertsteuer.

Umwelthinweis:
Dieses Buch wurde auf chlor- und säurefreiem Papier gedruckt.

Morgen, Mädels, wird's was geben

MIRA® TASCHENBUCH
Band 25628
1. Auflage: November 2012

MIRA® TASCHENBÜCHER
erscheinen in der Harlequin Enterprises GmbH,
Valentinskamp 24, 20354 Hamburg
Geschäftsführer: Thomas Beckmann

Titel des Originalbandes: Better Naughty Than Nice
Deutsche Taschenbucherstausgabe

Titel der nordamerikanischen Originalausgaben:

No Mistletoe Required

erschienen bei: Harlequin Books, Toronto

Her Secret Santa

erschienen bei: Harlequin Books, Toronto

Snug In His Bed

erschienen bei: Harlequin Books, Toronto

Published by arrangement with
HARLEQUIN ENTERPRISES II B.V./S.àr.l.

Konzeption/Reihengestaltung: fredebold&partner gmbh, Köln
Umschlaggestaltung: pecher und soiron, Köln
Redaktion: Mareike Müller
Titelabbildung: iStock; Thinkstock/Getty Images, München;
pecher und soiron, Köln
Satz: GGP Media GmbH, Pößneck
Druck und Bindearbeiten: CPI – Ebner & Spiegel, Ulm
Printed in Germany
Dieses Buch wurde auf FSC®-zertifiziertem Papier gedruckt.
ISBN 978-3-86278-475-2

www.mira-taschenbuch.de

Vicki Lewis Thompson

Süßer als ein Zimtstern

Roman

Aus dem Amerikanischen von
Andrea Cieslak

MIRA®

PROLOG

Die Moralpredigt kann losgehen, dachte Damon Claus und nahm gelassen noch einen Zug von seiner Zigarette. *Wieder ein Jahr um, wieder Weihnachten, wieder die alte Leier.* Er blies ein paar blaue Rauchwölkchen in die Luft und lächelte, als sie sich auf magische Weise in hübsche Brüste verwandelten.

„Hör auf damit“, ermahnte ihn sein Bruder, der im Sessel am flackernden Kaminfeuer saß. „Die Zwerge könnten es sehen.“

Zum Teufel mit den ewig nur Gutes tuenden kleinen Kerlen in Grün, fluchte Damon im Stillen. Er hatte sie schon immer gehasst. Es war für ihn schon schlimm genug, der Bruder der berühmtesten Symbolfigur der ganzen Menschheit zu sein – des großartigen Santa Claus –, aber ständig die Zwerge und ihr „Engagement für die Sache“ vorgehalten zu bekommen, sorgte bei Damon für Groll. Er lehnte sich an den Kaminsims und begann, ohne sich etwas dabei zu denken, die Nussknacker in anstößigen Positionen anzuordnen.

Leise grummelnd stellte Santa seinen heißen Kakao beiseite und erhob sich schwerfällig aus dem weichen Sessel. „Oh, Liebe unterm Mistelzweig“, murmelte er. Er entwirrte die kleinen Figuren und stellte sie wieder aufrecht hin. „Damon, das geht nun schon lange genug so. Du bist ein Claus wie ich – du wirst anfangen müssen, dich entsprechend zu benehmen. Steig mit ins Geschäft ein“, bat er seinen Bruder eindringlich wohl zum hundertsten Mal. „Ich übertrage dir die Verantwortung für die Ställe. Du konntest schon immer gut mit Tieren."

Damon schnaubte verächtlich. Ein Stallbursche? Eine Scheinaufgabe, nur um ihn ruhigzustellen? Er dachte nicht daran. „Sorry", erwiderte er. „Kein Interesse."

Santas normalerweise heitere Miene wurde ernst. „Das habe ich befürchtet. Dich scheint einzig und allein zu interessieren, dich über die Familientradition hinwegzusetzen und in unserer Hauptsaison Unheil zu stiften. Dank der zunehmenden Vermarktung der Feiertage herrscht ja in der Zwischenzeit fast überall Weihnachtsstimmung, aber dir macht es offensichtlich nur Spaß, neue Wege zu finden, die Menschen unglücklich zu machen, den Schmuck vom Christbaum am Times Square abzureißen, die Weihnachtsparade zu sprengen ..."

Damon grinste. Das waren einige seiner Meisterstücke gewesen.

„Ganz zu schweigen davon, wie du in meine Rolle geschlüpft bist und im größten Spielwarenladen von New York Kondome verteilt hast."

„Ich habe lediglich für Safer Sex geworben", verteidigte sich Damon mit Unschuldsmiene. Aus den Augenwinkeln sah er die Liste auf dem Schreibtisch seines Bruders, und schon formte sich in seinem Kopf ein neuer Plan. „Was war daran schlecht?"

Statt darauf zu antworten, schaute Santa nur himmelwärts, als ob er Geduld aus einer göttlichen Quelle erflehte. „Ich bitte dich als dein Bruder, nicht als Santa

Claus: Bitte, bitte, *bitte* lass dieses Jahr deine üblichen Possen. Nach neuesten Umfragen betrachten immer mehr Erwachsene Weihnachten eher als eine Last denn als Freude, und die Anzahl der Kinder, die nicht mehr an mich glauben, ist deprimierend hoch." Santa seufzte, wobei sein riesiger Bauch den Gürtel seines Morgenmantels zu sprengen drohte, und nahm einen Keks vom Teller. „Ich bin jetzt mehr denn je darauf angewiesen, dass du dich benimmst."

Mich benehmen, dachte Damon bitter. Nicht richtig mitmachen, nicht ernsthaft helfen. Nur benehmen. So war es schon immer gewesen. Als erstgeborener Sohn hatte Santa die Position des Oberhaupts der Weihnachtsfamilie – die Geschäftsleitung, wenn man so wollte – geerbt. In Damon hingegen hatte man immer nur das schwarze Schaf gesehen. Als Kind hatte er sich schlecht benommen, um Aufmerksamkeit auf sich zu ziehen. Später war er auf Dauer in die Rolle des Unruhestifters geschlüpft.

Insgeheim musste er zugeben, dass ihm sein Part gefiel.

Er schlenderte zum Christbaum und ließ die Liste im Vorbeigehen unauffällig unter seinem Mantel verschwinden, während er so tat, als ob er den neuesten Baumbehang, eine kleine Schneekugel mit einer malerischen Weihnachtsszene, bewunderte.

„Was meinst du dazu, Damon? Kannst du das? Kannst du gut sein?"

Sicher, dachte Damon. Besonders gut war er darin, schlecht zu sein.

1. KAPITEL

Verdammt, sie ist immer noch heiß. Riley Kinnard sah aus dem Fenster des Kleinbusses, der ihn vom Tucson International Airport zu dem Haus gefahren hatte, in dem er die ersten achtzehn Jahre seines Lebens verbracht hatte. Auf der anderen Straßenseite war seine Freundin Hayden, mit der er während der Highschoolzeit zusammen gewesen war, damit beschäftigt, den Vorgarten weihnachtlich herzurichten. Vor Kurzem hatte sie ihren Eltern das Haus abgekauft und wollte jetzt offensichtlich genauso darin leben, wie sie es getan hatten. Wenn Riley gehofft hatte, sich über seine Gefühle klar zu werden, bevor er Hayden Manchester begegnete, hatte er sich also getäuscht.

Einfach ins Haus zu gehen, ohne sie zu begrüßen, wäre unhöflich und darüber hinaus feige gewesen. Hayden wusste, dass er kam, und hatte den Shuttlebus wahrscheinlich gehört, auch wenn sie ungerührt fortfuhr, den Hammer zu schwingen. Als er ausstieg und zum Heck des Busses ging, wo sein Koffer verstaut war, fielen ihm die Worte seiner Mutter ein: *Es ist schade, dass wir ausgerechnet jetzt, wo du zu Vorstellungsgesprächen kommst, die Kreuzfahrt machen. Aber wenn du tatsächlich wieder hierherziehst, ist es ja nicht so schlimm. Wir werden Hayden sagen, dass sie sich nicht um die Post zu kümmern braucht. Und falls du dich aus Versehen aussperren solltest, denk daran, dass sie einen Schlüssel hat.*

Die Manchesters und die Kinnards hatten für den Notfall schon vor fünfunddreißig Jahren Haustürschlüssel ausgetauscht. Als Kind war Riley dafür bekannt gewesen, sich ständig selbst auszuschließen. Hayden nicht. Sie machte alles richtig. Soweit Riley es beurteilen konnte, war sie immer perfekt gewesen.

Sie war es heute noch. Ihr brauner Pferdeschwanz glänzte in der Nachmittagssonne, als sie mit ihrem gebräunten Arm zum nächsten Hammerschlag ausholte. Damals war sie, groß und sportlich, ein Ass im Basketball gewesen, eine hervorragende Schülerin – und seine erste Liebe. Weil sie sich beim Arbeiten vorbeugen musste, kam ihr Po in der engen Capri-Jeans besonders gut zur Geltung. Wie früher löste der Anblick eine Welle des Verlangens in Riley aus.

Die Neuigkeit, dass Hayden Los Angeles verlassen und das Haus ihrer Eltern, die in den Staat Washington gezogen waren, gekauft hatte, hatte ihn zunächst nicht sehr berührt. Die Sache mit Hayden und ihm war Geschichte. Doch die Geschichte sah viel besser aus, als er sie in Erinnerung hatte.

Der Chauffeur hievte Rileys Koffer aus dem Bus und stellte ihn auf den Asphalt. Riley war so beschäftigt damit, Hayden zu beobachten, dass er den Mann beinahe ohne Trinkgeld hätte gehen lassen. In letzter Minute holte er seine Brieftasche hervor und gab ihm fünf Dollar. Kurz danach fuhr der Shuttlebus ab.

Als ob sie nur darauf gewartet hatte, versetzte Hayden dem Sperrholz einen letzten Schlag. Dann richtete sie sich auf und drehte sich zu Riley um. Sie ließ den Hammer von der rechten Hand baumeln und rückte ihre Designersonnenbrille mit der linken zurecht. „Was ist? Hast du Chicago satt?"

Kein Gruß, keine höflichen Floskeln. Offenbar war sie auch nach zehn Jahren noch immer wütend auf ihn. Ja, sie hatte ihn dabei erwischt, wie er Lisa Trenton am Abend ihrer Schulabschlussfeier geküsst hatte. Er war angetrunken gewesen und sehr dumm, doch als er versucht hatte, Hayden alles zu erklären, hatte sie sich völlig unversöhnlich gezeigt.

Riley hatte angenommen, dass die Wunde längst verheilt war. Vielleicht war das ein Irrtum gewesen. Er schob seine Ray-Ban-Sonnenbrille an seinem Nasenrücken hoch. „Chicago ist toll, aber die Winter dort sind es nicht."

„Hätte ich dir gleich sagen können." Langsam schwang sie den Hammer hin und her.

Er lachte. Nichts hatte sich geändert. Hayden wusste immer noch alles besser. „Im Job habe ich großartige Erfahrungen sammeln können. Doch nach fünf Wintern mit Eis und Schnee habe ich genug von der Stadt. Da wir gerade beim Thema Umzug sind: Was macht eine Frau, die in Hollywood für das Szenenbild verantwortlich ist, zu Hause in Tucson?" Er musste sich sehr beherrschen, um nicht auf ihre Brüste zu starren.

Sie hatte einen Werkzeuggürtel um ihre Taille geschnürt, sodass das schwarze Tanktop über ihren

Brüsten spannte. Das Shirt warb für den Film „Transformers", und wohl noch nie hatten technische Monster so verführerisch gewirkt. Haydens Brüste waren die ersten gewesen, die er je berührt hatte. Sie so provozierend in dem engen Top präsentiert zu sehen, katapultierte ihn zurück in seine hormongesteuerten Teenagerjahre.

„Ich bin beruflich sowieso viel unterwegs. Da habe ich mir überlegt, dass ich auch ebenso gut hier wohnen kann. Mein Dad hat einen tollen Job in Washington bekommen, deshalb sind meine Eltern umgezogen." Sie zuckte mit den Schultern, wodurch sich ihre Brüste aufreizend bewegten. „Ich wollte nicht, dass Fremde im Zuhause meiner Kindheit wohnen."

Riley fand sie einfach wundervoll. Mit ihren hohen Wangenknochen und dem ausdrucksvollen Mund hätte sie auch als Model Karriere machen können.

Wie magisch von ihr angezogen kam er näher. „Ja, es wäre seltsam, keine Manchesters mehr als Nachbarn zu haben." Sie hatte demnach immer noch eine sentimentale Ader. Er fragte sich, ob sie auch sentimentale Erinnerungen an ihre Jugendliebe hatte. Eher unwahrscheinlich, dachte er. Schließlich hatte ihre Beziehung böse geendet: Hayden hatte ihn einen treulosen Bastard genannt und er sie eine kaltherzige Ziege.

Er wünschte, sie würde die Sonnenbrille abnehmen. Früher hatte er immer gut in ihren großen braunen Augen lesen können. Beim Sex hatten sie eindeutig vor Glück geleuchtet. Doch als er zum letzten Mal in sie geschaut hatte – war es wirklich zehn Jahre her? – hatte er in ihrem Blick nichts gesehen außer flammenden Zorn.

Nun, er würde diesen Vorfall gewiss nicht erwähnen. Hayden war damals fest von seiner Schuld überzeugt gewesen, und die Jahre schienen sie kein bisschen versöhnlicher gestimmt zu haben. Er aber hatte es nicht nötig, sich an eine Frau zu hängen, die andere so schnell verurteilte. Ihre Unerbittlichkeit hatte ihn tief getroffen.

Riley verdrängte seine Gefühle und deutete auf das, was Hayden aufbaute. „Wie ich sehe, hältst du an der Tradition fest."

„Nun, ja." Sie schaute auf ihr halb fertiges Werk. „Mom und Dad kommen Heiligabend zu Besuch, und ich brachte es nicht über mich, den Vorgarten nicht zu schmücken, auch wenn deine Eltern nicht mehr mitmachen."

„Sie haben mir schon erzählt, dass sie dieses Jahr nicht viel aufgestellt haben." Riley war so beschäftigt mit Hayden gewesen, dass er das Haus seiner Eltern noch nicht einmal beachtet hatte. Nachdem Hayden ihn nun darauf aufmerksam gemacht hatte, musste er zugeben, dass die drei beleuchteten Drahtbäume auf dem Rasen ziemlich verloren wirkten.

Nicht viele Grundstücke in Tucson hatten Rasen, da die meisten Eigentümer Kakteen und Kies bevorzugten. Kein Wunder, schließlich lag Tucson in der Wüste, und es war das ganze Jahr über heiß. Die Manchesters und die Kinnards jedoch hatten Grünflächen angelegt, weil sie die ideale Grundlage für ihre aufwendigen Weihnachtsdekorationen waren.

Früher war der Wettstreit zwischen den beiden Familien um die ausgefallenste Installation zu den Feiertagen legendär gewesen. In Rileys und Haydens letztem Schuljahr hatten die Manchesters lebende Tiere für die Krippenszene importiert. Die Kinnards hatten reagiert, indem sie die Jungs vom Footballteam, einschließlich Riley, dazu gebracht hatten, sich als Zinnsoldaten zu kostümieren und zu den Klängen der Nussknacker-Suite im Garten zu marschieren. Stoßstange an Stoßstange hatten die Autos Schaulustiger in dem Jahr in der Straße geparkt, und sogar in den regionalen Abendnachrichten war über den Konkurrenzkampf berichtet worden.

Riley begutachtete, was Hayden bis jetzt errichtet hatte. „Ist das ein Farmhaus?"

„Genau. Diesmal wird es eine Retro. Weihnachten im Wilden Westen."

„Gute Idee. Dürfte nicht allzu schwer sein."

Trotzig hob sie das Kinn. „Das kommt darauf an, wie es gemacht wird."

Er nahm den Fehdehandschuh, den sie ihm hinwarf, nicht auf. Diese Woche hatte er einige Vorstellungsgespräche zu führen, die ihm sehr wichtig waren, weil er unbedingt ins sonnige Tucson zurückkehren wollte. Außerdem schienen seine Eltern glücklich mit den Drahtbäumen zu sein, die nach Einbruch der Dunkelheit sicher auch bedeutend schöner aussehen würden.

Er lächelte gelassen. „Wie ich dich kenne, wird es

perfekt werden." Möglich, dass ein Hauch von Sarkasmus in der Bemerkung mitschwang. Alte Angewohnheiten ließen sich schwer ablegen.

„Darauf kannst du Gift nehmen."

Auf der anderen Straßenseite heulte ein V8-Motor auf. Riley drehte sich um und sah, dass sein Koffer seinem Nachbarn im Weg stand, der mit seinem liebevoll restaurierten roten Mustang rückwärts aus der Einfahrt setzte. David Faulkner liebte den Wagen leidenschaftlich, doch er war der schlechteste Fahrer in der Geschichte des Automobils. Unzählige Male hatte er den Mustang schon fast zu Schrott gefahren. Einmal hatte er beim Zurücksetzen sogar einen Müllwagen übersehen. Die Chance, dass er den Koffer bemerkte, war demnach gleich null.

„Entschuldige." Riley rannte über die Straße und riss den Koffer gerade noch rechtzeitig beiseite.

David trat hart auf die Bremse. „Riley Kinnard! Deine Mutter hat erzählt, dass du diese Woche hier bist. Willkommen zu Hause!"

„Danke, Mr Faulkner." Riley stellte fest, dass die Schläfen seines Nachbarn leicht ergraut waren und sich ein paar Lachfältchen mehr um die blauen Augen eingegraben hatten, doch ansonsten sah er noch genauso aus wie früher: freundliches Lächeln, Nickelbrille, hagere Gestalt. Er und seine Frau lehrten beide an der Universität.

„Hey, Riley. Ich bin nur fünfzehn Jahre älter als du. Nenn mich ruhig David, damit ich mich nicht wie ein Relikt aus der Steinzeit fühle."

„Okay, natürlich." Riley fragte sich allerdings, ob er das wirklich könnte. Die Faulkners waren frisch verheiratet nebenan eingezogen, als er gerade sieben Jahre alt gewesen war. Selbst kinderlos, hatten sie die Sprösslinge der Nachbarschaft verwöhnt. Rileys Eltern hatten ihm beigebracht, alle Erwachsenen mit Nachnamen anzureden, und das schloss die Faulkners mit ein.

„Pass auf, deine Mutter hat dir bestimmt reichlich zu essen in den Kühlschrank gestellt", meinte David, „aber Marlena und ich würden dich gern zu uns einladen."

„Danke." Riley hatte insgeheim sogar auf eine Einladung gehofft. Wenn sich nichts geändert hatte, dann deckten die Faulkners den Tisch üppig. Und Davids Bierbrot war sensationell.

David lehnte sich aus dem Autofenster. „Du solltest auch kommen!", rief er Hayden zu. „Marlena will noch viel mehr über all die Stars wissen, die du kennst. Wie wäre es heute Abend?"

Hayden zögerte lange genug, um Riley ahnen zu lassen, dass sie lieber eine Wurzelbehandlung beim Zahnarzt erdulden würde, als einen Abend mit ihm zu verbringen. Ihr Groll gegen ihn saß anscheinend sehr tief. Warum auch nicht? Schließlich war es bei ihm nicht anders. Sie hatte ihm das Herz gebrochen, was besonders schwer wog, wenn man achtzehn und zum allerersten Mal verliebt war. Oder verrückt vor Lust. Sie hatten viel Sex gehabt, und bei tollem Sex konnte es passieren, dass die Grenze zwischen Liebe und

Lust verwischte – vor allem, wenn man achtzehn war.

„Ich hatte eigentlich andere Pläne", antwortete Hayden ausweichend.

David lächelte ihr zu. „Ich habe ein Stück Käsekuchen, da steht dein Name drauf."

Hayden erwiderte sein Lächeln. „Du weißt, dass ich deinem Käsekuchen nicht widerstehen kann. Ich werde meine Verabredung absagen. Was kann ich mitbringen?"

„Schlüpfrige Geschichten über Promis. Ein Abend mit dir ist spannender als eine Ausgabe vom ‚Enquirer'."

Erst nachdem Hayden zugestimmt hatte zu kommen, merkte Riley, wie sehr er sich wünschte, dass aus dem Treffen etwas wurde. Er versuchte, sich einzureden, dass es eine rein nostalgische Anwandlung war. Da seine Schwester Ginny acht Jahre älter war als er, hatte er schon in seiner frühen Kindheit viel Zeit mit der gleichaltrigen Hayden, die keine Geschwister hatte, verbracht. Sie hatten draußen herumliegenden Kram gesammelt, um damit Festungen in der Wüste zu bauen, woraus im Laufe der Zeit ganze Siedlungsprojekte geworden waren.

Diese Spielerei hatte ihn später dazu inspiriert, Architekt zu werden. Er überlegte, ob Hayden dadurch auf die Idee gekommen war, Filmschauplätze zu gestalten. Er hatte sie nie danach gefragt, aber es interessierte ihn. Vielleicht hatten sie bei den Faulkners, an einem neutralen Ort, Gelegenheit, sich zu unterhalten, ohne einander anzufauchen oder schmerzliche Erinnerungen auszugraben.

„Sagen wir um sechs." David nickte ihnen beiden zu, bevor er in die Straße einbog und mit quietschenden Reifen davonfuhr.

Riley schüttelte den Kopf. Selbst als Teenager war er nie so gerast. Doch in gewisser Weise war es tröstlich, nach Hause zu kommen und zu entdecken, dass David Faulkner immer noch wie ein Verrückter fuhr und Hayden Manchester entschlossen war, den Vorgarten ihrer Eltern weihnachtlich zu dekorieren. Wenn er einen Funken Gemeinschaftssinn hätte, würde er … Nein. Das war verrückt. Nur weil er schon ein Bild der Skyline von Chicago im Kopf hatte, mit Santa Claus, der in seinem Schlitten darüberflog, hieß das nicht, dass er tätig werden musste.

Verdammt, er ist immer noch heiß: heißer als Glühwein, süßer als ein Zimtstern. Hayden winkte Riley kurz zu und widmete sich wieder ihrer Bastelei, als wäre das Wiedersehen mit ihm nur eine unbedeutende Unterbrechung ihres Tagesablaufs gewesen. Dabei war sie innerlich völlig aufgewühlt. Wenn sie die vage Hoffnung gehabt hatte, dass er eine Glatze oder einen Bauch bekommen hatte, war diese Hoffnung in dem Moment zerplatzt, als er aus dem Kleinbus gestiegen war.

Ihn von Weitem zu mustern, während sie so getan hatte, als wäre sie in ihre Arbeit vertieft, war nicht leicht gewesen, doch in Hollywood entwickelte man solche Fähigkeiten. Überall in L. A. liefen Prominente herum, aber niemand wollte dabei ertappt werden, wie er sie anstarrte. Hayden hatte die Kunst des heimlichen Beobachtens perfektioniert.

Sie hatte deshalb durchaus wahrgenommen, wie umwerfend Riley aussah, in Jeans und schwarzer Lederjacke, das Oberhemd am Kragen offen. Mit den breiten Schultern und schmalen Hüften wirkte er fast wie ein Footballstar. Sein Haar war dunkel und voll, so wie damals, als sie es geliebt hatte, beim Sex mit den Fingern in seinem dichten Schopf zu wühlen. Obwohl Riley eben seine Sonnenbrille aufbehalten hatte, konnte sie sich auch noch gut an seine smaragdgrünen Augen erinnern.

Augen voller Lügen, wie sich herausgestellt hatte. Sie war sich seiner so sicher gewesen, bis sie ihn dabei erwischt hatte, wie er Lisa Trenton geküsst und auch noch befummelt hatte. Hayden hatte ihren Schmerz hinter einer Mauer aus Wut versteckt. Wie hatte er ihr das nur antun können? Sie hatte mit ihm ihre Jungfräulichkeit verloren und sich ihm bei all den späteren leidenschaftlichen Treffen hinten auf seinem Pick-up mit Leib und Seele hingegeben.

Sie errötete bei dem Gedanken an all die Dinge, die sie ihm unter dem sternenklaren Wüstenhimmel erlaubt hatte. In einem Antiquariat hatte er eine Ausgabe von „The Joy of Sex“ gefunden und Hayden dazu verführt, alle möglichen Stellungen auszuprobieren. Ja, sie hatte jede Minute des Experimentierens genossen und bald selbst auf der Suche nach neuen Ideen in dem Buch geblättert.

Sie hatten eine weitere Nacht voller Lust und Spaß geplant, wollten sich jedoch vorher kurz auf ein paar Abschlussfeiern sehen lassen. Leider war es auf einer dieser Partys zu dem Eklat mit Lisa gekommen. Hayden war so verletzt gewesen, dass sie zunächst kaum hatte sprechen können. Aber dann hatte sie Riley ihren Standpunkt klargemacht: Sie und er, das war Geschichte. Aus. Vorbei.

Er hatte noch versucht, sich damit herauszureden, dass Lisa angefangen hatte. Doch der Anblick, wie er seinen Mund, mit dem er zuvor sie, Hayden, am ganzen Körper verwöhnt hatte, hart auf Lisas Lippen gepresst und gleichzeitig auch noch seine Hand an eine Stelle gelegt hatte, wo sie nichts verloren hatte … Das war zutiefst demütigend gewesen. Hayden war lange nicht darüber hinweggekommen, und sie fröstelte noch heute, wenn sie nur daran dachte.

Nicht, dass sie Riley zehn Jahre lang nachgetrauert hätte. In Hollywood gab es genügend gut aussehende Männer, und sie hatte ihren Spaß gehabt. Aber egal, wie heiß der Sex auch sein mochte, es hatte sich nie wieder so richtig angefühlt wie mit Riley. Sie hatte festgestellt, dass eine Frau sich nicht einreden konnte, verliebt zu sein, und dabei hatte sie sich wirklich bemüht.

Manchmal fragte sie sich, ob Rileys Betrug sie so stark geprägt hatte, dass sie nicht mehr zu wahrer Liebe fähig war. Dann wieder lächelte sie über den viel zu melodramatischen Gedanken. Schließlich waren sie noch halbe Kinder gewesen. Es konnte nicht so viel bedeuten. Doch Riley heute wiederzusehen, hatte ihr sehr viel bedeutet. Auch wenn sie es hasste, das zuzugeben.

Rachsüchtig holte sie mit dem Hammer aus und schlug sich prompt so hart auf den Daumen, dass sogar ein wenig Blut hervortrat. Hayden ärgerte sich, dass sie keine Arbeitshandschuhe angezogen hatte, und ging fluchend ins Haus, um sich ein Pflaster zu holen. Sie trug nur deshalb keine Handschuhe, weil sie hässlich waren, und sie hatte bei Rileys Ankunft gut aussehen wollen. Der Werkzeuggürtel war schon unvorteilhaft genug, aber darauf hatte sie nicht verzichten können.

Es hätte ihr gleichgültig sein sollen, ob sie hübsch aussah oder nicht. Was machte es schon, dass Riley Vorstellungsgespräche in Tucson führen wollte und vielleicht in seine Heimatstadt zurückkehren würde? Er war nicht an ihr interessiert, so viel war sicher. Wäre er es, dann hätte er sich mehr um sie bemüht, nachdem sie ihn verlassen hatte. Stattdessen war er auch noch wütend geworden, obwohl er im Unrecht gewesen war.

Hayden nahm sich vor, das alles zu vergessen und ihn völlig aus ihren Gedanken zu streichen. Nur, wie sollte ihr das gelingen, wenn sie ihn schon in wenigen Stunden wiedertreffen würde? Nun, sie sollte es einfach als gemütlichen Abend bei den Faulkners betrachten und die Tatsache, dass Riley auch dort sein würde, einfach ignorieren.

Trotzdem musste sie gut aussehen, während sie ihn

ignorierte. Hayden klebte ein Pflaster um ihren Daumen, ging ins Schlafzimmer und öffnete den Kleiderschrank. Dank ihrer Freundschaft mit diversen Kostümbildnern besaß sie einige wunderschöne Sachen. Riley konnte von ihr aus in Jeans bei den Faulkners auftauchen, doch sie hatte das nicht vor. *Dir sollen die Augen aus dem Kopf fallen, Riley Kinnard.*

Rileys Zimmer sah nicht mehr so aus wie damals, als er noch bei seinen Eltern gewohnt hatte. Das hölzerne Etagenbett, in dem er unzählige Nächte mit seinen Freunden verbracht hatte, war verschwunden. Fort waren auch die Flugzeugmodelle, die von der Decke gehangen hatten, und die Poster von der Band Red Hot Chili Peppers, mit denen er die Wände geschmückt hatte.

Sein CD-Player hatte längst den Geist aufgegeben, ebenso wie der kleine Fernseher, auf den er so stolz gewesen war. Doch immerhin hatte er ein Refugium, in das er zurückkehren konnte. Ginny hatte es nicht so gut. Ihr früheres Zimmer diente jetzt seiner Mutter, die ein Maklerbüro leitete, als Arbeitszimmer.

In seinem Zimmer nahmen ein großes Bett mit einer geblümten Tagesdecke und zwei passende Nachttische mit schmiedeeisernen Lampen viel Platz ein. In der Ecke, wo einst sein Schreibtisch gestanden hatte, lud ein Ledersessel zum Verweilen ein. Ein Fernsehschrank aus Walnuss hatte das Bücherregal ersetzt, das mit Farbklecksen und festgetrockneten Klebstoffresten übersät gewesen war. Nichts in diesem Raum erinnerte noch an Riley, außer den leichten Verfärbungen am Wandschrank.

Er stellte seinen Koffer ab und fuhr mit einem Finger über die verblichenen Flecken. Lächelnd verlor er sich in Erinnerungen. Mit zehn hatten Hayden und er zusammen an einem Modell des Zerstörers USS Arizona gebastelt, um damit an einem Wettbewerb auf einer Messe teilzunehmen.

Natürlich hatten sie sich darüber gestritten, wer die Dekofolien anbringen sollte. Er hatte sie ein dummes Mädchen genannt, das keine Ahnung von Kriegsschiffen hatte, sie hatte vor Wut mit einer Flasche schwarzen Lack nach ihm geworfen. Riley hatte sich rechtzeitig ducken können, aber die Flasche war mit solcher Wucht gegen den Schrank geknallt, dass sie zerbrochen war.

Sie hatten beide deswegen eine Menge Ärger bekommen, er wegen seiner Respektlosigkeit und Hayden wegen ihrer Unbeherrschtheit. Zur Strafe hatten sie die Reinigung des Teppichs von ihrem Taschengeld bezahlen müssen, doch die Tür hatte so viel Farbe aufgesogen, dass der Schaden nicht ganz zu beheben gewesen war.

Unter der Aufsicht seiner Mutter hatten sie die Folien untereinander aufgeteilt und zusammen aufgeklebt. Für das Modell hatten sie auf der Messe ein blaues Band gewonnen. Zwei Jahre lang hatten sie das Band und das Modell jeden Monat getauscht, bis er schließlich beides Hayden überlassen hatte. Riley fragte sich, wo die Sachen geblieben sein mochten.

Vielleicht würde er Hayden beim Abendessen danach fragen. Wenn beide Teile noch in ihrem Besitz waren und sie sie nicht behalten wollte, würde er sie zurücknehmen. Eines Tages würde er Kinder haben, die könnten Interesse haben an …

Ein Klingeln an der Tür riss ihn aus seinen Gedanken. Vielleicht war es Hayden, die sich eine Tasse Zucker ausleihen wollte. Natürlich, dachte er voller Ironie, als ob das wahrscheinlich wäre.

Er ging zurück durch den Flur und das Wohnzimmer. Seine Eltern hatten einen künstlichen Baum aufgestellt, was ein weiterer Bruch mit der Tradition war. Früher hatten sie immer eine echte Tanne gekauft. Dieses Exemplar sah nicht schlecht aus, aber es verströmte nicht den typischen Duft, den Riley so liebte.

Als er die Haustür öffnete, wurde seine Hoffnung, es könnte vielleicht doch Hayden sein, enttäuscht.

Der Mann, der vor ihm stand, war durch und durch ein Angeber, von der verspiegelten Sonnenbrille bis zu den Tattoos auf den Oberarmen. Er war der Typ, der in erster Linie deshalb ins Fitnessstudio ging und Gewichte stemmte, um die Mädchen dort mit seinen Muskeln zu beeindrucken. Das T-Shirt, das er über der abgetragenen Jeans trug, war mit dem Slogan „Dekorieren Sie mit Damon Claus“ und zwei roten Christbaumkugeln bedruckt.

„Frohe Weihnachten.“ Der Mann ließ ein Lächeln aufblitzen. „Ich bin hier, um Ihnen zu helfen.“

„Wobei? Wer sind Sie überhaupt?“

„Damon Claus, zu Ihren Diensten. Ich bin als Dekorateur auf weihnachtlichen Schmuck im Außenbereich spezialisiert, berate aber auch gern bei der festlichen Innenausstattung. Das Motto unserer Firma lautet ‚Wir kreieren, Sie zelebrieren'." Er zog eine Visitenkarte aus der Hosentasche und hielt sie Riley hin.

„Gute Idee, doch dies ist nicht mein Haus. Ich wohne nur vorübergehend hier. Die Besitzer sind auf Reisen."

„Wer hat dann die drei Drahtbäume aufgestellt?"

„Das waren ..." Riley war nicht gewohnt, unerwünschte Vertreter abzuwimmeln. Außerdem sprach der Mann ein Thema an, das Riley seit seiner Ankunft ärgerte – die einfallslose Dekoration, mit der seine Eltern sich begnügt hatten.

„Die Sache ist die: Ich will mich nicht über die Bäume lustig machen, aber auf diesem Grundstück könnte wirklich mehr passieren. Vor allem, wenn man berücksichtigt, was gegenüber veranstaltet wird." Damon deutete mit dem Daumen über die Schulter. „Da drüben herrscht weihnachtliche Geschäftigkeit."

Riley hörte das Kreischen einer elektrischen Säge, das aus der offenen Garage der Manchesters drang. „Ich weiß. Die treiben immer viel Aufwand."

„Man erzählt sich, dass die Leute, die hier wohnen, früher kräftig mitgemischt haben. Ich arbeite für Ihre Nachbarn, die Faulkners, und die haben mir von einem dreißigjährigen Wettstreit zwischen diesem Haus und dem da drüben berichtet. Sieht so aus, als ob es damit vorbei ist, Mann. Was ein Jammer ist, weil dieses Land dadurch groß geworden ist."

Verständnislos starrte Riley ihn an. „Durch Weihnachtsdekorationen?"

„Meine Güte, nein. Durch Wettbewerb. Der bringt den Kreislauf in Schwung, lässt Ihre Ideen sprudeln, Ihre Libido …"

„Ich muss Sie unterbrechen, Mr Claus, falls das Ihr richtiger Name ist."

„Glauben Sie mir, ich würde mich nicht freiwillig so nennen. Ich wünschte manchmal, ich hätte einen anderen Namen. Doch was soll man machen?"

„Ich vermute, man steigt damit ins Geschäft mit Weihnachten ein. Aber ich werde Sie nicht engagieren. Wenn meine Eltern mit drei Drahtbäumen zufrieden sind, dann soll es so sein." Riley zuckte leicht zusammen. Er hatte nicht verraten wollen, dass das Haus seinen Eltern gehörte. Man sollte einem hartnäckigen Vertreter niemals Zusatzinformationen liefern. Aber leider war ihm das zu spät eingefallen.

„Aha, Ihre Eltern." Damon Claus nickte und machte ein weises Gesicht. „Sie wollen keinen Ärger heraufbeschwören."

„Das ist es nicht." Rileys Unmut steigerte sich. „Wenn ich mich um die Dekoration kümmern wollte, hätten sie bestimmt nichts dagegen, nur …"

„Dann tun Sie es! Dreißig Jahre Tradition stehen auf dem Spiel. Ihre Nachbarn erwarten eine Show."

„Es ist mir egal, was die Nachbarn erwarten. Ich bin zu Vorstellungsgesprächen nach Tucson gekommen, nicht etwa, um mich mit Weihnachtsschmuck zu beschäftigen."

„Das ist genau der Punkt, an dem ich ins Spiel komme. Ich stelle Ihnen eine Kulisse auf, bei der Ihnen die Augen aus dem Kopf fallen werden. Die ganze Straße wird Sie beneiden."

„Danke, aber nein, danke."

„Okay, okay." Claus hob kapitulierend die Hände. „Sie hat mir gesagt, dass Sie so reagieren würden, trotzdem musste ich es versuchen."

„Wer hat das gesagt?"

„Die Kleine von gegenüber. Sie meinte, dass Ihnen das alles wahrscheinlich gleichgültig wäre."

„Sie haben mit ihr geredet?"

„Natürlich. Sie will ihre Ideen allerdings eigenhändig umsetzen, und ich respektiere das. Ich habe mit allen in diesem Viertel gesprochen. Ein paar Leute haben mich engagiert, doch alle haben mir das Gleiche erzählt: Weihnachten ist nicht dasselbe, wenn die Kinnards dieses Jahr kneifen."

Riley konnte damit leben, dass der Rest der Nachbarschaft enttäuscht war. Doch Haydens Annahme, dass er sich nichts aus den Dekorationen machte, störte ihn. Er machte sich durchaus etwas daraus, aber er respektierte den Wunsch seiner Eltern.

Unsinn, meldete sich eine Stimme in ihm. *Deine Eltern würden sich vielleicht sogar freuen, wenn du dich dieses Jahr um den Weihnachtsschmuck kümmertest. Sie hatten diesmal keinen Sinn dafür. Trotzdem wären sie bestimmt stolz, bei ihrer Rückkehr eine Kulisse vorzufinden, die der Tradition der Kinnards würdig wäre, vor allem, wenn ihr Sohn sie gebaut hätte.*

„Ich verabschiede mich jetzt“, sagte Claus. „Schöne Feiertage.“ Er drehte sich um und ging auf seinen Truck zu.

„Warten Sie.“

Sofort blieb Claus stehen. Zweifellos grinste er triumphierend, doch als er sich umwandte, war er ganz ernst. „Noch mal nachgedacht?“

„Ja.“

„Wunderbar.“

Riley rieb sich den Nacken. Er musste verrückt geworden sein, sich darauf einzulassen, aber er konnte Hayden nicht in dem Glauben lassen, er scheute den Wettbewerb. Im Gegenteil, mit seinem Architekturstudium und fünf Jahren Berufserfahrung bei einer angesehenen Chicagoer Firma war die Sache ein Klacks für ihn. Die Filmfrau aus Hollywood würde sich noch wundern.

„Ich habe keine Zeit, Material zu besorgen, doch ich kann zeichnen, was ich mir vorstelle. Wenn Sie mir alles Nötige beschaffen, können wir an die Arbeit gehen.“

„Ich bin dabei.“

Riley hatte kein besonders großes Zutrauen in Claus, aber er brauchte Hilfe, da er wegen der Vorstellungsgespräche nicht genügend Zeit hatte. „Kommen Sie herein.“ Er trat beiseite. „Wir können gleich mit der Planung anfangen.“

Während Claus ins Haus schlenderte, schaute Riley auf die andere Straßenseite. Hayden hatte aufgehört zu arbeiten und starrte zu ihm herüber. Spontan hob er die Hand, mit ausgestrecktem Zeigefinger. Es war das Signal, das den weihnachtlichen Wettstreit zwischen den beiden Familien dreißig Jahre lang angespornt hatte. *Wir sind die Nummer eins!*

Hayden reagierte mit derselben Geste. Der Kampf hatte begonnen.

2. *KAPITEL*

Hayden musste über sich selbst lachen. Zuerst hatte sie auf Rileys lächerliche Geste reagiert, und dann hatte sie viel zu viel Zeit damit verbracht, sich für das Abendessen bei den Faulkners zurechtzumachen. Sicher, sie wollte, dass Riley die Augen aus dem Kopf fielen, doch der Aufwand, den sie dafür betrieb, war entschieden zu hoch.

Sie hatte ihre Arbeit an der Weihnachtskulisse früh abgebrochen, um sich sowohl Maniküre als auch Pediküre inklusive roten Nagellacks zu gönnen. Die Pediküre rechtfertigte sie damit, dass sie beschlossen hatte, Peeptoes zu ihrem schwarzen Kleid zu tragen. Der weiche Jersey schmiegte sich an die richtigen Stellen an, aber der Rock war von gemäßigter Länge und schwang beim Gehen sittsam um die Knie.

Das Outfit, das sie mit einer schlichten silbernen Halskette und Creolen ergänzte, war nicht übertrieben sexy – abgesehen vom tiefen Ausschnitt, den Riley mit Sicherheit bemerken würde. Früher hätte sie ein solches Kleid voller Vorfreude auf den Moment getragen, in dem er es ihr ausziehen würde. Heute Abend dagegen sollte ihn der Anblick quälen.

Hayden wusch sich ihr schulterlanges Haar und föhnte es anschließend so, dass es in großzügigen Wellen ihr Gesicht umrahmte. Zufrieden drehte sie sich vorm Spiegel. So hatte sie eine reelle Chance, ihr Ziel zu erreichen: Rileys Blut vor Verlangen zum Kochen zu bringen.

Sie schlüpfte in einen elfenbeinfarbenen Mantel, steckte ihren Schlüssel in die Tasche und verließ fünf Minuten vor sechs ihr Haus. Die Weihnachtsbeleuchtung in den benachbarten Gärten sorgte für interessante Lichteffekte in der zunehmenden Dämmerung. Hayden hatte noch keine Lichter angebracht und wollte es auch erst dann tun, wenn ihre Konstruktion fertig war. Sie hatte eine bestimmte Stimmung im Kopf, die sie nicht mit verfrühter Beleuchtung verderben wollte.

Bis heute Nachmittag hatte sie an der Dekoration gewerkelt, weil es ihr Spaß machte, die Familientradition fortzusetzen, und weil sie sich darauf freute, ihre Mom und ihren Dad Heiligabend zu überraschen. Doch seit Riley Damon Claus bei sich hereingelassen und ihr dabei mit einer eindeutigen Geste den Beginn des Konkurrenzkampfes signalisiert hatte, hatte sie noch ein Motiv mehr.

Als Kinder hatten sie ständig versucht, sich auf jedem Gebiet gegenseitig auszustechen, von Videospielen bis hin zum Sport. Auch nachdem sie angefangen hatten, miteinander auszugehen, hatte diese Rivalität fortbestanden. In mancher Hinsicht war sie sogar noch stärker geworden, angeheizt durch ihre Leidenschaft. Sie hatten sich stundenlange Duelle auf dem Tennisplatz geliefert, und auch beim Korbwerfen in der Einfahrt hatte sie ihm nichts geschenkt.

Früher war der Wettstreit um die originellste Weihnachtsdekoration eher eine Sache zwischen ihren Eltern gewesen. Sie und Riley hatten nur mitgemacht.

Diesmal war es jedoch eine Angelegenheit nur zwischen ihnen beiden, und wie in alten Zeiten hatte sie vor, ihn vernichtend zu schlagen.

Köstlicher Duft von gebratenen Zwiebeln und Knoblauch lag in der Luft, als Hayden über den Weg auf das hübsche Haus der Faulkners zuging. Marlena hatte Blumenkübel bepflanzt, um den Vorgarten zu beleben, in dem sonst nur ein Birnenkaktus und ein großer Saguaro standen. An der Tür hing ein Weihnachtskranz, das war bis jetzt die ganze Außendekoration.

Damon Claus hatte ihr erzählt, dass die Faulkners ihn damit beauftragt hatten, eine Lichterkette um den Kaktus zu winden – eine Aufgabe, bei der David sich in den vergangenen Jahren oft blutige Hände geholt hatte. Trotzdem hatte er sich nicht davon abbringen lassen, weil jeder einzelne im Viertel etwas für die Feiertage aufstellte und alle zusammen stolz auf die Wirkung als Ganzes waren. Hayden wohnte aus vielen Gründen gern hier, auch wegen dieses Gemeinsinns. Sie kannte die meisten ihrer Nachbarn, und das war ein gutes Gefühl.

Einen dieser Nachbarn hatte sie ein bisschen zu gut gekannt. Es wäre ihr daher lieber gewesen, wenn er in Chicago geblieben wäre. Sie konnte es Riley allerdings nicht verdenken, dass er nach Tucson zurückziehen wollte. Außerdem, sollte er sich wirklich wieder hier niederlassen, würde er nicht auf der anderen Straßenseite wohnen. Bei dem Einkommen, über das er angeblich verfügte, konnte er es sich auch leisten, ein Haus in einem Nobelviertel zu kaufen.

Wobei ihr einfiel, dass er auch eine Freundin haben könnte, die er mitbringen würde. An diese Möglichkeit hatte Hayden bisher noch nicht gedacht. Ja, na und? Es würde sie nicht weiter stören, wenn er mit einer schönen Frau im Schlepptau in die Stadt zurückkehrte. Die Zeiten, in denen sie sich darüber Gedanken gemacht hatte, wen Riley küsste, waren vorbei.

Jedenfalls versuchte sie, sich das einzureden, als sie an der Tür klingelte. Ihr Herz schlug allerdings viel zu schnell dafür, dass sie nur über die Straße gegangen war. Sich für Riley herauszuputzen, hatte sie mehr erregt, als ihr lieb war.

David öffnete ihr in Kordhose und einem Sweatshirt mit Weihnachtszwergen die Tür. „Hayden! Pünktlich wie immer."

„Das ist nun einmal meine Art, David." Gleich nach ihrem Einzug hatte er ihr angeboten, ihn mit Vornamen anzureden, doch sie musste sich das bei jeder Begegnung von Neuem in Erinnerung rufen. „Ich bin immer die Erste."

„Diesmal nicht." David trat beiseite und ließ Hayden herein. „Riley ist mindestens seit einer halben Stunde hier. Er ist in der Küche und hilft Marlena beim Salat."

„Er ist schon da? Aber …"

„Ich weiß. Riley kam früher bei jeder Gelegenheit zu spät, doch mir scheint, der Junge ist ein wenig erwachsener geworden." Er nahm ihr den Mantel ab. „Es ist wundervoll, euch beide wieder hier zu haben. Wie in alten Zeiten."

Hayden bemerkte ein Glitzern in Davids Augen, und sie glaubte nicht, dass es eine Reflexion von seinen Brillengläsern war. „Nun, nicht ganz", meinte sie.

David beugte sich vertraulich näher und senkte die Stimme. „Keine Freundin. Ich habe ihn gefragt."

„Und warum sollte mich das interessieren?"

„Weil keiner von euch beiden in all den Jahren geheiratet hat. Dafür gibt es bestimmt einen Grund." Er zog bedeutungsvoll die Brauen hoch.

„Natürlich gibt es dafür einen Grund. Leute in den Zwanzigern wollen erst beruflich vorankommen, bevor sie heiraten. Ich bin sicher, dass du das auch schon gehört hast."

„Ja, du hast recht." Er hängte ihren Mantel in den Wandschrank neben der Tür. „Aber nach meinen Berechnungen wirst du bald die dreißig überschreiten, und beruflich läuft es bei dir bestens."

„Falls du vorhast, den Kuppler zu spielen, vergiss es."

David musterte ihr Kleid und grinste. „Riley hat sich heute Abend auch aufgestylt: grünes Seidenhemd, vermutlich Designerware. Ich nehme an, ihr beide habt euch so schön zurechtgemacht, um mich und Marlena zu beeindrucken. Ich fühle mich geehrt."

Ertappt. Und was schlimmer war, Riley spielte offenbar dasselbe Spiel. „Wir sind früher einmal zusammen gewesen. Eine Frau will immer sehr gut aussehen, wenn sie ihren Ex trifft. Es ist nicht so, dass …"

„David!", rief Marlena aus der Küche. „Bring Hayden herein. Die Häppchen sind fertig, und du musst noch den Wein entkorken."

„Komme schon!" David verbeugte sich und machte eine ausholende Handbewegung. „Nach Ihnen, Miss Ich-bin-nicht-interessiert."

„Ich bin wirklich nicht interessiert." Hayden ging durchs Wohnzimmer, das sich seit ihrer Kindheit kaum verändert hatte, abgesehen von einigen zusätzlichen Erinnerungsstücken an den Wänden und in den Bücherregalen. Die Faulkners reisten viel und gaben dafür gern ihr ganzes Geld aus.

„Wenn du das sagst." David folgte ihr.

Hayden betrat die Küche, in der es verführerisch duftete, als Marlena, eine kleine, rundliche Frau mit rotem Haar und Sommersprossen, ein Backblech mit Hors d'œuvre aus dem oberen Ofen nahm. Im unteren Ofen – bei den Faulkners waren meistens beide in Betrieb – schmorte, sofern Haydens Nase sie nicht trog, ein Rinderbraten.

Szenen wie diese sollten verboten sein, fand sie. Nicht nur, dass der ganze Raum von köstlichem Duft erfüllt war, es stand auch noch ein griechischer Gott im moosgrünen Hemd am Küchentresen und schnitt Meerrettich auf einem Holzbrett klein. Es war nicht schwer, sich vorzustellen, dass das Eheleben mit Riley genauso wundervoll sein könnte.

Nun, vielleicht nicht ganz. Wenn Riley sich nicht wirklich geändert hatte, konnte er ebenso wenig kochen wie sie. Sie würden die Faulkners als Haushälter engagieren müssen, um das Bild komplett zu machen.

Riley schaute auf. „Hi, Hayden."

„Hi, Riley." Wie sie schon geahnt hatte, passte das Hemd perfekt zu seinen Augen. Es war nicht fair. Niemand sollte beim Schneiden von Meerrettich so gut aussehen. Oder so geschickt beim Schneiden sein, dass er sie zugleich dabei anlächeln konnte.

„Aua! Mist!" Riley riss die Hand zurück und steckte einen Finger in den Mund.

Erschrocken stellte Marlena das Backblech ab und wandte sich ihm zu. „Riley, hast du dich geschnitten?"

„Ja." Er starrte auf seinen Finger, der blutete. „Hast du ein Pflaster?"

„Ich hol dir eins." David verließ die Küche.

Hayden unterdrückte den Impuls, Mitleid zu zeigen. Wie oft hatten sie beide sich früher wegen ihres ständigen Konkurrenzkampfes Schnittwunden und Schrammen zugezogen. Einmal hatte sie sich beim Sturz vom Fahrrad sogar den Arm gebrochen. Riley hatte ihr die ganze Zeit Mut zugesprochen, als sie zu Fuß nach Hause gehen musste. Wenn er in der Schulmannschaft Football gespielt hatte, hatte sie um ihn gezittert, und der Abend, an dem er sich die Schulter ausgekugelt hatte, war für sie die Hölle gewesen.

Doch ein Schnitt in den Finger gehörte nicht in diese Kategorie. Außerdem waren die alten Zeiten lange vorbei.

„Es tut mir so leid." Marlena riss ein Stück Küchenpapier vom Halter und reichte es ihm. „Ich habe dich gewarnt, dass das Messer scharf ist."

„Ja, das hast du." Riley seufzte und wickelte sich das Papiertuch um den Finger.

„Marlena!", rief David von hinten. „Kannst du kommen und mir helfen, den Verbandskasten zu suchen?"

„Er ist unter dem Waschtresen im Bad."

„Ich find ihn nicht."

„Ich bin gleich da!" Marlena verdrehte die Augen. „Entschuldigt mich bitte einen Moment. Ich wette, der Kasten liegt direkt vor seiner Nase."

Kaum hatte Marlena die Küche verlassen, konnte Hayden sich nicht mehr zurückhalten. Riley war so umwerfend attraktiv. Sie trat näher und fragte sich dabei, ob er ebenso gut roch, wie er aussah. Bestimmt benutzte er ein wundervolles Aftershave. „Tut es sehr weh?"

„Ich werde es überleben." Er warf ihr einen vielsagenden Blick zu. „Aber es ist nur deine Schuld."

„*Meine* Schuld? Wie kann es meine Schuld sein?" Sie sehnte sich plötzlich danach, ihn zu küssen, doch das wäre nicht angebracht. „Ich stand am anderen Ende des Raumes."

„In einem so tief ausgeschnittenen Kleid, dass ein Mann vergisst, dass er gerade Meerrettich mit einem sehr scharfen Messer schneidet." Er schaute auf ihr Dekolleté, bevor er ihr wieder in die Augen sah. „Das hast du mit Absicht gemacht, stimmt's?"

„Ich habe keine Ahnung, wovon du sprichst." *Küss mich.*

„Natürlich nicht. Ein Blick auf deinen Ausschnitt,

und ich fühlte mich in eine warme Frühlingsnacht zurückversetzt, mit einer nackten Hayden Manchester neben mir auf einer Decke auf der Ladefläche meines Pick-ups."

Eine Welle des Verlangens durchströmte ihren Körper. In ihrem Bauch kribbelte es, ihre Brustspitzen richteten sich auf, und ihre Wangen glühten.

In seinen Augen glitzerte es. „Ich bin sicher, dass du genau das beabsichtigt hast", meinte er weich.

„Das ist reine Einbildung."

Wie von einem Magneten angezogen, hatten sie sich aufeinander zubewegt, bis der Abstand zwischen ihnen nicht mehr der Rede wert war. Hayden merkte an der Art, wie Riley atmete, dass er körperlich erregt war. Sie konnte es nicht lassen, einen Blick auf seinen Hosenschlitz zu werfen.

Sie hatte recht. Er war erregt.

„Bist du jetzt zufrieden, Hayden? Du hattest diese Wirkung schon seit der Pubertät auf mich. Anscheinend hat sich auf dem Gebiet nichts geändert."

Sie sah ihm in die Augen. „Für dich vielleicht nicht. Ich bin damit durch." *Lügnerin.*

Er fluchte leise. „Wenn du so empfindest, warum zum Teufel trägst du dann heute dieses Kleid?"

„Aus Eitelkeit", gab sie offen zu. „Ich wollte wissen, ob ich immer noch eine Wirkung auf dich habe."

„Aber ich lasse dich kalt. Ist es das, was du sagen willst?"

„Ja."

„Lass uns das mit einem kleinen Kuss testen."

Ihr Herzschlag dröhnte in ihren Ohren. „Ich glaube nicht, dass das hier erlaubt ist.“ Sie schaute an die Decke. „Hier hängt kein Mistelzweig.“

„Ich brauche dazu keinen verdammten Mistelzweig.“ Riley schlang so schnell den Arm um sie, dass sie kaum Zeit hatte, noch einmal nach Luft zu schnappen, bevor er seinen Mund auf ihren presste.

Ach, es war himmlisch. Niemand küsste so gut wie Riley Kinnard. Hayden hatte sich eingeredet, dass sie seine Küsse in der Erinnerung verklärt hatte und sich nur einbildete, dass er so gut küsste. Doch es war keine Einbildung. Riley beherrschte die Kunst des Küssens wirklich besser als jeder andere Mann, mit dem sie je zusammen gewesen war – einschließlich einem, der für seine heißen Filmküsse berühmt war.

Wieder in Rileys Armen zu sein, den sanften Druck seiner Lippen und das Schmeicheln seiner Zunge zu spüren, war schmerzhaft vertraut und so perfekt, dass sie hätte weinen können. Aber sie würde es nicht tun. Sie würde so viel zurückgeben, wie sie bekam.

Zärtlich strich sie über seine frisch rasierten Wangen und schob ihre Finger durch sein dunkles Haar, als ob sie genau dort weitermachen könnten, wo sie vor zehn Jahren aufgehört hatten. Sie umfasste sein Gesicht und küsste ihn so leidenschaftlich, dass er stöhnte. Früher einmal hatte dieses Stöhnen sie beinahe zum Höhepunkt gebracht. Die Geschichte schien bereit zu sein, sich zu wiederholen.

Das durfte nicht passieren. Hayden konnte nicht zulassen, dass Riley sie mitten in der Küche der Faulkners in Ekstase küsste. Bedauernd löste sie sich von ihm und trat atemlos zurück.

Er schaute auf ihre Brüste, die sich mit jedem Atemzug hoben und senkten, dann auf ihre Lippen und schließlich in ihre Augen. Sein Blick war voller Verlangen.

Seltsam, die zehn Jahre waren wie weggewischt. Hayden war verblüfft, wie stark die Anziehung zwischen ihnen noch war.

Riley holte tief Luft und räusperte sich. „Würde es dir etwas ausmachen zu wiederholen, dass ich dich vollkommen kaltlasse, Hayden?“

„Es spielt keine Rolle, ob du mich kaltlässt oder nicht.“

„Weil?“

„Weil ich zurzeit keine Beziehung will.“

Er lachte. „Du lügst. Eine Frau, die keine Beziehung will, kleidet sich nicht so aufreizend.“

„Ich hätte ein anderes Kleid aussuchen sollen. Es war eine schlechte Idee.“

„Oder ein brillanter Schachzug, der uns beide daran erinnert hat, wie viel Spaß wir früher miteinander hatten.“ Er musterte sie. „Weißt du, wir könnten immer noch …“

„Spaß miteinander haben? Oh, ich wette, das würde dir gefallen, Riley.“ Wut ersetzte ihre Lust. Er hatte Sex mit ihr wahrscheinlich immer für einen vergnüglichen Zeitvertreib gehalten, während sie an eine lebenslange Bindung geglaubt hatte. Sie hätten ihre unterschiedlichen Auffassungen über ihre Beziehung damals ausdiskutieren sollen, doch sie waren zu beschäftigt mit Sex gewesen.

„Ich vermute, dir würde es auch gefallen, Hayden."

„Tut mir leid, aber der Vorschlag reizt mich nicht." Sie hatte Sex aus Spaß in L. A. gehabt und wünschte, dass das auch mit Riley ginge, doch nachdem sie ihn geküsst hatte, befürchtete sie, dass aus Spaß schnell Ernst werden könnte. Das wäre von ihrer Seite ein Riesenfehler.

„Wir haben Pflaster!" Marlenas Stimme klang so gekünstelt fröhlich, dass Hayden sofort klar war, dass die Faulkners einen Teil oder womöglich alles mitbekommen hatten, was inzwischen in der Küche passiert war. Weil sie beide auf eine Neuauflage der Affäre zu hoffen schienen, hatten sie wahrscheinlich diskret so lange gewartet, bis das Zwischenspiel vorbei gewesen war.

Hayden war es nicht besonders peinlich, dabei erwischt worden zu sein, wie sie Riley geküsst hatte. Sie kannte die Faulkners schon so lange, dass sie wie Familie waren. Aber David würde bei nächster Gelegenheit sicher darauf anspielen.

Die Gelegenheit ergab sich beim Dinner, als David aufstand, um Wein nachzuschenken. Als er zu Hayden kam, hielt er die Flasche über ihr Glas. „Bist du an noch mehr Wein *interessiert*?", fragte er mit besonderer Betonung auf dem letzten Wort.

„Ja, danke."

„David", sagte Marlena, „warum redest du so seltsam?"

„Nur ein kleiner Scherz zwischen Hayden und mir.“ Er füllte ihr Glas bis zum Rand.

„Nur weil ich an Wein interessiert bin“, erwiderte Hayden, „heißt das nicht, dass ich auch andere Drogen will.“

David prustete vor Lachen.

Riley schaute Hayden über den Tisch an. „Lasst ihr uns mitlachen?“

„Nein“, antwortete Hayden. „Der Witz ist nicht gut.“

„Daran habe ich keinen Zweifel.“ Marlena reichte den Korb mit Bierbrot weiter. „David hat manchmal einen eigenartigen Sinn für Humor. Nicht um das Thema zu wechseln, aber was haltet ihr von diesem Damon Claus? Ich freue mich über Hilfe bei der Dekoration, doch er hat etwas Gaunerhaftes an sich. Ich hoffe, er baut keinen Mist und fackelt das Haus ab.“

Riley tat sich noch ein bisschen Rinderbraten auf. „Ich werde ein Auge auf ihn haben. Ich kann beurteilen, ob er kompetent ist oder nicht. Er soll mir im Vorgarten meiner Eltern helfen.“

Hayden konnte sich eine spitze Bemerkung nicht verkneifen. „Was heißt denn das? Ich dachte, du wolltest dich mit den drei Drahtbäumen begnügen.“

Riley machte ein scheinheiliges Gesicht. „Als ich sah, wie du dich ins Zeug legst, um deine Eltern zu überraschen, beschloss ich, das Gleiche für meine alten Herrschaften zu tun.“

„Unsinn, Kinnard. Was ist mit dem Zeichen, das du mir von deiner Haustür aus gemacht hast und was mir zeigen sollte, dass ihr die Nummer eins seid? Du legst es auf einen Wettstreit an."

Riley lächelte gleichmütig. „Vielleicht. Lass mich darauf hinweisen, dass du prompt auf meine Geste reagiert hast."

„Reiner Reflex."

„Dann ist es wohl gut gewesen, dass ich keinen anderen Finger gehoben habe."

„Du solltest besser aufpassen, was du mit deinen Fingern machst." Hayden musterte seinen verpflasterten Ringfinger. Seltsam, dass er sich gerade dort geschnitten hatte, an dem Finger, der noch ebenso nackt war wie ihrer. „Wie du heute Abend gesehen hast, könntest du dich leicht selbst verletzen."

„Kinder, Kinder." David stand auf, um abermals Wein nachzuschenken. „Make love, not war."

Riley warf einen Blick in Haydens Richtung. „Wie ist es damit, Liebe *und* Krieg zu machen?"

Marlena runzelte die Stirn. „Ich glaube nicht, dass das möglich ist."

„Warum nicht? Wenn man es richtig anfängt …" Riley hielt David sein Glas hin. „Übrigens, Hayden, da wir gerade von Wettbewerb sprechen. Weißt du, was aus dem Modell der USS Arizona geworden ist, das wir zusammen gebaut haben? Und dem blauen Band, das wir gewonnen haben?"

Sie zögerte, ihm zu sagen, dass beides in einer Vitrine im Haus ihrer Eltern lag. Sie könnte es auf ihre Eltern schieben, die sehr sentimental waren, aber in Wahrheit hing sie selbst noch viel mehr an alten Sachen. Ihre Eltern waren immerhin bereit gewesen, ihr Haus aufzugeben, während Hayden es unbedingt hatte behalten wollen.

„Wieso? Willst du es zurückhaben?", fragte sie schließlich.

„Vielleicht."

Ihr Magen zog sich zusammen. Sie wollte ihm die Sachen nicht geben. Was, wenn er sie verlor? Könnte sie nicht einfach so tun, als ob sie nicht wüsste, wo sie waren? Wahrscheinlich nicht. Sie war furchtbar schlecht im Lügen.

„Ich erinnere mich an das Modell", sagte David.

„Ich auch." Marlena bestrich ihr Brot mit Butter. „Wir sind extra zur Messe gefahren, um es uns anzuschauen. Hast du es immer noch, Hayden?"

Sie konnte Rileys Frage ausweichen, aber nicht Marlenas, weil ihr Marlena all die Jahre eine gute Freundin gewesen war. „Ja, das habe ich. Meine Eltern hatten es damals behalten, und ich …" Sie wollte nicht zugeben, wie viel es ihr bedeutete, weil Riley es so auslegen könnte, dass sie auch noch immer an ihm hing. „Ich weiß noch nicht, was ich damit mache."

„Gib es mir", sagte Riley. „Ich bewahre es für meine Kinder auf."

Das versetzte ihr einen Stich. Hayden erinnerte sich an eine Zeit, als sie geglaubt hatte, dass sie die Mutter seiner Kinder sein würde. „Was ist mit meinen Kindern? Sie könnten auch daran interessiert sein."

„Da ist das Wort wieder: interessiert", warf David ein.

„Weißt du was?“ Hayden war nicht so dumm, nach zweieinhalb Glas Wein eine Entscheidung über das Modell und das Band zu treffen. „Da ich davon ausgehe, dass du nach Tucson zurückkehren wirst, werden wir uns etwas einfallen lassen. Unsere Kinder … Ich meine, die Kinder, die wir beide getrennt haben werden. Mit unterschiedlichen Partnern.“ Sie schien nicht mehr in der Lage zu sein, sich klar auszudrücken. „Wie dem auch sei, keiner von uns ist überhaupt verheiratet, geschweige denn schwanger.“

Marlena lachte. „Wenn Riley schwanger wird, rufen wir den ‚Enquirer‘ an. Wobei mir einfällt: Was ist das neueste Gerücht über Britney Spears?“

Hayden war mehr als erleichtert, das Thema zu wechseln. Bei Kaffee und dem köstlichsten Käsekuchen, den sie je gegessen hatte, unterhielten sie sich den Rest des Abends über den neuesten Klatsch aus Hollywood.

Das Dessert wurde im Wohnzimmer serviert, damit sich jeder am Anblick des Weihnachtsbaums erfreuen konnte. Er war wie immer geschmückt mit Baumbehang aus aller Welt, aber es waren auch einige selbst gebastelte Sterne darunter, sogar noch zwei von Hayden.

„Der Baum duftet herrlich.“ Riley stellte seinen leeren Kaffeebecher ab. „Ich war ein bisschen traurig, dass meine Eltern einen künstlichen aufgestellt haben.“

„Sie haben es mir erzählt“, sagte Hayden. „Sie dachten sich schon, dass du nicht glücklich darüber sein würdest, doch sie fanden es bequemer.“

„Sollte ich für immer in der Stadt bleiben, kann ich sie vielleicht überzeugen, wieder einen echten Baum aufzustellen, wenn ich ihnen dabei helfe."

Hayden trank ihren letzten Schluck Kaffee. „Ich habe ihnen meine Hilfe angeboten, aber sie lehnten ab."

„Das ist etwas anderes. Ich bin ihr Sohn."

„Ich gehöre praktisch zur Familie. Beim Streichen des Gästezimmers haben sie meine Hilfe angenommen. Ich vermute, dass sie einfach von der ganzen Arbeit zu Weihnachten genug hatten."

Marlena seufzte. „Das ist gut möglich. Zum Glück liebe ich immer noch alles, was mit den Feiertagen zusammenhängt. Außer, dass David sich die Haut in Fetzen reißt, wenn er versucht, den Kaktus mit einer Lichterkette zu schmücken. Ich bin froh, dass Damon Claus das dieses Jahr übernimmt." Sie nahm die Kaffeekanne hoch. „Wem darf ich nachschenken?"

„Für mich nichts mehr, danke." Hayden stellte ihren Becher und ihren Kuchenteller übereinander. „Wobei alles wirklich lecker gewesen ist." Sie wandte sich an Marlena, die sich neben sie auf die Couch gesetzt hatte. „Lass mich dir beim Abwasch helfen." Eigentlich müssten sie und Riley sich darum kümmern, doch dann wären sie wieder allein in der Küche.

Marlena schüttelte den Kopf. „Ich weiß das Angebot zu schätzen, aber David und ich sind ein eingespieltes Team. Alleine werden wir viel schneller fertig. Riley kann dich nach Hause bringen."

Hayden hielt das für keine gute Idee. „Das ist albern. Ich gehe ja nur über die Straße."

Riley erhob sich aus seinem Sessel. „Meine Mutter hat mir stets eingeschärft, eine Lady nach dem Dinner unbedingt nach Hause zu begleiten. Sie würde mir den Hintern versohlen, wenn ich es nicht täte. Du möchtest doch nicht, dass ich Ärger mit meiner Mom bekomme, oder?"

„Du brauchst es ihr ja nicht zu erzählen", erwiderte Hayden.

David hatte inzwischen still den Raum verlassen und kehrte nun mit Haydens Mantel und Rileys Lederjacke zurück. „Wenn er es ihr nicht erzählt, werde ich es tun. Sie hat mich gebeten, ein Auge auf ihn zu haben, und ich nehme diese Bitte ernst."

Hayden erkannte, dass sie es mit einer Verschwörung zu tun hatte. Bestimmt war auch die Suche nach dem Verbandskasten nur ein Vorwand gewesen, um Riley und sie allein zu lassen. Sie konnte Rileys Begleitung nicht ablehnen, ohne unhöflich zu klingen, also musste sie sich damit abfinden. Aber sie würde auf der Hut sein und bei Gutenachtküssen nicht mitmachen, geschweige denn bei dem, was nach einem oder zwei oder sechs Gutenachtküssen passieren könnte.

Rasch schlüpfte sie in ihren Mantel, bevor Riley ihr hineinhelfen konnte. Da sie so sensibel auf seine Berührungen reagierte, musste sie ihn auf Abstand halten, wenn sie nicht in große Schwierigkeiten geraten wollte.

Beim Abschied lobten sie noch einmal überschwänglich das Essen und bedankten sich für den netten Abend. Beladen mit Plastikdosen voll Rinderbraten, Bierbrot und Käsekuchen, machten sie sich dann auf den kurzen Heimweg. Hayden lächelte. Die Faulkners hatten nicht bedacht, dass die Behälter bei einer romantischen Szene an der Haustür nur hinderlich sein würden.

„Nichts gegen die Kochkünste meiner Mutter", sagte Riley, als er Hayden über den schmalen gepflasterten Pfad folgte, „aber ich habe noch nie besser gegessen als heute Abend."

„Ich auch nicht." Hayden setzte vorsichtig einen Fuß vor den anderen, um nicht mit einem Absatz in den Fugen stecken zu bleiben. „Sollten die beiden jemals genug vom Unterrichten haben, könnten sie ein Restaurant eröffnen."

„Ich habe sie einmal danach gefragt. Sie meinten, dass Kochen gegen Bezahlung sie zu sehr unter Druck setzen würde. Lieber würden sie ihre Freunde und Verwandten privat verwöhnen."

„Wir Glücklichen, dass wir zu ihren Freunden zählen", sagte Hayden.

Sie überquerten die leere Straße.

„Oh ja." Riley ging neben ihr und schaute zum Himmel. „Schöne sternenklare Nacht."

„Hm." Sie hoffte, dass er keine Anspielung auf die vielen Nächte machen würde, die sie gemeinsam unterm Sternenhimmel verbracht hatten. Wenn, dann würde sie ihm sofort ins Wort fallen.

„Das ist noch etwas, das mich an Chicago gestört hat. Man kann die Sterne von der Innenstadt aus nicht sehen. Zu viele Lichter."

Er versuchte nicht, das Gespräch auf Sex zu bringen. Gut so, dachte Hayden erleichtert. „Ich hatte den Verkehr in L. A. satt, all die vielen Menschen, die ständige Hektik", erzählte sie. „Vor allem jedoch hatte ich Heimweh. Das hätte ich früher nie für möglich gehalten."

„Ich weiß. Ich auch nicht. Wenn man achtzehn ist, hat man nur im Kopf, woanders hinzugehen."

„Irgendwohin, wo es aufregender ist."

„Genau. Wobei ich zugeben muss, dass Chicago wirklich aufregend war."

„Das glaube ich." Während sie ihn durch ihren Vorgarten führte, nahm sie sich vor, nicht an die Frauen zu denken, mit denen er in Chicago geschlafen hatte. Es ging sie nichts an. „L. A. war auch aufregend."

„Da bin ich mir sicher."

Statt einer Veranda hatte ihr Haus vorn eine kleine Terrasse, umgeben von einer niedrigen Mauer mit schmiedeeisernem Tor. Hayden befürchtete, etwas Wertvolles fallen zu lassen – wie ihren Käsekuchen –, wenn sie so bepackt durchs Tor ging. Sie drehte sich zu Riley um. „Würde es dir etwas ausmachen, einen Moment meine Sachen zu halten?"

„Nein. Gib sie mir ruhig."

Seine Stimme an diesem Ort zu hören, beschwor in ihr Erinnerungen an die unzähligen Male herauf, die er sie an die Tür gebracht und zum Abschied leidenschaftlich geküsst hatte. Plötzlich erwachte wieder Verlangen in ihr.

Sie konnte ihm die Plastikbehälter nicht geben, ohne ihn kurz zu berühren, deshalb versuchte sie, sich einzubilden, er wäre jemand, den sie nicht ausstehen konnte. Es gab einen widerlichen Produzenten, der sie unbedingt in sein Bett hatte bekommen wollen, und mit etwas Mühe konnte sie sich beinahe vorstellen, Riley wäre er.

Beinahe, aber nicht ganz. Sie verspürte immer noch Lust, sich Riley an den Hals zu werfen, doch wenn sie schnell machte, könnte sie im Haus sein, bevor sie die Beherrschung verlor.

„Brennt es, oder warum hast du es auf einmal so eilig?"

„Nein." Sie rannte praktisch zur Tür. „Mir ist einfach nur kalt."

„In dem Fall, wie wäre es …"

„Sag es nicht." Sie stieß die Tür mit einer schwungvollen Bewegung auf und riss ihm die Behälter hastig aus den Händen. „Danke und Gute Nacht."

„Hey, ich glaube, du hast beide Stücke Käsekuchen genommen!"

„Das glaube ich nicht. Bye." Sie schlug ihm die Tür vor der Nase zu und lehnte sich keuchend dagegen. Das war knapp gewesen. Auf dem Weg in die Küche merkte sie, wie erregt sie war. Der Mann hatte viel zu viel Sex-Appeal. Sie musste ihm so weit wie möglich aus dem Weg gehen.

Als Hayden die Plastikdosen in den Kühlschrank

schob, fiel ihr auf, dass sie vier hatte, nicht drei. Sie hatte also doch seinen Käsekuchen. Nun gut. Das konnte sie morgen regeln. Bei Tageslicht wäre sie ihren Erinnerungen an die heißen Nächte mit Riley sicher nicht so hilflos ausgeliefert.

Schon mit achtzehn hatte er einen tollen Körper gehabt. Sie fragte sich, ob er jetzt, mit achtundzwanzig, nackt noch besser aussah. Aber sie würde es nicht herausfinden.

Es klingelte an der Tür.

Hayden ging durchs verdunkelte Wohnzimmer zur Tür und schaute durch den Spion. Riley stand da, ohne die Plastikbehälter. Sie fürchtete, dass sie nicht stark genug wäre, ihm noch einmal gegenüberzutreten.

Allerdings wäre es unhöflich, ihm nicht aufzumachen, zumal sie wusste, was er wollte. Sie öffnete die Tür. „Ja, ich habe deinen Käsekuchen versehentlich genommen. Ich hole ihn dir."

„Deshalb bin ich nicht hier."

Oh, lieber Himmel. Sie drehte sich um und stellte fest, dass er bereits hereingekommen war. Sie wollte ihn nicht im Haus haben. Sie waren hier viel zu allein. Vielleicht sollte sie einfach weiter so tun, als ginge es um den Käsekuchen. „Bleib da stehen. Ich bringe ihn dir."

„Hayden, was ist los? Du benimmst dich, als ob du Angst vor mir hättest." Er folgte ihr in die Küche, ein Bild wie aus ihren schönsten erotischen Träumen.

„Ich habe keine Angst vor dir. Ich habe Angst vor mir." Rasch holte sie die Dose mit dem Käsekuchen aus dem Kühlschrank und reichte sie Riley. Sie begehrte ihn so sehr, dass sie zitterte.

„Selbstverachtung ist ungesund. Das habe ich in Psychologie gelernt."

„Ich weiß." Sie strich sich das Haar aus dem Gesicht. „Ich bringe dich zur Tür."

„Hör zu, weshalb ich wirklich gekommen bin, ist ..."

„Ich weiß. Himmel, ich weiß es." Sie gab auf. Er war einfach unwiderstehlich. Sie riss ihm die Plastikdose aus der Hand, stellte sie auf den Tresen und warf sich in seine Arme. „Ich habe meine Meinung geändert, Kinnard. Lass uns miteinander schlafen."

3. KAPITEL

Der Lohn dafür, sich selbst ausgesperrt zu haben, war nie so groß gewesen. Riley hatte nicht mehr vor, Hayden zu erzählen, dass er nur wegen des Ersatzschlüssels gekommen war, nicht, wenn sie ihn so leidenschaftlich küsste. Endlich, endlich konnte er tun, wonach er sich den ganzen Abend gesehnt hatte. Er fasste an den Reißverschluss im Rücken ihres Kleides.

Sie wand sich aus seinen Armen. „Nicht hier." Sie zog ihn an der Hand aus der Küche und durch das dunkle Wohnzimmer, das vom Duft eines echten Tannenbaums erfüllt war.

Er machte auch darüber keine Bemerkung. Er hatte nicht vor, den Mund aufzumachen, außer um sie zu küssen, bis sie alles um sich herum vergaß. Bei dem Gedanken, was vor ihm lag, konnte er vor Aufregung kaum gehen. Er hoffte nur, dass sie ihn nicht noch weit führte.

Sie tat es nicht. Sie zog ihn ins dämmrige Schlafzimmer, wo er vage die Umrisse eines Bettes wahrnahm. Da wurde ihm bewusst, dass er auf diese Entwicklung nicht vorbereitet war. Früher war er immer verantwortlich für das Mitbringen von Kondomen gewesen.

Also musste er doch etwas sagen, und besser, er tat es bald, denn Hayden half ihm aus der Jacke und war schon dabei, ihm das Hemd aufzuknöpfen. Sie küsste ihn wieder, und jede Sekunde könnte sein Verlangen die Oberhand über seinen Verstand gewinnen.

Es kostete ihn all seine Beherrschung, sich von ihren Lippen zu lösen, aber es musste sein. „Hayden, ich habe keine Kondome dabei."

Schwer atmend löste sie sich von ihm. „Warum zum Teufel nicht?"

Er schloss die Augen. Wenn er wegen Sex zurückgekommen wäre, hätte er natürlich daran gedacht. Da er den wahren Grund, weshalb er hier war, jedoch nicht nennen wollte, stand er zwangsläufig wie ein Idiot da. Er hatte keine andere Wahl.

„Ich habe es vergessen."

„Riley! Das ist furchtbar! Wie konntest du das vergessen?"

„Ich weiß es nicht." Für den Rest der Woche würde er dafür sorgen, dass er immer für alle Fälle gerüstet war. Jetzt aber musste er improvisieren. Er zog sie wieder an sich. „Wir umgehen das."

„Wie …"

Er brachte sie mit einem Kuss zum Schweigen, der sie daran erinnern sollte, dass sie durchaus andere Möglichkeiten hatten. Sie hatten damals viel über Sex gelernt, und er wusste, wie er sie befriedigen konnte, ohne auf Schutz angewiesen zu sein. Ebenso müsste sie noch wissen, wie sie ihn verwöhnen könnte, falls sie nicht zu sehr verärgert war.

Hayden war verärgert. Riley merkte es an der Art, wie sie sich beim Küssen zurückhielt. Doch Momente später gab sie auf und schmiegte sich auf die vertraute Art an ihn, die ihn verrückt machte. Er liebte ihren Körper, der so perfekt zu seinem passte, als ob sie füreinander geschaffen worden wären. Vor zehn Jahren hatte er nicht erkannt, wie besonders das war, aber inzwischen war er klüger.

Er wünschte, ihnen würden heute Nacht alle Möglichkeiten offenstehen, doch da er gar nichts erwartet hatte, wollte er sich nicht beklagen, sondern sein unverhofftes Glück genießen. Hayden auszuziehen, war eine Fähigkeit, die er ebenfalls perfektioniert hatte. Er wurde mit der Entdeckung belohnt, dass sie immer noch BHs bevorzugte, die sich im Rücken öffnen ließen. Die mit Vorderverschluss sollten sich leichter handhaben lassen, aber da er seine ersten Erfahrungen mit Hayden gemacht hatte, liebte er Rückenverschlüsse.

Er warf den BH beiseite und nahm ihre Brüste in beide Hände. *Wundervoll.* So sollten sich die Brüste einer Frau anfühlen. Er knetete sie sanft, so wie sie es mochte, und strich mit den Daumen über ihre Brustspitzen, bis sie zitterte. Im Zimmer war es dunkel, doch er brauchte kein Licht, um genau zu wissen, wie sie jetzt aussah: die Haut gerötet durch seine Liebkosung, die Brustwarzen hart vor Erregung.

Sie musste inzwischen bereit sein. Riley schob seine Hand in ihren Slip und fühlte, wie erregt sie war, während er ihren Mund mit seiner Zunge erforschte. Ihr Stöhnen war ein Zeichen für ihn, ihre empfindsamste Stelle zu berühren und mit dem Finger in sie einzudringen. Etwas anderes war heute nicht erlaubt. Er schwor sich, diesen Fehler bald wiedergutzumachen.

Diesmal ging es nur darum, ihre Bedürfnisse zu befriedigen. Und obwohl er seit über zehn Jahren nicht mehr mit ihr zusammen gewesen war, hatte er nichts vergessen. Sie hatten diesen Tanz so oft getanzt, dass er genau wusste, welcher Rhythmus sie an den Rand des Wahnsinns brachte.

Da. Beinahe. Und ... *jetzt.* Sie riss ihren Mund von seinem los und schnappte keuchend nach Luft, während sie vor Lust heftig erbebte. Riley schlang den Arm um ihre Taille und hielt Hayden fest, als ihr die Knie nachzugeben drohten. Zugleich verstärkte er den Druck seiner Finger, um ihr einen noch intensiveren Höhepunkt zu verschaffen.

Leichte Eifersucht erfasste ihn plötzlich. Riley wollte sich nicht vorstellen, dass sie mit jemand anderem zusammen gewesen war, aber er es nicht hatte verhindern können. Er hasste den Gedanken, dass sie Liebhaber gehabt hatte, und noch mehr hasste er es, dass es ihm etwas ausmachte. Schließlich hatte er auch mit anderen geschlafen.

Nur, dass keine von den Frauen mit Hayden zu vergleichen gewesen war. Er hätte zu gern gewusst, ob auch Hayden der Meinung war, dass keiner ihrer Liebhaber an ihn heranreichte, doch er konnte sie schlecht fragen, ob sie mit jemand anderem besseren Sex gehabt hatte. Das wäre erbärmlich.

Also tat er das Nächstbeste. Er zog seine Hand fort, hob Hayden hoch und trug sie das kurze Stück zum Bett. Nachdem seine Augen sich an die Dunkelheit gewöhnt hatten, konnte er das Zimmer deutlicher erkennen. Das Bett war mit einem dunkel gemusterten Quilt bedeckt.

Darüber hinaus bemerkte er nicht viel, weil er sich zu sehr darauf konzentrieren musste, Hayden nicht fallen zu lassen. Früher hatte er sie mühelos tragen können. Da sie nicht zugenommen hatte, bedeutete das wohl, dass er sein Krafttraining bald wieder aufnehmen sollte. Was immer der Grund für seine Schwäche sein mochte, er war froh, dass das Bett nur einige Schritte entfernt stand.

Hayden stöhnte leise, als er sie so auf das Bett legte, dass ihre Unterschenkel von der Kante herabhingen. „Danke“, murmelte sie.

„Dafür, dass ich dich ins Bett gebracht habe, ohne dich fallen gelassen zu haben?“

Sie atmete immer noch schwer. „Dafür, mich in weniger als sechzig Sekunden über die Ziellinie gebracht zu haben.“

„Du hast die Zeit gestoppt?“

„Nein, aber du warst … sehr schnell.“

Riley streifte ihr den Slip ab und warf ihn auf den Fußboden. „Beim nächsten Mal wird es etwas länger dauern.“ Er sank vor dem Bett auf die Knie.

Sie stützte sich auf die Ellbogen. „Du bist jetzt an der Reihe.“

„Mich lassen wir einmal aus.“ Doch es freute ihn, dass sie an ihn gedacht hatte.

„Das finde ich nicht fair.“

„Hör auf zu denken.“ Er spreizte ihre Schenkel und machte sich bereit zu beweisen, dass niemand sie so verwöhnen konnte wie er.

Riley hätte sich nicht die Mühe zu machen brauchen, ihr das Denken zu verbieten. Sobald Hayden seine heiße Zunge an ihrer empfindsamsten Stelle fühlte, setzte ihr Verstand fast völlig aus. Vor zehn Jahren hatte er das schon wunderbar gekonnt, aber jetzt … Jetzt brachte er sie dazu, wild zu keuchen und sich hemmungslos vor Lust zu winden.

Sie umfasste sein Gesicht und strich mit zitternden Fingern um seine Ohren, während überwältigende Gefühle sie durchströmten. Ungeduldig drängte sie sich ihm entgegen und packte fester zu, um keine einzige Berührung seiner Zunge zu versäumen. *Oh, lieber Himmel.*

Ihre Welt schien unaufhaltsam aus den Fugen zu geraten, während Riley ihre Leidenschaft mit geschickten Liebkosungen noch zu steigern vermochte. Diesmal dauerte es länger, bis sie den Höhepunkt erreichte. Der winzige Teil ihres Verstandes, der noch arbeitete, freute sich darüber, denn so konnte sie länger genießen, wie eine Welle des Verlangens über sie hinwegrollte.

Es war, als ob sie innerlich brannte. Das Feuer in ihr breitete sich bis in die kleinsten Nervenzellen aus, bis sie sich keine Sekunde länger beherrschen konnte. Sie ließ sich fallen, stieß einen lustvollen Schrei aus und gab sich Riley mit einer Zügellosigkeit hin, die sie sich nie zuvor erlaubt hatte, nicht einmal bei ihm.

Er hauchte Küsse auf ihren nackten Körper, bewegte sich dabei langsam nach oben, bis er ihren Mund erreichte, den er fast besitzergreifend küsste. Hayden hatte nichts dagegen. Sie war so berauscht, dass sie kaum einen klaren Gedanken fassen konnte.

Sie hatte ihm nicht die Oberhand lassen wollen, aber genau das hatte sie getan. Er ging als Sieger aus dieser Runde, es sei denn … Es sei denn, sie drehte den Spieß um und schenkte ihm einen noch großartigeren Höhepunkt.

Sie wusste nicht, ob es menschenmöglich war, doch es war einen Versuch wert. Sein unregelmäßiger Atem und die Erektion, die sie durch seine Hose spürte, verrieten ihr, dass er mehr als bereit für jeden Vorschlag in dieser Richtung war. Vielleicht könnte sie etwas von dem Terrain zurückerobern, das sie verloren hatte.

Hayden umfasste sein Gesicht mit beiden Händen und flüsterte: „Du bist dran."

Er beugte sich hinunter und küsste sie zart auf die Lippen. „Nicht heute Abend." Dann stützte er sich vom Bett ab.

Was? Riley hatte noch nie abgelehnt, sich von ihr verwöhnen zu lassen. „Das ist nicht fair!"

Sein leises Lachen klang weich und sexy. „Im Krieg und in der Liebe ist alles erlaubt." Damit ging er aus dem Schlafzimmer.

Hayden richtete sich auf und wollte ihm schon nachlaufen, um eine Erklärung zu verlangen. Aber sie war nackt, und ihm nachzulaufen würde ihm einen falschen Eindruck vermitteln. Wenig später hörte sie die Haustür klappen.

Verfluchter Kerl! Er hatte die Dinge absichtlich im Ungleichgewicht gelassen, damit er beweisen konnte … ja, was? Dass sie Sex nötiger hatte als er?

Nun, dem war nicht so. Er würde den Moment noch bereuen, in dem er sie zurückgewiesen hatte, das schwor sie. Es würde eher in der Hölle schneien, bevor sie Riley Kinnard noch einmal ein solches oder ähnliches Angebot machte.

Sie kletterte aus dem Bett, schlüpfte in einen Morgenmantel und holte sich Stift und Zeichenpapier. Ihre Pläne für die Weihnachtsszenerie im Vorgarten waren gerade um einiges größer geworden.

Rileys Vorstellungsgespräch am nächsten Morgen verlief ziemlich gut, wenn man berücksichtigte, dass er in der Nacht zuvor kaum geschlafen hatte. Selbstbefriedigung unter der Dusche hatte ihn nicht davor bewahrt, die meiste Zeit der Nacht wach zu liegen, nichts lieber wollend, als mit einem Vorrat an Kondomen wieder über die Straße zu gehen. Aber er war stolz, dass er der Versuchung widerstanden hatte.

Im Lincoln seiner Eltern – so gar nicht sein Stil – fuhr er von seinem Termin zurück nach Hause. Unterwegs bereitete er sich darauf vor, Hayden bei der Arbeit in ihrem Vorgarten anzutreffen. Er würde sich lässig geben, egal, wie sehr ihr Anblick ihn erregte.

Ursprünglich hatte er nicht vorgehabt, sich auf einen Wettstreit mit ihr einzulassen. Oder vielleicht doch. So war es nun einmal zwischen Hayden und ihm – entweder Liebe oder Krieg. Er kannte keine andere Frau, die er so aufregend fand und die ihn zugleich so wütend machen konnte.

Sie hatte ihn sexuell eindeutig herausgefordert, indem sie in dem aufreizenden Kleid bei den Faulkners aufgetaucht war. Dann hatte sie ihm die Tür vor der Nase zugeschlagen, nur um sich ihm etwas später an den Hals zu werfen.

Diese Art von widersprüchlichen Signalen bedeutete, dass er auf der Hut sein musste, wenn er nicht wie lästiges Ungeziefer von ihr zertreten werden wollte. Denn auch dazu war sie in der Lage. Vor zehn Jahren hatte sie wegen eines kleinen Fehltritts seinerseits mit ihm Schluss gemacht. Er hatte ihr zu erklären versucht, dass Lisa ihn hereingelegt hatte, aber das hatte sie nicht als Entschuldigung gelten lassen.

Sie hatte alles wegen eines dummen Kusses weggeworfen, einer verfänglichen Szene, die Lisa einzig und allein für Hayden inszeniert hatte. Riley hatte schon an Heirat gedacht, obwohl ihm klar gewesen war, dass er und Hayden erst ihr Studium am College abschließen sollten. Dennoch hatte er ernsthaft überlegt, sich zu verloben. Dann waren all seine Träume mit einem Schlag zerplatzt.

Die vorige Nacht hatte ihn daran erinnert, wie sehr er es liebte, Hayden zu lieben, deshalb musste er vorsichtig sein. Zu gehen, als er in Führung gelegen hatte, war ein brillanter Schachzug gewesen. Extrem schwierig durchzuführen, aber brillant.

Da der Gedanke an Hayden schon wieder sein Verlangen weckte, zwang er sich, an etwas anderes zu denken. Sein nächstes Vorstellungsgespräch war entscheidend. Er wollte unbedingt bei dieser Firma arbeiten, gerade weil man dort so sorgfältig bei der Auswahl der Architekten vorging.

Er hoffte, dass er den Job bekommen würde, denn trotz seiner guten Stellung in Chicago zog es ihn in seine Heimatstadt zurück. Er wollte seine Eltern öfter sehen und seine Kinder hier groß werden lassen, vorausgesetzt, er hätte eines Tages welche.

Hayden würde in seiner Zukunft keine Rolle spielen. Das redete er sich zumindest weiterhin ein. Er hielt es für besser, mit jemand anderem neu anzufangen, ohne Vorgeschichte, ohne alten Groll. Doch diese Woche würde er nehmen, was immer Hayden ihm anzubieten hatte, solange er die Dinge unter Kontrolle halten konnte und sein Herz nicht wieder mit Füßen getreten wurde.

Außerdem hatte er vor, in den nächsten Tagen eine grandiose Weihnachtskulisse im Vorgarten aufzubauen. Schließlich war er Architekt. Das sollte helfen. Er würde Damon bitten, nach dem Lunch mit dem Material zu kommen, damit sie mit der Arbeit beginnen konnten.

Damons Truck, ein schwarzes Monster mit so vielen glänzenden Chromteilen, dass es blendete, stand bereits vor Rileys Elternhaus. Die Ladefläche war voll mit Sperrholz und Latten. Damon war jedoch nicht im Wagen, sondern drüben bei Hayden im Vorgarten und redete auf sie ein, während sie mit einem Spaten ein Loch grub.

Riley konnte es Damon nicht verdenken, dass er zu ihr gegangen war. Heute trug Hayden Shorts und ein rotes Trägertop. Sicher, es war warm – fast fünfundzwanzig Grad –, aber das war bestimmt nicht der einzige Grund für ihr knappes Outfit.

Hayden hatte sich absichtlich so aufreizend angezogen, so wie sie auch das sexy Kleid absichtlich ausgewählt hatte. Sie wollte, dass er sie begehrte, was ihm jedoch verdächtig erschien. Es könnte durchaus sein, dass sie ihm eine Lektion erteilen wollte, weil er gestern Nacht so plötzlich verschwunden war. Vielleicht wollte sie ihn heißmachen, um ihn später eiskalt abblitzen zu lassen.

Was immer ihr Motiv sein mochte, der Plan funktionierte. Riley bereute nun, dass er sie einfach sitzen gelassen hatte. Vor ein paar Minuten hatte er es noch für wichtig gehalten, die Situation unter Kontrolle zu behalten. Das war allerdings gewesen, bevor er Hayden in den kurzen Shorts gesehen hatte.

Gut, dass in dieser Gegend wenig Verkehr herrschte, denn Riley wurde erst jetzt bewusst, dass er mit dem Wagen mitten auf der Straße stand, während er Hayden anstarrte. Weder sie noch Claus hatten in seine Richtung geschaut, obwohl sie hören mussten, dass ein Wagen mit laufendem Motor vor dem Grundstück gehalten hatte. Riley musste ihr Geplauder unterbrechen. Claus war der Typ, der es leicht zu weit trieb, wenn er glaubte, eine Chance zu haben.

Riley ließ die Scheibe des Lincoln herunter. „Hey, Damon! Sind Sie bereit, bei mir anzufangen?"

Claus drehte sich um und winkte. „Klar! Ich sehe mich nur ein wenig bei der Konkurrenz um."

Hayden stützte sich auf den Spaten und schaute über die Schulter, als ob sie keine Ahnung gehabt hätte, dass Riley schon länger dort stand. „Hi, Riley!“ Sie warf ihm ein strahlendes Lächeln zu, bevor sie weitergrub und ihren Po dabei gekonnt in Szene setzte.

Riley knirschte mit den Zähnen. Er fragte sich, wie er Claus loswerden könnte, um mit Hayden allein zu sein. Sie könnten Limonade im Garten hinter dem Haus trinken. Er erinnerte sich gut an den Garten – eine Oase, die perfekt für Sex im Freien wäre.

Während er Haydens Po anstarrte, verlor er sich so sehr in Gedanken, dass er den Fuß von der Bremse nahm. Der Lincoln rollte nach vorn. Fast hätte er Claus, der über die Straße zu seinem Truck gehen wollte, angefahren.

Erschrocken sprang Claus zurück. Riley trat hart auf die Bremse.

„Sorry!“, rief er durchs Fenster.

Hayden drehte sich um. „Sprichst du mit mir?“

„Nein“, antwortete er. „Mit Claus.“

„Das hätte ich mir denken können.“

Claus schien sich inzwischen von dem Schrecken erholt zu haben. Er grinste Riley verschlagen an, ehe er sich zu Hayden umwandte. „Er hätte mich beinahe überfahren, weil er so damit beschäftigt war, Sie beim Graben zu beobachten.“

Claus war eine alte Petze. Der Mann entwickelte sich zu einer Nervensäge.

„Du hast mich angestarrt, Riley?“ Hayden drehte sich um und lächelte wieder, diesmal voller Genugtuung. „Ich dachte, du wärst gegen mich immun."

„Ich habe nur versucht herauszubekommen, was du da baust, das ist alles." Sie wusste wahrscheinlich, dass er log, aber es war einen Versuch wert.

„Einen Korral."

„Oh. Ich verstehe." Dabei begriff er gar nichts. Ein umzäuntes Gehege erschien ihm unnötig, es sei denn … Er erinnerte sich an die lebenden Tiere, die die Manchesters vor zehn Jahren zu Weihnachten im Garten hatten. „Du willst doch keine richtigen Pferde hineinstellen, oder?"

Sie sah ihn nur selbstgefällig an, bevor sie sich wieder ans Graben machte. „Viel Spaß beim Dekorieren!", rief sie ihm über die Schulter zu.

Also hatte sie tatsächlich vor, ihre Weihnachtskulisse mit Tieren zu beleben. Das bedeutete, dass er sich etwas ebenso Spektakuläres ausdenken musste. Hayden forderte ihn heraus, und sie hatte immer jeden bewundert, der ihre Herausforderung annahm. Wenn er sie wieder ins Bett bekommen wollte, musste er sie davon überzeugen, dass er in der Lage war, eine wirklich tolle Weihnachtsszene aufzubauen.

Und er *würde* eine wirklich tolle Weihnachtsszene aufbauen. Er war sich nicht sicher, was in Hayden vorging, aber ihm wurde allmählich klar, was er damit bezwecken wollte. Vor zehn Jahren hatte Hayden ihn eiskalt abserviert. Er wollte beweisen, dass sie damit einen Fehler gemacht hatte.

4. KAPITEL

Weil Hayden darauf verzichtete, die Pfosten in Zement zu setzen, war Hayden mit dem Korral noch vor Einbruch der Dunkelheit fertig und ging ins Haus, um zu duschen und sich umzuziehen. Sie war neugierig, was Riley und Damon in der Garage gegenüber bauten. Bis jetzt hatten sie nur einige lange Stützlatten in den Rasen gerammt, was darauf schließen ließ, dass sie eine ziemlich große Konstruktion planten. Außerdem konnte Hayden den Geruch von frischer Farbe wahrnehmen.

Mittags hatte Damon versucht, sie über ihre Pläne auszuhorchen, denn er hatte gemerkt, dass sie ihre ursprüngliche Idee erweitert hatte. Sie hatte ihm nichts erzählt, doch dafür hatte Riley die Sache mit den Pferden erraten. Er hatte allerdings keine Ahnung, dass das nur der Anfang war.

Sie hatte gerade geduscht und sich abgetrocknet, als das Telefon klingelte. Hastig hüllte sie sich in ein Badetuch, ging zum Apparat im Schlafzimmer und schaute auf das Display. *Riley.* Eine Frau, die stark genug wäre, hätte ihn eine Nachricht aufs Band sprechen lassen.

Hayden war stark, aber so stark nun auch wieder nicht. Vom ersten Klingeln an hatte sich ihr Puls beschleunigt, weil sie schon ahnte, dass er es war. Sie hoffte, dass ihm immer noch im Kopf herumspukte, wie sie in den knappen Shorts ausgesehen hatte.

Sie atmete tief durch und nahm das Telefon hoch. „Hallo, Riley."

„Du hast noch meinen Käsekuchen."

Sie hatte tagsüber ein paarmal an den Käsekuchen gedacht und beschlossen abzuwarten, ob Riley ihn als Vorwand zum Anrufen nutzen würde. „Vielleicht habe ich ihn gegessen."

„Beide Stücke?"

„Könnte sein. Ich hatte einen langen Tag."

„An dem du nur äußerst spärlich bekleidet warst. Du kämpfst mit schmutzigen Tricks."

Hayden lächelte. „Du hast gesagt, dass im Krieg und in der Liebe alles erlaubt ist."

„Morgen Nachmittag, wenn ich mit freiem Oberkörper in den Garten gehe, wird es dir leidtun."

„Ich wette, dass du nicht mehr so muskulös wie früher bist, Kinnard."

„Wie kannst du das wissen?"

„Weil du mich beinahe fallen gelassen hättest, als du mich zum Bett getragen hast." Sie fragte sich, ob dieses Gespräch auf ihn die gleiche erregende Wirkung hatte wie auf sie.

Möglich wäre es, denn seine Stimme klang bei der nächsten Frage heiser. „Hast du wirklich den ganzen Käsekuchen gegessen?"

„Nein." In verführerischem Tonfall fuhr sie leise fort: „Möchtest du ihn holen kommen?"

„Du machst mich fertig, Manchester."

Aha, dachte sie, er gibt es also zu. „Offensichtlich nicht ganz. Gestern Nacht warst du immerhin noch in der Lage zu gehen."

„Du weißt nicht, wie hart das war."

Sie konnte sich ein Lachen nicht verkneifen. „Oh doch, das weiß ich. Ich hab es an meinen Schenkeln gespürt."

Er stöhnte. „Ich hätte klüger sein sollen, als mich auf ein Wortgefecht mit dir einzulassen. Hör mal, der Vorschlag mag nicht besonders romantisch sein, aber was hältst du davon, wenn wir die Reste bei mir essen?"

„Ich habe das Gefühl, dass hinter dieser Einladung mehr steckt, als man zunächst vermuten könnte." Ihre Brustspitzen richteten sich unter dem Badetuch auf, und sie spürte ein Ziehen zwischen ihren Beinen, während sie überlegte, was dieses Mehr sein könnte.

„Du möchtest vielleicht sexy Unterwäsche tragen."

Bei dieser Art Vorspiel per Telefon würden sie in den nächsten Stunden keine Gelegenheit zum Essen haben. „Oder überhaupt keine Unterwäsche."

Er schnappte nach Luft. „Wann kommst du?"

„Jeden Moment."

„Ich meine, wann du *zu mir* kommst. Meine Güte, du bist unverbesserlich."

„Alles ist erlaubt im …"

„Ja, ja, ja. Ich lasse die Tür auf."

„Wo wirst du sein?"

„Streng dein Gehirn an, Manchester. Ich bin sicher, du wirst mich finden."

Einfach so hatten sie sich zum Sex verabredet. Und Hayden konnte es kaum erwarten. Sie warf das Badetuch beiseite und tupfte sich ein wenig Parfum hinter die Ohren, war allerdings zu ungeduldig, um sich zu schminken. Sie strich mit der Bürste durch ihr Haar und ließ es damit bewenden.

Sie zog graue Shorts an und spürte die sinnliche Reibung des weichen Stoffs an ihrer Haut. Das Shirt, das sie griff, war gelb, aber von ihr aus hätte es auch jede andere Farbe sein können. Diesmal ging es um Schnelligkeit, nicht um Schönheit.

Sie schlüpfte in ein Paar Mokassins, nahm ihre Schlüssel vom Haken an der Tür und war schon halb auf der Straße, ehe sie sich an die Behälter mit den Essensresten erinnerte. Leise fluchend kehrte sie um und hörte schon von Weitem wieder das Telefon klingeln.

Lachend ging sie an den Apparat in der Küche. Es konnte nur Riley sein, der wissen wollte, warum sie noch immer nicht in seinem Bett war. „Du musst deine Hormone besser kontrollieren, Kinnard“, meinte sie.

„Hayden?“ Ihre Mutter klang verwirrt. „Von welchem der Kinnards sprichst du?“

Hayden schluckte. Es war eine Sache, sich von einer alten Flamme verführen zu lassen, doch eine andere Sache, das der Frau zu erklären, die sie im Arm gehalten hatte, während sie ihre Wut auf genau dieselbe alte Flamme herausgeheult hatte. Damals hatte Hayden geschworen, dass sie lieber sterben würde, als Riley auch nur wieder Guten Tag zu sagen.

„Also, Riley ist für eine Woche nach Hause gekommen. Er führt hier einige Vorstellungsgespräche bei Architekturbüros.“

Ihre Mutter zögerte mit einer Antwort. Zweifellos

überlegte sie, ob sie es wagen konnte, nach Haydens Bemerkung über die Hormone zu fragen. „Da werden seine Eltern sich aber freuen“, erwiderte sie vorsichtig. „Ich bin sicher, dass sie froh sind, ihn wiederzuhaben.“

Hayden könnte einfach nur zustimmen, aber ihre Eltern würden in drei Wochen zu Besuch kommen und sich bestimmt auch mit den Kinnards treffen. Dabei würde das Gespräch natürlich auf deren große Reise kommen. Deshalb sollte sie nicht verschweigen, dass sie zurzeit abwesend waren. „Sie sind diese Woche gar nicht hier. Sie machen eine Kreuzfahrt, die sie in einem Preisausschreiben gewonnen haben.“

„Oh.“ Haydens Mutter zögerte wieder einen Moment. „Also dachtest du eben, dass Riley am Telefon sein müsste, oder?“

„Nun, ich …“

„Hör zu, du bist erwachsen, und ich will nicht sagen, dass du nicht weißt, was du tust.“

„Es ist alles in Ordnung, Mom.“ Wow, wie peinlich. Ihre Mutter dürfte längst erraten haben, dass heute Abend Sex mit Riley auf dem Programm stand. Welchen Sinn hätte die Bemerkung über seine Hormone sonst haben sollen?

„Ich mache mir nur Sorgen, weil ich mich erinnere, wie am Boden zerstört du warst, als er sich damals mit dem anderen Mädchen einließ. Du bist normalerweise so unabhängig, aber … er ist der Mann, der die Macht zu haben scheint, dich zu verletzen. Ich möchte nicht, dass er dir ein zweites Mal das Herz bricht.“

„Dann sind wir schon zwei. Ich möchte das nämlich auch nicht."

„Pass auf dich auf, Hayden."

„Das mache ich, Mom. Danke. Hast du aus einem bestimmten Grund angerufen?"

„Oh! Das hätte ich beinahe vergessen. Dein Dad erwähnte, dass es in gewisser Weise traurig wäre, zu Weihnachten zurückzukommen und keine Dekoration im Vorgarten zu haben. Könntest du vielleicht irgendetwas aufstellen? Vielleicht einen aufblasbaren Weihnachtsmann oder die Rehfamilie aus Leuchtdraht? Nur eine Kleinigkeit."

„Natürlich. Mit Vergnügen."

„Mach dir nicht zu viel Mühe und Kopfzerbrechen."

„Glaub mir, das ist keine Mühe." Und Kopfzerbrechen bereitete ihr etwas ganz andere.

„Also, was gibt es Neues? Wann musst du zu den nächsten Dreharbeiten?"

„Mitte Januar." Hayden war jetzt nicht in der Stimmung zu plaudern. Sie musste das Telefonat beenden und dann entscheiden, was sie mit Riley machte. Ihre Mutter hatte recht – mit ihm Sex zu haben, war gefährlich. Aber könnte sie widerstehen?

„Während wir zu Besuch sind, könnten wir ein paar Ausflüge machen, vielleicht nach Bisbee und Tombstone. Was hältst du davon?"

„Klingt wunderbar." Wie konnte sie das Gespräch nur beenden, ohne dass es so wirkte, als ob sie es kaum erwarten könne, über die Straße zu laufen, um wilden Sex mit Riley zu haben?

„Oh, und wir beide müssen unbedingt einmal zum Lunch ins Tohono Chul. Ich liebe die Teezeremonie dort."

Hayden verdrehte die Augen. Sie hatte den Verdacht, dass ihre Mutter sie absichtlich aufhielt, um ihre Ehre zu schützen. „Das wäre toll, Mom. Hör zu, ich …"

Es klingelte an der Tür.

„Jemand ist an der Tür." Sie konnte sich denken, wer es war.

„Geh nur. Ich bleib solange dran."

Nein, nicht dranbleiben! Aber es war ihre Mutter, und ihre Mutter hatte einen sechsten Sinn, wenn es um solche Sachen ging. „Bin gleich wieder da", sagte Hayden ergeben.

Sie war kein bisschen überrascht, als sie die Tür öffnete und Riley vor ihr stand, auch in Sweatshorts und Shirt. Er trug eine kleine Einkaufstasche.

„Weil es so lange dauerte, habe ich beschlossen, die Party hierher zu verlegen", verkündete er. „Ich meine, ein Bett ist so gut wie …"

Sie hielt ihm den Mund zu und deutete mit der anderen Hand Richtung Küche. „Meine Mutter ist am Telefon", murmelte sie.

„Oh." Er senkte die Stimme. „Sie hasst mich ziemlich, stimmt's?"

„Ziemlich. Als ich den Hörer abnahm, dachte ich, du wärst es, deshalb sagte ich etwas recht Unüberlegtes."

„Sie weiß, dass wir etwas Unanständiges vorhaben?“

„Ich fürchte, ja.“

„Wie peinlich.“

„Das ist nicht lustig. Ich sollte zurückgehen und ihr sagen ... ihr sagen ...“

„Sag ihr, dass die Sache mit Lisa Trenton nur ein Missverständnis war.“

Hayden musterte ihn finster. „Ja, klar.“

„Ich schwöre es, Hayden. Ich habe damals versucht, es zu erklären, doch du wolltest nicht zuhören.“

„Im Klartext: Du hast dich herausreden wollen, nachdem du mit einem anderen Mädchen herumgeknutscht hast. Wie konntest du nur, nach all den Nächten, die wir zusammen verbracht hatten? War ich nur eine Art Versuchskaninchen für dich, irgendein dummes Ding, das du benutzt hast, um all die Positionen in ‚The Joy of Sex‘ auszuprobieren, damit du bei Mädchen wie Lisa mit Erfahrung punkten konntest?“

„Hayden, du wirst laut. Deine Mutter könnte dich hören.“

„Nun, das ist kein Problem, weil ich jetzt genau weiß, was ich ihr sagen werde.“ Sie marschierte in die Küche. „Mom, das war Riley, aber mach dir keine Sorgen. Ich schicke ihn gleich wieder zurück.“

„Das ist gut, Hayden. Ich traue dem Jungen nicht.“

Er ist inzwischen ein Mann, Mom. Und ich will ihn mehr als je zuvor. „Ich traue ihm auch nicht“, antwortete sie. „Wie dem auch sei, ich höre jetzt lieber auf, damit ich mich darum kümmern kann.“

„Ruf an, wenn du reden möchtest, Süße."

„Das mache ich. Danke. Grüß Dad lieb von mir." Sie legte den Hörer auf und drehte sich um. Riley war ihr gefolgt und stand nun direkt vor ihr. „Du musst gehen", forderte sie ihn auf, wobei sie es allerdings nicht wagte, ihm in die Augen zu sehen. „Das ist wirklich keine gute Idee. Also geh."

„Vor zehn Jahren habe ich dem Befehl gehorcht. Heute habe ich den Mut, es darauf ankommen zu lassen." Er zog sie an sich und hob ihr Kinn. „Sag mir, dass du dies nicht willst." Dann küsste er sie.

Sie wehrte sich nur kurz, bevor sie sich weich an ihn schmiegte. *Sorry, Mom. Er ist hier, und du bist es nicht. Ich schicke ihn morgen fort.*

Riley riskierte viel, und er wusste es. Auch nach all den Jahren hatte Hayden ihm die Sache mit Lisa Trenton noch immer nicht verziehen. Mrs Manchester anscheinend auch nicht. Es könnte wieder damit enden, dass er zurückgewiesen wurde.

Doch Haydens Kuss schmeckte nicht nach Zurückweisung. Er schmeckte nach Hingabe. So wie sie sich an ihn schmiegte, hatte sie vor dem Telefonanruf große Pläne gehabt, Pläne, bei denen Unterwäsche überflüssig war. Es fühlte sich so an, wie eine Frau im Pyjama im Arm zu halten – sehr intim und aufregend.

Zum Glück trug auch er etwas Pyjamaähnliches. Vor zwanzig Minuten war er noch nackt gewesen, aber vor Ungeduld hatte er sich schnell Shorts und ein T-Shirt angezogen, um über die Straße zu gehen.

Gut, dass er es getan hatte.

Noch ein paar Minuten länger mit ihrer Mutter am Telefon, und Hayden hätte die Show abgeblasen. Er war gerade rechtzeitig gekommen.

Während er seine Hände unter ihr T-Shirt schob, fing sie an, sie beide aus der Küche zu steuern. Riley nahm an, dass sie ins Schlafzimmer wollte, doch so weit kamen sie nicht. Schon immer hatte er sie einmal neben einem duftenden Weihnachtsbaum lieben wollen, und dies war der ideale Zeitpunkt.

Er umfasste ihr Gesicht mit beiden Händen und löste seine Lippen von ihren. „Hier."

Ihre Stimme bebte vor Leidenschaft. „Auf dem Fußboden?"

„Ja. Neben dem Baum."

„Okay." Sie streifte ihre Schuhe ab und stieß sie mit den Füßen beiseite.

Sich mit Hayden auf den Berberteppich sinken zu lassen, erforderte etwas Geschick von seiner Seite. Er schaffte es nicht, sie beide vollständig auszuziehen, aber er dachte noch daran, das Kondom aus seiner Tasche zu holen, bevor er die Shorts zu seinen Knöcheln hinabschob und sich zwischen ihre gespreizten Schenkel kniete.

Das Licht von der Küche genügte ihm dafür, sich den Schutz überzustreifen. Bei seiner Motivation hätte er es allerdings auch im Stockfinstern geschafft.

Hayden atmete schwer, trotzdem konnte sie es nicht lassen zu sticheln. „Offensichtlich hast du es diesmal nicht vergessen."

„Ich lerne schnell."

„Dann weißt du sicher auch, wie sehr ich dich will, Kinnard."

„Ich glaube, ja. Du bist immerhin damit einverstanden, dass wir uns auf dem Fußboden lieben."

„Kann nicht schlimmer sein als auf der Ladefläche deines Pick-ups."

Das traf ihn. „Ich hatte immer ein Stück Schaumstoff unter der Decke", erwiderte er.

„Zwei Zentimeter dick."

„Nur um deinen Ruf zu schützen. Hätte ich eine dickere Unterlage gekauft, hätte jeder gewusst, wofür ich sie brauchte."

Hayden streichelte seine nackte Brust. „Es wussten sowieso alle. Machen wir es nun oder nicht?"

„Wir machen es." Er schob seine Hand zwischen ihre Schenkel und spürte, wie erregt sie war. „Und ob wir es machen." In dem Moment, als er in sie eindrang, erkannte er jedoch, dass er einen Fehler beging. Es fühlte sich einfach zu gut an.

Hayden wollte zwar jetzt mit ihm zusammen sein, aber es gab keine Garantie, dass sie es auch in Zukunft noch wollte. Riley hatte plötzlich nur die Zukunft im Kopf, und er wollte, dass Hayden darin vorkam.

Sie rang nach Luft.

„Ist etwas nicht in Ordnung?", fragte er besorgt. Vielleicht war sie nicht so bereit, wie sie sich anfühlte.

„Nein", brachte sie erstickt hervor.

„Es ist lange her." *Und es ist wundervoll, absolut wundervoll.* „Ich will dir nicht wehtun."

„Du tust mir nicht weh, okay?"

Er beugte sich hinunter und streifte ihre Lippen mit seinen. „Ich wollte dir nie wehtun, Hayden."

„Das behauptest du." Ihre Stimme klang sonderbar.

„Du wirst doch nicht weinen, oder?"

„Ganz bestimmt nicht." Sie schniefte. „Es ist nur … Ich habe dich vermisst."

Das hörte sich vielversprechend an. „Ich habe dich auch vermisst, Hayden. Weine nicht, Liebling."

„Es ist eine Allergie." Sie schniefte wieder. „Könntest du bitte einfach weitermachen?"

„Natürlich." Aber sie weinte. Er küsste ihre Augen, ihre Wangen, ihren Mund, und sie schmeckten alle nach Tränen. „Hayden …"

„Schon gut! Mach endlich!"

Riley fing an, sich zu bewegen. Er hoffte, dass sie vielleicht vergessen würde zu weinen, wenn er sie befriedigte. Es funktionierte nicht ganz. Je mehr sie sich ihrem Höhepunkt näherte, desto stärker flossen ihre Tränen. So wie er Hayden kannte, hasste sie es, dass sie so emotional auf ihre sexuelle Wiedervereinigung reagierte. Doch er hasste es nicht. Er liebte es zu wissen, dass es ihr immer noch so viel bedeutete.

Er würde ihr zeigen, dass es ihm genauso ging, indem er sie so verwöhnte, wie es ihr immer gefallen hatte. Als sie ihr Becken anhob, veränderte er seine Haltung so, dass er ihren G-Punkt treffen musste. Sie hatten zusammen darüber gelesen, und er wusste genau, wo sich diese wichtige Stelle bei ihr befand.

„Oh, Riley." Sie krallte ihre Fingernägel in seinen Rücken und drängte sich ihm entgegen.

„Ja, Hayden. Komm." Sie mochte weinen, aber sie war so konzentriert wie er. Vor zehn Jahren hatte er gelernt, dass sein Höhepunkt ihrem unmittelbar folgen würde, daher war ihre Befriedigung vorrangig.

Sie waren knapp davor. Sein Herz raste. Er hatte vergessen, wie aufregend Sex mit Hayden sein konnte. Sie gab alles, was sie zu geben hatte. Doch sie weinte immer noch, immer lauter.

Er machte sich jetzt wirklich Sorgen um sie. „Geht es dir wirklich gut?", fragte er atemlos.

„Ja, verdammt!" Sie keuchte und beschleunigte das Tempo. „Mach einfach weiter. Genau da. Mehr. Ja! Ja!" Mit einem Schluchzen bäumte sie sich auf.

Fast gleichzeitig entlud sich die Spannung auch in ihm, explosionsartig und überwältigend. Nur Hayden konnte dieses Gefühl in ihm auslösen. *Nur Hayden.*

5. KAPITEL

Was machen wir auf dem Fußboden?" Hayden stieß Riley an, der wie ein Toter auf ihr lag. „Wessen glorreiche Idee war das?" Sie hatte ihre Emotionen jetzt wieder unter Kontrolle. Es war schlimm genug, dass sie beim Sex hemmungslos geweint hatte. Sie mussten nicht auch noch darüber reden.

Seufzend stützte sich Riley auf die Ellbogen und schaute Hayden an. „Es war meine Idee. Ich liebe Weihnachten. Ich liebe Weihnachtsbäume. Ich wusste, dass ich es lieben würde, dich neben dem Baum zu lieben."

Oh, verdammt. Bei all dem Gerede von Liebe, auch wenn es nicht direkt um sie ging, spürte sie erneut einen Kloß im Hals. Ihre Augen tränten auch schon wieder.

Riley musterte sie. „Weinst du?"

„Nein." Sie stemmte sich gegen seine Brust. „Es ist dein Aftershave. Es brennt mir in den Augen."

„Du bist eine schlechte Lügnerin."

„Ich lüge nicht." Sie versuchte, sich unter ihm herauszuwinden.

„Hör auf, dich zu bewegen, sonst verliere ich durch dein Gerangel etwas sehr Wichtiges."

Sie verharrte regungslos. Früher waren sie immer sehr vorsichtig in Sachen Empfängnisverhütung gewesen. Es gab keinen Grund, jetzt unachtsam zu werden. „Dann lass mich aufstehen."

„Nicht bevor wir über deine Tränen geredet haben. Wenn es ein Problem gibt, kann ich es vielleicht lösen."

Keine Chance, es sei denn, er hätte eine Zeitmaschine. Im schwachen Licht, das von der Küche her ins Wohnzimmer fiel, konnte sie nicht sehen, dass er zehn Jahre älter geworden war. Dies könnte auch Weihnachten vor zehn Jahren sein. Damals hatte sie so viel Vertrauen zu ihm gehabt.

Aber wenn sie ehrlich war, wollte sie die Zeit gar nicht zurückdrehen und auf alles verzichten, was sie seit der Highschool gelernt und erreicht hatte. Nur die Szene, wie Riley Lisa geküsst und seine Hand auf ihre Brust gelegt hatte, die könnte er gern ungeschehen machen.

Es war ein Schock für sie gewesen, als sie ihn mit Lisa erwischt hatte. Riley hatte ihre Beziehung offenbar nicht so ernst genommen, wie sie es getan hatte. Sonst hätte er sich für das, was passiert war, entschuldigt, statt nach Ausflüchten zu suchen und jede Schuld von sich zu weisen.

„Rede mit mir, Hayden."

„Es ist zu spät", sagte sie.

„Es ist nie zu spät, solange man noch nicht tot ist."

„Wenn du mich nicht sofort aufstehen lässt, bist du tot, Riley, und dann wird es wirklich zu spät sein. Versuch es nicht auf die harte Tour. Die zieht bei mir nicht."

Er schaute sie eindringlich an, so als ob er in ihren Augen lesen wollte. „Okay. Ich lasse dich aufstehen, aber du musst mir versprechen, dass wir darüber reden, warum du geweint hast."

„Das wäre sinnlos." Da er nichts an der Vergangenheit ändern konnte, hatte sie kein Interesse, darüber zu reden. „Es ist, wie es ist. Oder wie es war. Was auch immer."

„Versprich mir, dass wir beim Essen reden."

Sie seufzte. „Du kannst beim Essen reden. Was hältst du davon?"

„Fürs Erste reicht mir das." Er löste sich von ihr.

Hayden war froh, dass es dunkel war, weil nun der peinliche Teil von Sex folgte. Kondome waren keine elegante Lösung. Sie sehnte sich nach einem festen Partner, um auf diese Art von Schutz verzichten zu können.

Doch bisher hatte sie niemanden gefunden, der an Riley heranreichte. Und Riley konnte sie nicht trauen. Was für ein Dilemma.

Rasch schlüpfte sie wieder in ihre Shorts und zog ihr T-Shirt zurecht, strich sich mit den Fingern durchs Haar und ging unsicher in die Küche. Sex mit Riley war schon immer ziemlich kraftraubend gewesen. Auch in dieser Hinsicht konnte sich kein anderer Mann mit ihm messen.

Als er in die Küche kam, hatte Hayden den Rinderbraten und das Bierbrot zum Aufwärmen in den Ofen gestellt. „Wein ist auf dem Regal da drüben." Sie zeigte auf die Flaschen, die sie nach ihrem Einzug gekauft hatte. „Und ein Korkenzieher liegt in der Schublade direkt darunter."

Riley öffnete eine Flasche und durchsuchte die

Schränke, bis er die Weingläser gefunden hatte. Er schien sich in ihrer Küche wie zu Hause zu fühlen. Warum auch nicht, dachte Hayden. Er hatte sich hier früher öfter als in der Küche seiner Eltern aufgehalten.

Als der Geruch von Rinderbraten aus dem Ofen drang, reichte Riley ihr ein Glas Cabernet. „Auf …"

„Wenn das ein sentimentaler Trinkspruch wird, schlage ich dir mit der Flasche den Schädel ein", warnte Hayden ihn. Sie hatte für heute genug geweint.

„Schon gut. Auf unseren Wettkampf."

„Darauf trinke ich gern." Sie dachte an das, was sie vorhatte, und lächelte. „Du wirst dieses Jahr so was von alt aussehen, Kinnard."

Er nippte am Wein. „Du weißt noch nicht, was ich in meiner Garage habe."

„Nein, aber du arbeitest erst einen Nachmittag an deinem Projekt, ich an meinem dagegen schon seit letzter Woche. Du bist im Rückstand, und das ist nie eine gute Ausgangsposition." Sie probierte den Wein und schaute aufs Etikett. Von den Dutzend Flaschen im Regal hatte er ihre Lieblingssorte ausgesucht. Gut geraten.

Riley öffnete die Backofentür. „Das ist fertig."

Hayden fand, dass er noch besser in ihre Küche passte als in die der Faulkners. Sie konnte sich gut vorstellen, wie sie sich gemeinsam durch ein Rezept arbeiteten und dabei Wein tranken, um die Enttäuschung, falls das Gericht misslang, besser zu ertragen. Sie hatten immer viel Spaß miteinander gehabt, was auch ein Grund war, weshalb sie solche Probleme hatte, mit jemand anderem glücklich zu werden.

Einträchtig deckten sie den Tisch und schenkten Wein nach. Riley nahm sich sogar die Zeit, Streichhölzer zu suchen und die Kerzen auf dem kleinen Tisch in der Küche anzuzünden. Dann tat er etwas völlig Unerwartetes. Er zog einen Stuhl für sie heraus.

„Ich kann mich nicht erinnern, wann ein Mann so etwas zum letzten Mal für mich getan hat", sagte sie, als sie sich setzte. „Danke."

„Du darfst nicht vergessen, dass meine Mutter eine Südstaatlerin ist. Wenn es nach ihr gegangen wäre, hätte ich sie siezen müssen, aber davor hat mich mein Dad zum Glück bewahrt. Ich hätte vor den anderen Kindern sonst wie ein Idiot dagestanden."

„Ich habe den Akzent deiner Mutter immer geliebt." Hayden stellte fest, dass Riley sogar die Stoffservietten gefunden hatte, und breitete ihre auf dem Schoß aus. Der Braten roch köstlich. Sie tat ihnen beiden davon auf.

„Und sie hat dich geliebt." Riley schien mit großem Appetit zu essen, obwohl er ein heikles Thema anschnitt. Männer konnten wohl immer essen. „Sie hat mir nie verziehen, dass ich dich verloren habe."

Hayden stockte der Atem. „Weiß sie, was damals passiert war?"

„Mehr oder weniger." Riley nahm noch einen Bissen vom Rinderbraten. „Ich versuchte, es ihr zu erklären, doch sie war auf deiner Seite. Sie fand mein Verhalten unverzeihlich."

Hayden schaute ihn an. Im Gegensatz zu ihm bekam sie keinen Bissen herunter. „Bitte sag nicht, dass du dich nur um mich bemühst, weil du deiner Mutter einen Gefallen tun möchtest."

„Um Himmels willen, nein." Er nahm ein Stück vom Bierbrot und sah sie an. „Lass uns unsere Eltern aus der Sache heraushalten. Lass uns vergessen, dass deine Mutter mich hasst und dass meine Mutter mir vorwirft, eine gute Sache ruiniert zu haben. Lass uns einfach nur an uns denken." Er biss herzhaft in das Brot.

„Okay." Sie erinnerte sich an das Gefühl von Solidarität, das sie früher verbunden hatte – sie beide gegen den Rest der Welt. Auch wenn sie in einen ewigen Konkurrenzkampf verstrickt gewesen waren, bildeten sie gegen alle anderen eine einheitliche Front. Sie vermisste diese Einigkeit mehr, als sie zugeben mochte.

„Ich habe einen Wunsch", fuhr er fort. „Ich möchte, dass du zuhörst – wirklich zuhörst –, wenn ich dir erkläre, was in der Nacht des Abschlussballs passiert ist."

Ihr Magen verkrampfte sich. „Riley, wenn du mir irgendwelchen Blödsinn auftischen willst, kannst du gleich …"

„Hör bitte einfach nur zu." Er legte eine Hand auf ihren Arm. „Ich hatte nie eine Chance, dir meine Version zu erzählen, ohne dass du mich wütend unterbrochen hast. Ich verdiene wenigstens das."

Sie war sich nicht sicher, dass er irgendetwas verdiente, doch es fiel ihr schwer, ihm etwas abzuschlagen, wenn er sie mit seinen schönen grünen Augen so seelenvoll ansah. „Na gut. Was hast du mir zu sagen?“

„Ich weiß nicht, ob es dir damals aufgefallen ist: Aber Lisa Trenton war schon lange hinter mir her.“

Hayden spürte, wie ihr die Galle hochstieg. „Oh, ich weiß, glaub mir. Sie war nicht gerade diskret.“

„Aber ich hatte nie irgendetwas mit ihr zu schaffen.“

„Bis zur Party bei Rob.“ Der Schmerz war auf einmal so frisch, als ob es gerade erst gestern geschehen wäre. „Da hattest du sehr viel mit ihr zu schaffen. Bestimmt hast du sie, gleich nachdem ich weg war, mit in deinen Pick-up genommen, ihr eine Ausgabe von ‚The Joy of Sex‘ gezeigt und …“

„Nein, verdammt noch mal! Nein! Lisa wusste, dass du in der Küche warst, um Robs Mutter zu helfen. Sie wusste auch, dass ich viel zu viel Punsch getrunken hatte. Ich schwöre, dass sie mit untrüglichem Instinkt genau den Moment abpasste, als du hereinkamst, um meine Hand an ihre Brust zu pressen und mich zu küssen.“

„Und du hast es gehasst, nicht wahr? Ich konnte es an der Art merken, wie du dich an sie drängtest“, erwiderte Hayden sarkastisch. Die Szene hatte sich in ihr Gedächtnis eingebrannt. Riley hatte keinen Widerstand geleistet. Wenn er Lisa nicht hätte küssen wollen, hätte er sich zur Wehr setzen müssen. Er war zehnmal stärker als Lisa.

„Hayden, ich war angetrunken, okay? Lisa hatte sich auf mich gestürzt, bevor ich wusste, wie mir geschah. Sie hatte einen Plan, und er funktionierte perfekt: Du hast auf der Stelle vor all unseren Freunden mit mir Schluss gemacht.“

Das hatte sie tatsächlich getan. Sie war nicht stolz darauf. Leider hatte sie schon immer einen Hang zur Dramatik gehabt – ein Grund, warum es sie zum Film gezogen hatte und sie ihren Lebensunterhalt als Szenenbildnerin verdiente. Doch die Dramatik sollte am Set bleiben. Sie konnte ihren Auftritt nur damit entschuldigen, dass sie gerade erst achtzehn gewesen war.

Sie schaute ihn an. „Ich habe dich bloßgestellt.“

„Und wie.“

„Es tut mir leid, aber wenn du nicht …“

„Zu deiner Information: Ich ließ mich in jener Nacht von Kevin nach Hause fahren. Lisas Plan scheiterte nach anfänglichem Erfolg doch noch, denn ich suchte keinen Trost in ihren Armen, wie sie sich das wahrscheinlich ausgerechnet hatte. Wir sind uns nie nähergekommen.“

Hayden wollte ihm glauben, trotzdem … „Wenn jede beliebige Frau so mit dir spielen kann, nur weil du ein bisschen betrunken bist, was bedeutet das denn? Dass du nur so lange treu bist, bis jemand mit einem Sechserpack Bier aufkreuzt?“

„Hayden, ich war *achtzehn*. Kannst du mir vielleicht zugestehen, dass ich seitdem erwachsen geworden bin?“

Sie hatte zu lange an ihrem Groll festgehalten. Jetzt fiel es ihr schwer, ihn loszulassen.

„Meine Güte, bist du stur.“ Gereizt schob Riley seinen Stuhl zurück. „Ich habe gesagt, was ich zu sagen hatte. Vielleicht hast du recht. Vielleicht ist es zu spät, den Schaden zu reparieren."

„Ich weiß nur, dass es niemals wieder wie früher sein wird."

„Stimmt. Aber ist dir je in den Sinn gekommen, dass es vielleicht sogar noch besser sein könnte?" Wütend marschierte er aus der Küche.

„Willst du deinen Käsekuchen nicht?"

„Nein! Du kannst ihn essen. Ich habe an einer Weihnachtsdekoration zu arbeiten." Die Tür fiel laut hinter ihm ins Schloss.

Hayden mochte eine theatralische Ader haben, doch Riley stand ihr in dieser Beziehung nicht nach. Sein Abgang hatte es in sich gehabt. Oh ja, er hatte es genossen, beleidigt hinauszustürmen.

Was bildete er sich eigentlich ein? Dass sie nach seiner knappen Erklärung hingebungsvoll in seine Arme sinken würde, um ihm ihre unsterbliche Liebe zu gestehen? Er mochte betrunken gewesen sein, als Lisa ihn gepackt hatte, aber es war trotzdem falsch von ihm gewesen, dass er sich nicht gewehrt hatte. Sie hatte nicht gehört, dass er sich dafür entschuldigt hatte.

Stattdessen hatte sie sich bei ihm dafür entschuldigt, eine Szene gemacht zu haben. Was war nur in sie gefahren? Schließlich hatte das Debakel damit angefangen, dass er sich von Lisa hatte küssen lassen. Hayden hatte auf die Art reagiert, wie jedes verliebte Mädchen reagiert hätte.

Trotzdem liebe ich ihn immer noch, erkannte sie plötzlich. Das war der wahre Grund für ihre Tränen beim Sex. Sie hatte es nur nicht zugeben wollen. Wie töricht musste man sein, um jemanden, der einen so schlecht behandelt hatte, auch nach zehn Jahren noch zu lieben? Sicher, sie hatte mit anderen Männern geschlafen, aber sie hatte keinem von ihnen ihr Herz geschenkt. Weil es Riley gehörte.

Zum Glück wusste er das nicht, was bedeutete, dass sie zumindest ihren Stolz retten konnte. Außerdem würde sie die großartigste Weihnachtsszene aufbauen, die diese Straße je gesehen hatte. Hayden schnappte sich die Weinflasche, ging ins verdunkelte Wohnzimmer und schaute durchs Fenster zum Haus gegenüber.

Durch einen Spalt unter dem verschlossenen Garagentor drang Licht, und das Kreischen einer Elektrosäge drang gedämpft zu ihr herüber. Wenn Riley nachts an seiner Kulisse arbeiten konnte, dann konnte sie es auch.

Sie trank einen Schluck Wein, direkt aus der Flasche, wie ein Revolverheld im Wilden Westen. Der Showdown würde gnadenlos sein. Ursprünglich hatte sie vorgehabt, die Wirkung ihrer Dekoration über mehrere Tage zu steigern, doch jetzt änderte sie diese Strategie. Morgen Abend würde sie Riley auf einen Schlag alles präsentieren, was sie zu bieten hatte.

Rileys zweites Vorstellungsgespräch zog sich in die Länge. Danach lud ihn das Team, mit dem er sich unterhalten hatte, zum Lunch ein. Obwohl er lieber gleich nach Hause gefahren wäre, um an der Dekoration zu arbeiten, konnte er es nicht riskieren, die Einladung abzulehnen.

Die Entscheidung war richtig gewesen. Nach dem Essen hatten sie ihm den Job angeboten.

Da er auf dem Rückweg noch einen Stopp am Baumarkt einlegte, um weitere Materialien zu besorgen, kam er erst nach drei Uhr nachmittags nach Hause. Es wunderte ihn nicht, einen Pferdetrailer in Haydens Einfahrt zu sehen. Ihre Dekoration schien fast fertig zu sein. Die Farmhütte und der Korral waren über und über mit Lichterketten, Tannengrün und Girlanden geschmückt.

Er fragte sich, ob sie sich darüber im Klaren war, dass die Pferde alles in Reichweite fressen würden. Sie hatte als Kind einen Hund und zwei Katzen gehabt, aber er konnte sich nicht erinnern, dass sie je eine Pferdephase durchgemacht hatte.

Nun, es war nicht sein Problem, was die Tiere für Schäden anrichten könnten oder was Hayden mit den Pferdeäpfeln machen würde. Ob sie überhaupt daran gedacht hatte, sich eine Genehmigung für das Halten von Tieren in ihrem Garten zu holen? Er wusste, dass Pferdehaltung nicht erlaubt war. Als er zehn Jahre alt gewesen war und Cowboy hatte werden wollen, hatte er das überprüft.

Damons Truck parkte vor dem Haus der Faulkners, und Damon war dabei, eine Lichterkette um den Kaktus zu winden. Hin und wieder fluchte er. Einen Kaktus zu schmücken, war kein angenehmer Job.

Damon schaute auf, als Riley aus dem Wagen stieg.

„Bin gleich bei Ihnen!“, rief er. „Haben Sie mitgekriegt, was auf der anderen Straßenseite los ist? Harte Konkurrenz. Ich habe mich mit ihr unterhalten. Sie hat vor, Sie zu vernichten.“

„Soll sie es versuchen.“ Riley hatte nicht umsonst die halbe Nacht getüftelt. Im Kofferraum lagen drei Elektromotoren. Sobald seine Weihnachtsszenerie durch Strombetrieb zum Leben erwachte, würde niemand mehr einen Blick für ein paar Pferde in einem Korral und ein heimeliges Farmhaus übrighaben.

Er wusste, dass er mit dieser ausgefallenen Konstruktion hauptsächlich seinen sexuellen Frust abreagierte. Wenn Hayden gestern Abend bereit gewesen wäre, den Olivenzweig anzunehmen – was Versöhnung im Bett bedeutet hätte –, würde er bei diesem Wettstreit nicht alle Register ziehen.

Warum konnte Hayden die Vergangenheit nicht einfach hinter sich lassen und erkennen, was sie in der Gegenwart haben könnten? Er fand, dass sie aus einer Mücke einen Elefanten machte.

„Soll’s losgehen?“ Damon kam vom Garten der Faulkners herübergeschlendert. An seinen Händen klebten überall kleine Pflaster.

Riley warf einen Blick darauf. „Sind Sie überhaupt in der Lage zu arbeiten?“

„Na klar. Aber der Kaktus sticht.“

„Das klingt, als ob Sie überrascht wären.“ Riley hatte den Verdacht, dass Damon wenig Erfahrung mit Weihnachtsdekorationen hatte.

„Wo ich herkomme, gibt es keine Kakteen.“

„Und woher kommen Sie?“
„Oben aus dem Norden.“
Riley beschloss, nicht weiter nachzufragen. Er hatte ohnehin den Eindruck, dass Damon immer nur höchstens die halbe Wahrheit sagte. Vielleicht war er auf der Flucht vor der Polizei und das Geschäft nur eine Tarnung. Doch jetzt war er hier, und Riley brauchte helfende Hände, mit Pflaster oder ohne.

Zwei Stunden später waren sie fertig, gerade noch rechtzeitig. Das Licht schwand allmählich, und bald würden sie Schwierigkeiten haben zu sehen, was sie taten. Außerdem wollte Riley die Konstruktion schon an diesem Abend beleuchten, weil er ahnte, dass Hayden das Gleiche vorhatte.

Damon trat ein paar Schritte zurück, um die Skyline von Chicago aus Sperrholz zu betrachten. Riley stellte sich neben ihn, stützte die Hände an die Hüften und atmete tief durch. Sein Werk war gelungen, und seine Eltern, die ihn in all den Jahren gern in Chicago besucht hatten, würden es lieben.

Die Wand war an der höchsten Stelle, wo eindeutig das Hancock Building zu erkennen war, drei Meter hoch. Alles war verkabelt, sodass beim Einschalten des einen Elektromotors sämtliche Fenster der Wolkenkratzer beleuchtet sein würden. Ein Riesenrad, das sich tatsächlich drehte, war am Ende vom Navy Pier eingebaut, und eine gewellte blaue Plastikfolie stellte den Lake Michigan dar. Der zweite Motor würde einen kleinen Ausflugsdampfer über die Kunststoffwellen schicken.

Aber es war der dritte bewegliche Teil, von dem Riley sich den atemberaubendsten Effekt versprach. Damit war ihm der Sieg sicher.

„Schalten Sie es ein?“, fragte Damon.

„Auf jeden Fall.“

„Bevor Sie es tun, was soll eigentlich dieser Wettstreit zwischen Ihnen und Hayden? Ich fühle seltsame Schwingungen in der Luft.“

„Sie ist nur eine Freundin.“

„Reden Sie keinen Quatsch, Kinnard. Sie ist mehr als das. Gerade haben Sie das gigantische Hancock Building aufgestellt, das so sehr an einen Phallus erinnert, dass es schon unheimlich ist. In der Zwischenzeit hat sie dieses gemütliche kleine Farmhaus gebastelt, das wie ein Nest wirkt, ein Symbol für die weibliche …“

„Okay, ich habe verstanden, worauf Sie hinauswollen. Ich gebe zu, dass zwischen Hayden und mir etwas läuft.“

Claus hakte seine Sonnenbrille unter den Kragen seines T-Shirts. „Haben Sie jemals einen dieser alten Filme mit John Wayne und Maureen O’Hara gesehen?“

„Ich denke schon. Als Wiederholung. Warum?“

„So sehe ich Sie beide. Jeder von Ihnen will die Oberhand behalten. Aber das ist okay. Es macht den Sex viel besser, und ich bin sehr für guten Sex.“

Riley musterte ihn. „Finden Sie nicht, dass diese Unterhaltung etwas unpassend ist für einen Weihnachtsdekorateur und seinen Kunden?“

„Nicht wirklich. Wissen Sie, nebenbei helfe ich Paaren dabei, tollen Sex zu haben. In diesem Fall habe ich zwei Fliegen mit einer Klappe geschlagen, daher …“

„Was zum Teufel sind Sie, eine Art Kuppler in Sachen Sex?“

Claus grinste. „Das gefällt mir. Das ist eine sehr gute Beschreibung meiner Nebenbeschäftigung. Was ich sagen will, ist: Hoffentlich gefällt Hayden Ihr Hancock Building.“

6. KAPITEL

Die Miniaturpferde, die Hayden gemietet hatte, passten von der Größe her perfekt zu ihrem Farmhaus und dem Korral. Die Bezirksverwaltung hatte ihr versichert, dass sie eine Ausnahme für Minipferde machen konnten, die schließlich nicht größer als Dänische Doggen waren, und sie hatte sowieso nicht vor, sie ständig auf ihrem Grundstück zu halten.

Sie hatte bis zum späten Nachmittag so ziemlich alles zusammen, außer Pete Gibson, ihren singenden Cowboy. Seine Visitenkarte hatte an ihrer Haustür gesteckt, obwohl er behauptete, dass er sie nicht dorthin getan hatte.

Wenn Pete es aus Schüchternheit nicht zugeben mochte, war es ihr egal. Er war ideal für ihre Zwecke. Bevor Riley in die Stadt gekommen war und sie zum Duell herausgefordert hatte, hatte sie vorgehabt, eine CD mit weihnachtlichen Countrysongs abzuspielen, aber nun war ihr die Idee nicht mehr gut genug.

Außerdem war der singende Cowboy nicht irgendein Fremder. Hayden kannte ihn von der Highschool. Tagsüber arbeitete er auf dem Bau, und am Wochenende sang er in einem Klub. Um die Rolle in ihrem Weihnachtsbild übernehmen zu können, hatte er für seine Auftritte im Klub für Vertretung sorgen müssen.

Hayden hätte sich am Wochenende auch mit einer Vertretung zufriedengegeben, doch davon wollte Pete nichts hören. Er war früher in sie verliebt gewesen, und so eifrig, wie er sich bemühte, ihre Wünsche zu erfüllen, befürchtete sie, dass er es noch immer war. Wenn sie eine andere Möglichkeit gehabt hätte, dann hätte sie ihn nicht genommen. So aber schien Pete ihre beste Wahl zu sein.

Außer, dass er sich verspätete. Er hatte versprochen, um halb sechs bei ihr zu sein, und jetzt war es bereits Viertel vor sechs. Sie zögerte, die Beleuchtung einzuschalten und die Minipferde in den Korral zu lassen, weil sie wollte, dass wegen des Showeffekts alles auf einmal passierte.

Während sie im Garten stand und mit dem Cowboy redete, der die Pferde gebracht hatte, konnte sie die Umrisse von Rileys beeindruckender Konstruktion sehen. Sie musste zugeben, dass die Skyline von Chicago eine hübsche Idee war, zumal viele Menschen in Tucson aus Chicago stammten und eine Erinnerung an die Heimat zu schätzen wissen würden. Allerdings konnte sie keinen Bezug zu Weihnachten erkennen.

Vielleicht hatte er etwas Besonderes mit der Beleuchtung vor, damit es nach Weihnachten in Chicago aussah. Bevor sie ein abschließendes Urteil fällte, wollte sie abwarten, bis die Lichter angingen. Sie fragte sich jedoch, wie viel Riley von Elektrik verstand. Er war Architekt, kein Kulissenbauer. Vielleicht würde er nur ein paar rote und grüne Flutlichter installieren und es dabei belassen. Ihr sollte es recht sein. Sie hatte die bessere Dekoration.

Plötzlich, als ob sie es durch ihre Gedanken heraufbeschworen hatte, erwachte Rileys Skyline zum Leben. Hayden musste zugeben, dass die Wirkung schlicht überwältigend war. Sie war ein paarmal in Chicago gewesen und konnte sich, hier auf dem Rasen stehend, beinahe vorstellen, wie sie eine Hafenrundfahrt machte und vom Wasser aus das sich drehende Riesenrad am Navy Pier beobachtete.

Und da glitt auch schon das Ausflugsboot über die Wellen! Es verschwand hinter der Sperrholzwand, um gleich darauf wieder über den See aus Plastik zu fahren. Genial. Obgleich Hayden immer noch nicht verstand, was die Szene mit Weihnachten zu tun hatte, fand sie sie dennoch großartig.

Wo zum Teufel blieb nur ihr singender Cowboy? Sie musste auf Rileys Herausforderung reagieren, und zwar jetzt. In dem Moment sah sie eine silberne Corvette in die Straße einbiegen und auf ihr Haus zusteuern. Ihr Countrysänger schien erfolgreicher zu sein, als sie gedacht hatte.

Pete parkte am Straßenrand und stieg mit einem Stetson in der Hand aus. Als er sich den Hut aufsetzte, schob er ihn mit dem Daumen aus der Stirn. Die Geste wirkte einstudiert. Er lächelte selbstgefällig und deutete auf das Auto. „Wie gefällt dir mein Baby?"

Hayden zuckte bei dem plumpen Versuch, sie mit seinem Wagen zu beeindrucken, zusammen. Anscheinend steckte er noch in der Pubertät, wenn er glaubte, dass ein schnelles Auto Frauen willig machte.

Doch sie wollte nicht zu gemein sein. „Hübsch", meinte sie, allerdings ohne rechte Begeisterung.

„Ich wusste, dass es dir gefällt. Hab's mir erst gestern geholt."

„Wow." Gütiger Himmel, hoffentlich hatte er den Wagen nicht extra gekauft, um damit vor ihr anzugeben. Das wäre furchtbar.

„Wir können heute Nacht noch eine Runde drehen." Pete lehnte sich in den Wagen und holte seine Gitarre heraus.

Hayden geriet langsam in Panik. Das wurde ja immer schlimmer. Während sie noch überlegte, wie sie ihn in die Schranken weisen könnte, ohne ihn so zu verärgern, dass er alles hinwarf, tauchte drüben über der Skyline von Chicago eine Sperrholzversion von Santa Claus und seinem Schlitten auf. Also *das* war die Verbindung zu Weihnachten.

Pete folgte ihrem Blick. „Hey, das ist schön."

Es ist wirklich schön, dachte Hayden. Santa Claus und das Rentiergespann, inklusive Rudolf mit der roten Nase, schwebten über die Skyline und verschwanden hinter den Gebäuden. Hayden wartete darauf, dass die Szene sich wiederholte. Stattdessen hörte sie Riley ganz deutlich fluchen.

„Unser Santa Claus ist stecken geblieben!" Riley hockte hinter der Sperrholzwand und funkelte Damon an. „Der Schlitten ist zu schwer."

„Er ist nicht zu schwer. Der Motor ist nicht stark genug. Ich habe gleich gesagt, dass wir einen stärkeren brauchen."

„Es war keiner auf Lager, okay? Dies war der beste,

den ich bekommen konnte.“ Riley legte den Schalter des Motors um, der so roch, als ob etwas darin gebrannt hatte. „Wir müssen das Gewicht verringern.“ Er studierte die Konstruktion, die sich über der Skyline erheben sollte.

„Lassen Sie Santa Claus weg.“ Die Vorstellung schien Damon sehr zu gefallen.

„Wir können doch Santa Claus nicht einfach weglassen. Er muss da sein. Um ihn dreht sich ja schließlich alles.“

„Ja, ja, ja. Immer ist es *Santa*, der im Rampenlicht steht, nicht wahr? Jeder liebt Santa. Bla, bla, bla. Ich wünschte …“

„Wir nehmen ein paar Rentiere heraus. Niemand wird es merken.“ Riley löste das Zaumzeug, das er aus Nylonschnur gebastelt hatte, um einige Figuren mit der Stichsäge herauszuschneiden.

„Genau“, stimmte Damon eifrig zu. „Fangen Sie mit Rudolf an. Was für eine Rampensau der ist! Ich habe ihn sogar schon dabei erwischt, wie er Autogramme gab, was nicht leicht ist, wenn man Hufe anstelle von Händen hat. Außerdem weiß ich genau, dass er alles versucht hat, um in die Larry King Show eingeladen zu werden. Er …“

„Wie bitte?“ Riley hörte auf, mit dem Geschirr herumzuhantieren, und starrte Damon an. Der Typ war ihm immer schon komisch vorgekommen, aber nun wurde er ihm geradezu unheimlich.

Damon blinzelte. Dann lachte er. „Hey, das war ein Joke, Mann. Ich habe nur Spaß gemacht, indem ich so tat, als würde es das Rentier Rudolf wirklich geben."

„Bitte, verstehen Sie mich nicht falsch, doch Sie müssen sich einen anderen Job suchen. Weihnachten scheint Ihre dunkle Seite zum Vorschein zu bringen. Diese Feiertage sind nicht Ihr Ding."

„Was Sie nicht sagen! Aber wenn man ein geborener Claus ist, muss man das Beste daraus machen."

„Sie glauben, weil Ihr Nachname Claus ist, müssen Sie irgendetwas machen, das mit Weihnachten zusammenhängt?"

„Nun ... ja."

„Damon, das ist Unsinn." Riley ordnete die Lichterkette an den Rentieren neu an, damit er die Säge benutzen konnte, ohne ein Kabel zu durchtrennen. „Doch wenn Ihr Name Sie seelisch so stark belastet, können Sie ihn behördlich ändern lassen."

„Meinen Namen zu ändern, würde nichts nützen. Ich würde immer noch sein, wer ich bin."

„Das ist ein wahres Wort." Riley sägte drei der Rentiere aus, leider auch Rudolf, weil er an erster Stelle war. Nun würde eben keine rote Nase in der Installation blinken. Vielleicht nächstes Jahr, wenn er einen größeren Motor besorgt hätte.

„Es ist okay", erwiderte Damon. „Ich hole mir meinen Kick, wo ich kann. Wobei mir einfällt: Freuen Sie sich nicht, dass Ihre Eltern die Kreuzfahrt gewonnen haben?"

„Natürlich freue ich mich. Sie wollten schon immer eine Kreuzfahrt machen, und ich wette, sie haben viel Spaß dabei."

„Nein, ich meine, sind Sie nicht froh, dass sie fort sind und Ihnen nicht bei der Annäherung an die schöne Nachbarin in die Quere kommen können?“

Riley schnitt eine Grimasse. „Da ist sowieso nicht mehr viel zu machen.“ Er befestigte die Lichterkette wieder und verkürzte das Geschirr.

„Geben Sie noch nicht auf. Ja, sie ist verdammt stur, und ja, Sie sind ein bisschen spät damit dran, Verantwortung für Ihre Taten zu übernehmen, doch auch Menschen mit Fehlern verdienen tollen Sex.“

Riley legte den Rentieren das Geschirr an. „Wie großzügig.“

„Bitte, bitte. Ihr zwei unartigen Menschenkinder brauchtet ein wenig Zeit für euch, deshalb habe ich dafür gesorgt, dass Ihre Eltern die Kreuzfahrt gewonnen haben.“

Riley, der gerade den Motor einschalten wollte, erstarrte mitten in der Bewegung. „Sie haben dafür gesorgt, dass Sie gewonnen haben? Was zum Teufel soll das heißen?“

„Ich kann Ihnen nicht alle Einzelheiten verraten, aber gelegentlich brauche auch ich ein wenig Anerkennung für meine Arbeit. Sie auf die Kreuzfahrt zu schicken, war brillant, wenn ich das so sagen darf.“

Riley seufzte. Er hatte Damon für ein wenig sonderbar gehalten, jedoch nicht erkannt, dass er total verrückt war. Der Mann brauchte Hilfe, und sobald Santa Claus in Betrieb war, würde Riley sich etwas einfallen lassen, um ihn zu unterstützen. Vielleicht ging Damon das Geld für seine Medikamente aus.

„Ich sehe es Ihnen an, dass Sie mir nicht glauben", meinte Damon. „Sie denken, ich bin verrückt."

„Nicht verrückt. Das ist ein furchtbares Wort. Aber ich glaube, dass Sie Hilfe brauchen. Sobald ich …"

„Es soll sich nicht herumsprechen, und normalerweise erzähle ich es auch niemandem, doch ich bin mit einer großen Berühmtheit verwandt."

Riley wusste nicht mehr weiter. Er musste mit jemandem über diese Situation reden. Die Faulkners waren zu einer Aufführung von „Der Nussknacker" gefahren, und den anderen Nachbarn stand er nicht nah genug, um sie mit diesem Problem zu behelligen. Nun, außer Hayden.

Zum Teufel mit Santa Claus und seinem Schlitten. Riley musste mit Hayden reden und sich wegen Damon Rat holen, bevor der Typ völlig durchdrehte.

Damon beugte sich zu ihm herüber. „Die Sache ist die: Ich verbringe die Weihnachtszeit damit, Leute auf der Liste aufzusuchen. In diesem Fall Sie und Ihre kurvenreiche Nachbarin. Ich bin nämlich Santas Bruder."

Zu spät. Jetzt war Damon völlig durchgedreht. Riley brauchte Haydens Unterstützung. „Natürlich sind Sie das." Er stand auf. „Was halten Sie davon, wenn wir das Hayden erzählen? Es wird sie interessieren." Er ging um die Sperrholzwand herum.

Damon folgte ihm. „Meinen Sie? Ich bin mir nicht sicher, ob sie mir das abnehmen wird. Bei Ihnen war ich mir auch nicht sicher, aber Sie sind irischer Abstammung."

„Und warum ist das von Bedeutung?“

„Die Iren glauben an Geister, und von da ist es bis Santa Claus nicht weit. Und es ist logisch, dass er Geschwister hat.“

„Vollkommen logisch. Ich … Warten Sie.“ Riley streckte eine Hand aus, um Damon zu stoppen. „Was zum Teufel ist das? Da drüben. Was sehen Sie?“

„Jemand dringt in Ihr Territorium ein, Mann. Scheint so, als ob er da einen Mistelzweig hat und weiß, wozu der gut ist.“

„Pete Gibson.“ Riley sah auf einmal nur noch rot. „Er hat früher im Chor gesungen.“ *Und war total verknallt in Hayden.* „Mir gefällt der Anblick nicht.“

„Das sollte er auch nicht.“

Riley durchbohrte Damon mit einem Blick. „Was soll das heißen?“

Damon lachte und ging zu seinem Truck. „Erstaunlich, wie wirkungsvoll eine Visitenkarte im Türschlitz sein kann. Ich denke, meine Arbeit hier ist getan.“

„Warten Sie eine Minute. Gehen Sie nicht weg. Ich bin gleich wieder da. Ich sorge dafür, dass Sie Hilfe bekommen, sobald ich das Problem gegenüber gelöst habe.“

„Beeilen Sie sich lieber, Mann.“

Riley wirbelte herum. Tatsächlich, Pete küsste Hayden. Und verdammt, sie ließ es zu. Der Motor von Damons Truck heulte auf, doch Riley hatte keine Zeit, sich um den verrückten Kerl zu kümmern. Er hatte Dringendes zu erledigen.

Hayden hatte nicht mit dem Kuss gerechnet. Sie hatten über die Musikauswahl gesprochen, als Pete plötzlich einen Mistelzweig hervorgezaubert und sich auf sie gestürzt hatte.

Vor Schreck war sie eine Sekunde wie erstarrt gewesen, lange genug, dass Pete den Zweig hatte fallen lassen und die Arme um sie hatte legen können. Er umklammerte sie so fest, dass sie ihn nicht von sich stoßen konnte. Sie könnte ihm natürlich in die Zunge beißen, aber das würde bedeuten, dass sie keinen singenden Cowboy mehr hätte.

Doch je länger er sie küsste, desto mehr war sie für einen CD-Player. Sie wollte wirklich gerade zubeißen, als sie Rileys Stimme hörte.

„Ich muss zugeben, das ist schon ein tolles Szenario." Riley klang atemlos und verärgert. Extrem verärgert.

Pete musste den warnenden Unterton bemerkt haben. Er trat zurück und schaute zu dem Mann, der drohend vor ihnen stand. Sie waren gleich groß, aber Riley wirkte mit seinen breiten Schultern viel kräftiger.

Pete lachte nervös. „Hey, Riley! Ich hörte schon, dass du für eine Weile wieder in der Stadt bist. Schön, dich wiederzusehen. Ich ..."

Riley hielt eine Hand hoch und brachte ihn damit sofort zum Schweigen. Dann wandte er sich mit finsterem Gesicht an Hayden. „Du hast mir nicht gesagt, dass du was mit Pete Gibson hast."

„Das habe ich auch nicht."

„Und was zum Teufel war das eben?"

Hayden konnte die Ironie des Schicksals nicht fassen. Sie musterte Riley und fragte sich, ob es ihm auch bewusst wurde. „Nichts, Riley. Pete hat sich ein wenig hinreißen lassen, das ist alles."

„Seid ihr beide zusammen?", fragte Pete.

„Nein", antwortete Hayden.

„Ja", erwiderte dagegen Riley und sah ihr dabei fest in die Augen.

Vor Aufregung zitterte sie ein wenig. „Seit wann?"

„Seit wir drei Jahre alt waren und du mich mit dem Müll aus Plastik geschlagen hast."

Hayden lächelte. Sie erinnerte sich an die Geschichte. „Du hast angefangen zu weinen."

„Ja." Rileys Blick wurde weich. „Und du hast mich geküsst."

„Weil ich nicht ertragen konnte, dich weinen zu sehen."

Riley trat näher. „Dich mit Pete zu sehen, war viel schlimmer als ein Schlag auf den Kopf mit einem Plastikauto. Und das Gleiche musstest du vor zehn Jahren durchmachen. Es tut mir leid, Hayden. Es tut mir so leid, dass ich mich damals von Lisa habe küssen lassen."

Freude durchströmte sie. Er hatte es begriffen. Endlich. „Du weinst aber nicht."

„Doch, das tue ich. Im Innern. Ich brauche ganz dringend einen Kuss. Mehrere sogar. Wenn ich darüber nachdenke, brauche ich wahrscheinlich unendlich viele Küsse."

„Oh Riley." Glücklich schaute sie ihn an. Alle Bitterkeit fiel von ihr ab. „Du warst erst achtzehn."

„Und dumm."

„Ich auch. Ich habe viel zu lange an meinem Zorn festgehalten."

„Hör mal, Hayden", mischte sich Pete ein. „Wann soll ich zu singen anfangen? Du hast gesagt, dass du Riley mit deiner Show umhauen willst."

„Ich habe meine Meinung geändert." Hayden schmiegte sich in Rileys Arme. „Ich möchte ihn lieber mit einem Kuss umhauen."

„Ich liebe dich so sehr", murmelte Riley. „Die Sache mit Lisa tut mir leid. Ich habe mich wie ein Idiot benommen."

„Und ich habe mich wie eine Diva aufgeführt. Ich liebe dich auch, Riley."

„Wie wunderbar." Er berührte ihre Wange. „Weil ich nämlich den Job bekommen habe. Deshalb sieht es so aus, als würdest du mich eine Weile um dich haben."

„Gehört das zu deinem teuflischen Plan, das Modell der USS Arizona in die Finger zu kriegen?"

„Nein, es ist mein teuflischer Plan, dich in die Finger zu kriegen." Dann küsste er sie so leidenschaftlich, dass sie beschloss, die Party lieber nach drinnen zu verlegen.

Viel später, als sie sich im Bett in seine Arme kuschelte, fiel ihr wieder ein, dass sie überzeugt gewesen war, es würde zwischen ihnen nie mehr wie früher sein. Sie hatte recht behalten. Es war viel besser.

– ENDE –

Jill Shalvis

Eine sexy Bescherung

Roman

Aus dem Amerikanischen von
Andrea Cieslak

MIRA®

1. KAPITEL

Thanksgiving Day

Ich hätte jetzt vor appetitlich duftendem Kürbiskuchen sitzen können, dachte Ally Dauer seufzend. Stattdessen stach ihr der Geruch von verkohltem Holz und geschmolzenem Metall in die Nase. Sorgfältig suchte die Brandermittlerin in den Trümmern des ausgebrannten Heimwerkermarkts nach verdächtigen Hinweisen.

Nach einer Weile wurde sie fündig. „Na also“, murmelte sie und hockte sich hin, um sich den dunklen Fleck auf dem Betonfußboden genauer anzusehen.

Dies musste der Entstehungsherd des Feuers sein.

Ally trug Einweghandschuhe, um keine Spuren zu zerstören, doch an ihrer Kleidung konnte sie im Moment nichts ändern. Da sie direkt vom Thanksgiving-Dinner mit ihren Eltern, Geschwistern, Tanten, Onkeln, Cousins und Cousinen fortgerufen worden war, hatte sie immer noch ihr kleines Schwarzes und ihre schwarzen Lieblingspumps an.

Die Dauers kleideten sich festlich an Feiertagen.

Sie stritten sich auch, sehr viel sogar. Ausnahmsweise war die Zusammenkunft diesmal einigermaßen friedlich verlaufen, sodass Ally nicht wie sonst manchmal in Versuchung geraten war, ihre Dienstpistole zu zücken, um für Ruhe zu sorgen. Leider hatte sie Bereitschaft gehabt und war kurz vorm Dessert, dem besten Teil des Abends, angepiept worden.

Das war eben Pech.

Sie beschloss, sich nach der Arbeit mit einem Eis zu belohnen. Sie nahm die Digitalkamera vom Hals und begann zu fotografieren, wobei sie darauf achtete, dass ihr Rocksaum nicht zu hoch rutschte, um die Feuerwehrleute um sie herum nicht abzulenken.

„Entschuldigen Sie, Miss Dauer?“

„Ja?“ Sie schaute zu einem großen, gut gebauten Mann hoch. Sein Alter war schwer zu schätzen. Dunkle Haare, dunkle Augen. In der schwarzen Stoffhose und dem blauen Oberhemd wirkte er wie jemand, der es einmal mit einem etwas lässigeren Look im Büro probieren wollte, doch die seriöse Kleidung täuschte nicht über seine zwielichtige Ausstrahlung hinweg.

Merkwürdig, dachte Ally. Sie war an einer Brandstätte, möglicherweise auch an dem Schauplatz eines Verbrechens. Niemand außer Personal hatte hier Zutritt, aber diesen Mann kannte sie nicht. Die Polizistin in ihr wurde misstrauisch: „Wer sind Sie?“

„Damon Claus“, sagte er und zückte schnell eine Dienstmarke. „Ich wollte Ihnen nur mitteilen, dass die Organisation der Spielzeugsammlung jetzt in meinen Zuständigkeitsbereich fällt. Sie sind nicht mehr hauptverantwortlich.“

Ally brauchte eine Minute, um von Ermittlung wegen Brandstiftung auf Spielzeug umzuschalten. Die jährliche Sammlung und anschließende Verteilung von Spielsachen zu Weihnachten, unter den Kollegen kurz „Toy Drive“ genannt, war ein inoffizieller Teil ihres Jobs. Und da der offizielle Teil ihres Jobs sich um böse Jungs, die böse Sachen machten, drehte, hatte sie sich wirklich auf den Toy Drive gefreut. „Warum?“

Damon zuckte unverbindlich mit den Schultern.

Sie kniff die Augen zusammen. So leicht war sie nicht bereit zu verzichten. Sie liebte Weihnachten. Dafür zu sorgen, dass jedes Kind in Santa Rey ein Geschenk bekam, war eine Mission, die sie gern übernommen hatte. „Ich kenne Sie nicht. In welcher Abteilung arbeiten Sie?“

„Spielwaren.“

Ally lachte trocken. „Was Sie nicht sagen“, erwiderte sie mit hochgezogenen Brauen. Sie streifte sich die Handschuhe ab, stand auf und schaute sich um. Als einzige Frau in einem Heer von Männern hatte sie schon öfter die Erfahrung gemacht, nicht ernst genommen oder einfach übergangen zu werden. Damon Claus war nicht der Erste, der sich solche Faxen mit ihr erlaubte. Sie kümmerte sich nicht weiter um ihn, sondern vertiefte sich wieder in die Arbeit. Gewissenhaft suchte sie in den Trümmern weiter nach Spuren und machte dabei abwechselnd Notizen und Fotos.

Dass es definitiv Brandstiftung war, stand nach einer Weile für sie fest. Sie ging an die Sache heran wie an ein Puzzle, das zusammengesetzt werden musste. Brände wie diese, ja die meisten Brände, brachen nicht einfach so aus, sondern wurden absichtlich gelegt. Durch erste Befragungen wusste sie, dass das Unternehmen, zu dem diese Niederlassung gehörte, seit neun Monaten finanzielle Probleme hatte. Dies war die dritte Filiale, in der aus bisher ungeklärter Ursache Feuer ausgebrochen war.

Zweifellos würde auch die Versicherungsgesellschaft misstrauisch werden und eigene Untersuchungen anstellen.

Ally ging durch die Ruinen in den Hof, wo reihenweise Material gestapelt war, das meiste davon zerstört. Die wirtschaftliche Talfahrt hatte das Baugewerbe in Santa Rey voll erfasst.

Plötzlich nahm sie aus den Augenwinkeln eine Bewegung wahr. Ein kleiner Mann, dachte sie, oder vielleicht ein Teenager. „Hey!“, rief sie. „Hier ist Zutritt verboten …“

Statt zu antworten, feuerte die Person einen Schuss auf sie ab. Ally duckte sich gerade noch rechtzeitig, bevor die Kugel mit einem metallischen Geräusch im Stahlgerüst der niedergebrannten Halle hinter ihr einschlug.

Wenn das so weiterging, würde sie nie zu ihrem Dessert kommen!

Als sie den Mann davonlaufen hörte, warf sie ihre Kamera beiseite, zog ihre Pistole aus dem Halfter am Oberschenkel und rannte dem Flüchtenden nach. Tommy, ihr Vorgesetzter, kam ihr kurz darauf zur Verstärkung nach.

Der Verdächtige tauchte am entlegenen Ende des Hofes wieder auf. Er stolperte und fluchte, als er hart auf die Erde fiel.

Eindeutig ein Teenager.

Ally hatte ihn beinahe eingeholt. Doch er sprang

auf und versuchte, über den Maschendrahtzaun zu klettern. Er schaffte höchstens einen Meter, ehe sie ihn packte, zu Boden drängte und ihm ihr Knie ins Kreuz drückte.

Tommy warf ihr ein Paar Handschellen zu. „Gut gemacht“, sagte er. „Aber eigentlich wäre ich diesmal bei dem Spaß an der Reihe gewesen.“ Er riss den Jungen hoch und sah ihn an. „Hast du das Feuer gelegt?“

„Nein, ich schwöre es!“

Tommy drehte sich zu Ally um, die mit den Schultern zuckte. Sie wussten beide, dass die meisten Täter noch einmal an den Ort des Verbrechens zurückkehrten. Wenn es sich bei dieser Brandstiftung allerdings um versuchten Versicherungsbetrug handelte, passte der Teenager nicht ganz ins Bild.

Ally ließ Tommy den Verdächtigen abführen, ging zu der Stelle zurück, wo sie ihre Kamera hingeworfen hatte, und hockte sich hin. Dass sie die Pistole auf den Jungen gerichtet hatte – auch wenn er derjenige gewesen war, der einen Schuss abgefeuert hatte –, bedeutete zusätzliche Erklärungen in ihrem Bericht, was ihre Stimmung nicht gerade besserte. „Verdammt“, murmelte sie, als sie das gesprungene Objektiv ihrer Kamera sah. Noch ein Schlag ins Genick. Im nächsten Moment erstarrte sie. Eine seltsame Vorahnung ließ sie plötzlich erschauern.

Zwei schwarze Stiefel mit Metallspitzen traten in ihr Blickfeld.

Ihr Blick wanderte hoch, sehr weit hoch, über lange Beine und einen Rumpf in der Schutzkleidung eines Feuerwehrmannes. Ein Körper von knapp einem Meter neunzig, mit Ruß und Schmutz bedeckt.

Und trotzdem war er immer noch der heißeste Typ, der sie abserviert hatte.

Eddie Weston.

Langsam hockte er sich neben sie, bis sie auf Augenhöhe waren. Obwohl er, wie sie wusste, den ganzen Abend im Einsatz gewesen war, strahlte er eine Energie und Gelassenheit aus, die den anderen Männern zu fehlen schien.

Mit einer geschmeidigen Bewegung streckte er die Hand aus und zupfte etwas aus ihrem Haar.

Ein paar Aschepartikel.

Danach berührte er sie noch einmal. Seine Fingerspitze fühlte sich rau an, als er ihr sanft übers Kinn strich. Es durchzuckte sie wie bei einem Stromschlag. Wenn sie nicht schon durch seine bloße Nähe wie vom Blitz getroffen wäre, dann wäre sie es jetzt. Heiße Glut durchströmte sie vom Kopf bis zu den Zehen.

Zum Teufel mit ihm.

Vor sechs Monaten, als sie von Los Angeles nach Santa Rey versetzt worden war, waren sie genau zweimal ausgegangen. Beim zweiten Date hatten sie sich leidenschaftlich geküsst und einen Vorgeschmack bekommen auf das, was in der Nacht hätte passieren können, wenn sie nicht per Pieper zum Einsatz gerufen worden wäre.

Nach jenem Abend, entgegen ihrem Vorsatz, Berufliches und Privates zu trennen, hatte sie angefangen, sich in ihn zu verlieben.

Dann … nichts.

Er hatte nie wieder angerufen.

Es war nicht völlig überraschend. Er und die Jungs von der Feuerwache Nummer 34 hatten einen ziemlich wilden – und berechtigten – Ruf. Eddie war nicht unbedingt ein Frauenheld, aber er hatte auch nicht durchblicken lassen, dass er an einer festen Bindung interessiert wäre.

Ally dagegen wäre es schon, nur dass sie es sich nicht anmerken ließ. Das Problem war ihr Beruf. Sie arbeitete viel, und ihr Job war nicht ungefährlich. Die meisten Männer konnten den Druck nicht ertragen oder fühlten sich eingeschüchtert.

Was nichts anderes hieß, als dass man sie sitzen ließ.

Sie und Eddie liefen sich im Dienst oft über den Weg. Obwohl er stets heftig mit ihr flirtete und sie sich immer noch nach ihm verzehrte, kam nie etwas dabei heraus.

Und da sie sich eher die Zunge abbeißen würde, statt ihn zu fragen, was los war, gab sie sich lässig.

Wenigstens nach außen hin.

Was Eddie betraf, so war er immer lässig. Er war der entspannteste und lockerste sexy Typ, den sie je kennengelernt hatte.

Beim Lächeln blitzten seine weißen Zähne in dem schmutzigen Gesicht. „Hey, Kleine“, sagte er, das Schweigen brechend. „Das war eine tolle Verfolgung.“

Kleine? Warum tätschelte er ihr nicht gleich den Kopf? „Danke.“ Ally starrte auf ihren Fotoapparat.

Ihren kaputten Fotoapparat. Auch den hatte sie sehr gemocht.

Eddie hockte immer noch neben ihr. Er stützte die Ellbogen auf die gespreizten Knie und neigte den Kopf, um ihr besser ins Gesicht sehen zu können. Sein Blick war warm und irgendwie sonderbar.

Seine Nähe löste warme und sonderbare Empfindungen in ihr aus. Besonders an den Stellen, die sich nach der Berührung eines Mannes sehnten. „Kann ich dir irgendwie helfen?“, fragte sie in sachlichem Ton.

„Nein. Ich schaue dir nur gern bei der Arbeit zu.“

Vielleicht stimmte das, aber wenn, dann war er damit ziemlich allein. Die meisten Männer waren von ihrer Arbeit eher abgeschreckt.

Daher ihr Singledasein.

Ihr sexloses Singledasein.

Sie sah ihm in die Augen und las in seinem Blick etwas, das sie ihre kaputte Kamera vergessen ließ.

Verlangen.

So deutlich, dass sie bewusst ausatmete und dann genauso bewusst wieder einatmete.

Er hatte seine Chance gehabt!

Wie sein Lächeln raubten ihr seine blauen Augen den Atem. Sie waren von feinen Linien umgeben, nicht vom Alter, sondern vom Blinzeln in die Sonne.

Ja, er war verdammt sexy.

Und machte sie zugleich sehr wütend.

„Hast du das Gesicht des Jungen gesehen, als er merkte, dass er von einer Frau überwältigt worden war?“ Eddie lachte. „Das war einfach großartig. *Du* warst großartig, Ally.“

Er hatte ein angenehmes Lachen, tief und heiser, und bei seiner ehrlichen Anerkennung kribbelte es merkwürdig in ihrem Bauch. „Danke. Hör mal, ich habe wirklich viel zu tun. Ich habe einige Spuren gefunden und muss noch einen Teenager verhören.“ *Also wenn du jetzt bitte gehen könntest, bevor ich anfange zu betteln, dass du noch einmal mit mir ausgehst …*

Eddie reckte den Hals und ließ seinen Blick über die Trümmer ringsum schweifen. Er und sein Partner Sam hatten zusammen mit dem Rest der Truppe von der Feuerwache 34 stundenlang gegen die Flammen gekämpft. Er musste erschöpft sein. „Ich wollte dich nur daran erinnern, dass wir diese Woche zu sammeln angefangen haben. Einen Karton voll Spielzeugspenden habe ich schon. Ich bringe ihn dir ins Büro.“

Er war der Feuerwehrmann, der ihr bei der Aktion helfen sollte? Dabei fiel ihr etwas ein. „Kennst du einen Damon Claus? Er ist neu.“

Eddie schüttelte den Kopf. „Nie von ihm gehört. Außerdem, wie kann er neu sein? Wir haben Einstellungsstopp.“

Das stimmte. Zugleich wurde ihr bewusst, was Eddie davor gesagt hatte. Er würde in ihr Büro kommen, wahrscheinlich sündhaft sexy. „Du brauchst mir die Sachen nicht zu bringen. Ich hole sie bei euch ab.“

An einem andern Tag. Wenn du freihast.

„So läuft das nicht“, widersprach er. „Es ist mein

Job, die Spenden einmal wöchentlich einzusammeln und sie zu dir zu bringen. Dein Job ist es, die Geschenke zu verteilen."

„Oh." Ally glaubte, damit umgehen zu können, Eddie diesen Monat öfter zu sehen. Sie würde einfach das Feuerwerk von Emotionen ignorieren, das jedes Mal in ihr abbrannte, wenn er in ihrer Nähe war.

Er beobachtete sie. Anscheinend bemerkte er ihr Zögern, und er schien es auch noch amüsant zu finden. „Du bist ja ganz begeistert, mich einmal die Woche zu sehen. Keine Sorge, Ally, wir machen es kurz und schmerzlos."

Dann lehnte er sich nah an sie heran. Sie hielt den Atem an, doch er strich nur mit dem Finger über den Sprung im Objektiv. „Verdammt schade. Das war eine sehr gute Spiegelreflexkamera."

„Du kennst dich mit Kameras aus?"

„Ja. Ich habe sogar das gleiche Modell. Du kannst es dir ausleihen, bis du dir einen neuen Apparat gekauft hast."

Sein Funkgerät machte quäkende Geräusche. Ally hörte die Stimme des Hauptmanns, der ihn zu seiner Truppe zurückrief. Eddie zog einmal kurz an ihrem Pferdeschwanz, bevor er sich lächelnd aufrichtete. Dann hielt er ihr die Hand hin, um ihr beim Aufstehen zu helfen. „Übertreib's hier draußen nicht. Pass auf dich auf."

„Danke", murmelte sie und schaute ihm lange nach. Ja, er war gefährlich für ihren Seelenfrieden. Sie musste einen klaren Kopf behalten. Aber sie war nicht blind. Selbst in seiner Feuerwehruniform, mit Ruß und Schmutz bedeckt, machte er eine tolle Figur. Ally würde keine Gelegenheit versäumen, einen Blick auf seinen knackigen Po zu werfen.

Mit einem Seufzer, der vielleicht ein wenig zu verträumt war, ging sie wieder in die ausgebrannte Halle, um ihre Untersuchung fortzusetzen.

Als sie fort war, löste sich eine große dunkle Gestalt aus den Schatten hinter einem Stapel Baumaterial.

Damon Claus.

Er hatte die Hände in die Hosentaschen geschoben, die Augen hinter seiner Ray-Ban-Sonnenbrille versteckt und die Lippen fest zusammengepresst. Weihnachtsstimmung fiel ihm ungeheuer auf die Nerven. Und die sexy kleine Brandermittlerin mochte sich knallhart geben, doch hinter der Fassade verbarg sie ein riesiges mitfühlendes Herz mit Weihnachtsgeist im Überfluss.

Er wusste, dass sie, wenn er ihr keine Falle stellte, den diesjährigen Toy Drive zum erfolgreichsten aller Zeiten machen würde. Dann würde sich die Weihnachtsstimmung wie ein Buschfeuer ausbreiten.

Sie brauchte eine Ablenkung.

Als er sah, wie sie Eddie Weston nachschaute, glaubte Damon, dass er schon eine geeignete Zerstreuung für sie gefunden hatte.

2. KAPITEL

Am nächsten Morgen humpelte Eddie aus der Dusche in der Wache, schob seine Finger durch sein kurzes braunes Haar, zog sich seine geliebte alte Jeans und ein Hemd an und nannte es gut.

Sein langjähriger Partner und bester Freund Sam Reed beobachtete, wie er durch den Raum mit den Schließfächern hinkte. „Mann, das solltest du einem Arzt zeigen."

„Es ist schon viel besser geworden." Um drei Uhr morgens waren sie zu einem Häuserbrand gerufen worden. Eddie hatte sich auf dem Dach aufgehalten, als es plötzlich eingebrochen war. Dass er diesen Sturz nur mit ein paar Schrammen und einer zehn Zentimeter langen Schnittwunde überlebt hatte, grenzte an ein Wunder. „Mir geht's gut."

Sam zog nur eine Augenbraue hoch, als Eddie sich zu einem Stuhl schleppte, um sich die Schuhe anzuziehen. „Sicher?"

„Ja. Geh nach Hause zu deiner Frau. Die mag es vielleicht, wenn du solches Gewese machst."

Bei der Erwähnung seiner frisch angetrauten Frau Sara grinste Sam ein wenig albern. „Weißt du, was das Beste daran ist, verheiratet zu sein?"

„Vielleicht, jede Nacht Sex zu haben?"

Sam lachte. „Oh ja."

Vor nicht allzu langer Zeit hatten sie beide in Bezug auf Frauen den gleichen wilden Ruf genossen.

Kopfschüttelnd nahm Eddie seine Schlüssel, ging nach draußen und blinzelte in die helle Morgensonne.

Er hatte keine Frau, zu der er nach Hause kommen konnte, auch keine Freundin, obwohl es ihm zum ersten Mal in seinem Leben nichts ausgemacht hätte, eine zu haben. Die Luft war kühl, und als er über die Straße auf den schönen, menschenleeren Strand blickte, krachten die Wellen auf den Sand. Er atmete die salzige Luft ein und wünschte, er hätte sein Surfbrett.

Und einen Neoprenanzug.

Aber selbst Eddie, der leidenschaftlich gern surfte, seit er laufen konnte, war nicht bereit, dafür im Winter seinen Hals zu riskieren. Es sei denn, er wäre auf Hawaii …

Das würde dieses Jahr jedoch sein Budget sprengen. Er und seine Brüder und Schwestern hatten gerade ihren Eltern zum Hochzeitstag eine Kreuzfahrt nach Mexiko geschenkt, und da zwei der Geschwister das Geld nicht hatten aufbringen können, hatte er ihren Anteil übernommen. Außerdem war er dabei, mithilfe billiger Handwerker – seine Freunde und seine Geschwister – das Haus zu renovieren, das er letztes Jahr gekauft hatte. So gerne er auch nach Hawaii fliegen würde, er konnte es sich einfach nicht leisten.

Nach einem letzten sehnsüchtigen Blick auf die Brandung humpelte er zu seinem Truck und stieg gähnend ein. Sanitäter hatten die Wunde an seinem

Bein gereinigt und verbunden, aber sie tat höllisch weh und pochte bei jedem Herzschlag. Eine Minute lang saß er im Wagen, den Kopf zurückgelehnt und die Augen geschlossen. Er hatte gerade vier Tage Dienst hinter sich, mit nicht weniger als fünf Einsätzen pro Nacht.

Warum zum Teufel musste es immer mitten in der Nacht brennen?

Und dieser Tag gehörte ihm auch nicht, jedenfalls noch nicht. Doch auf das, was als Nächstes kam, freute er sich.

Ein Wiedersehen mit Brandermittlerin Ally Dauer.

Eddie brauchte eine Stunde, um die drei anderen Feuerwachen in der Stadt abzufahren und die Spielsachen einzusammeln, die für den Toy Drive gespendet worden waren. Danach fuhr er mit der Ausbeute zum Hauptquartier. Unterwegs hielt er noch einmal an, um zwei Becher Kaffee und ein paar Donuts zu besorgen, weil er das Gefühl hatte, dass Bestechung hilfreich sein könnte.

Er legte seine digitale Spiegelreflexkamera in den Karton mit dem Spielzeug, verstaute die Kaffeebecher und die Tüte mit den Donuts obenauf und betrat damit das Hauptquartier. Es war früh, aber er wusste, dass Ally in ihrem Büro sein würde. Sie arbeitete hart, war gut in dem, was sie tat, und gab in ihrem Job alles. Soweit er es beurteilen konnte, gab sie immer alles – sie schien es nicht anders zu kennen.

Es war verdammt sexy. *Sie* war verdammt sexy.

Erinnerungen an gestern Abend kamen ihm in den Sinn, als er beobachtet hatte, wie sie dem Verdächtigen furchtlos im kurzen schwarzen Kleid und mit High Heels über die Brandstätte nachgejagt war, die Waffe in der Hand wie ein Bond-Girl. Der Anblick, wie sie den jungen Mann schließlich überwältigt hatte, ihn mit ihrem Knie auf seinem Rücken zu Boden gedrückt und mit Handschellen gefesselt hatte, hatte ihm Stoff für mehr als nur einen erotischen Traum geliefert.

In Wirklichkeit hatte er einen ganzen Ordner in seinem Kopf mit dem Titel: *Heiße Fantasien mit Ally Dauer.* In Gedanken schlug er die Akte in diesem Moment auf, holte eine seiner liebsten Anregungen heraus – eine, die mit ihr und den Handschellen zu tun hatte, und …

„Hey, da kommt ja der Mann mit dem süßen Knackpo!“, rief Cherry, die Empfangssekretärin, frech. Sie war kess und sehr hübsch und winkte ihn heran. Gehorsam näherte sich Eddie ihrem Schreibtisch. Sie beugte sich vor und gewährte ihm so einen tiefen Einblick in ihren Ausschnitt. Ihre Brüste waren ebenso hübsch wie der Rest von ihr. „Kommst du dieses Wochenende zur Pokerparty?“, fragte sie eifrig.

Dieses Wochenende würde er das Badezimmer in seinem Haus streichen. „Tut mir leid, nein.“

„Ach, die Welt ist nicht mehr so, wie sie einmal war. Eine neue Ära scheint angebrochen zu sein, seit Sam geheiratet hat und du das Haus gekauft hast. Du bist ganz zahm geworden", stellte sie etwas enttäuscht fest.

Ja, es stimmte. Und es gefiel ihm sogar. Kein Aufwachen in fremden Betten mehr, manchmal allein, manchmal nicht, kein ruheloses Herumtreiben. Die wilden Zeiten waren vorbei.

„Vielleicht nächstes Mal?", fragte Cherry hoffnungsvoll.

„Vielleicht. Ist Ally Dauer schon da?"

„Gerade reingekommen."

„Danke." Er schleppte den Karton den Flur entlang und blieb an der offenen Tür zu ihrem Büro stehen. Wie immer stockte ihm bei ihrem Anblick erst einmal kurz der Atem. Zum einen, weil sie sexy war, und zum anderen, weil … Verdammt, er hatte keine Ahnung. Sie war eigentlich gar nicht sein Typ. Sie schien ihm manchmal etwas zu verbissen zu sein.

Aber die Anziehung zwischen ihnen war trotzdem nicht zu leugnen.

Ally saß hinter ihrem Schreibtisch. Ihr blondes Haar war wie üblich zu einem braven Pferdeschwanz zusammengebunden. Sie trug eine zierliche Lesebrille und hatte einen Bleistift zwischen die Zähne geklemmt, während sie auf einem Laptop tippte und gleichzeitig telefonierte.

Und wie von selbst regte sich eine neue Fantasie in ihm: die verdorbene Sekretärin.

Sie sprach über den Teenager, den sie gestern am Tatort gestellt hatte. Nur weil er ein dummer Junge war, der zur falschen Zeit am falschen Ort gewesen war, entschuldigte das nicht die Tatsache, dass er bewaffnet gewesen war, ereiferte sie sich. Noch weniger, dass er die Waffe, die er dem Vater seines Freundes gestohlen hatte, auch noch benutzt hatte. Nachdem sie ihren Standpunkt eindeutig klargemacht hatte, legte sie auf. Erst dann bemerkte sie Eddie an der Schwelle zu ihrem Büro.

„Hey“, grüßte er lächelnd.

Sie kniff die Augen zusammen und sagte kein Wort.

Ganz offensichtlich war sie wütend auf ihn.

Doch er kannte den Weg zu ihrem Herzen. Er stellte den Karton mit den Spielsachen auf einem Stuhl ab und reichte ihr seinen Fotoapparat.

Überrascht schnappte sie nach Luft und drückte die Kamera an ihre Brust.

„Komisch, ich bin vorher noch nie auf eine Kamera eifersüchtig gewesen.“ Er lachte leise.

Ally ging darüber hinweg. „Eddie, ich kann mir die nicht leihen.“ Aber während sie das sagte, hielt sie sie fest, als ob sie sie nie wieder hergeben wollte. „Ich habe einen schlechten Ruf, was Geliehenes betrifft, deshalb …“

„Ich vertraue dir“, unterbrach er sie. Als Nächstes reichte er ihr einen der Kaffeebecher. Mit dem anderen setzte er sich ihr gegenüber.

Sie seufzte kapitulierend, nippte am Kaffee und beäugte dabei die Tüte mit den Donuts.

Eddie hielt sie ihr hin.

Ally lugte in die Tüte und lächelte endlich. Sie summte vor Vergnügen, was so sinnlich klang, dass sich Verlangen in ihm regte.

Sie suchte sich den klassischen Donut mit Schokoguss heraus und schaute das Gebäckstück geradezu verliebt an. Nach dem ersten Bissen stöhnte sie tief. „Oh mein Gott."

Eddie beobachtete, wie sie Schokolade von ihrem Daumen ableckte, und vergaß beinahe zu atmen. So völlig entspannt hatte er sie noch nie gesehen. Der Anblick gefiel ihm. Sogar sehr. Er nahm einen Donut mit Kirschfüllung und biss ebenfalls lustvoll hinein. Eine Weile aßen sie friedlich schweigend vor sich hin, er vor Erregung am Rand der Beherrschung, sie mit einem so verzückten Gesichtsausdruck, als ob sie kurz davor war, einen Höhepunkt zu erleben.

Eddie verzehrte seinen Donut innerhalb von Minuten und musterte ihren.

Sie hatte immer noch die Hälfte.

Ally bemerkte, dass er ihn anschaute, und bot ihm den Rest ihres Donuts an – nur um ihn zurückzuziehen, als er danach griff. „Knackpo?", murmelte sie.

„Wie bitte?"

Sie zog eine Braue hoch. „Cherry. Ich habe gehört, wie sie dich genannt hat. ‚Der Mann mit dem süßen Knackpo'."

Er holte tief Luft und zuckte mit den Schultern. Er würde nicht darauf eingehen. Es war zu peinlich.

Ally schaute ihn nur an, dann ließ sie ihren Zeigefinger kreisen, eine unmissverständliche Aufforderung, aufzustehen und sich zu drehen.

„Im Ernst?", fragte er.

Sie warf nur einen bezeichnenden Blick auf den halben Donut in ihrer Hand und biss noch einmal genüsslich hinein.

Kopfschüttelnd stand Eddie auf, drehte sich um und zeigte ihr seinen Po. Als er sich wieder zu ihr umwandte, reichte sie ihm gönnerhaft die versprochene Belohnung. „Nicht schlecht, aber süß? Ich weiß nicht recht."

„Ich habe mir den Spitznamen nicht ausgedacht."

Sie leckte den letzten Rest Schokolade von ihrem Daumen ab, dann nahm sie ihn auch noch in den Mund und saugte mit einer Begeisterung daran, die Eddie innerlich aufstöhnen ließ. „Mir ist allerdings aufgefallen, dass du Cherry nicht gebeten hast, damit aufzuhören, dich so zu nennen."

Eddie war nicht eitel, doch er war auch nicht dumm. Ja, er wusste, dass Frauen ihn attraktiv fanden. Verdammt, er hatte beinahe die letzten zehn Jahre damit verbracht, diese Tatsache auszunutzen. „Würdest du dich besser fühlen, wenn ich Anzeige wegen sexueller Belästigung erstatten würde?", fragte er.

„Du?" Sie verdrehte die Augen. „Ich habe mir Sorgen um Cherry gemacht. Ich mag sie. Und es würde mir leidtun zu sehen, dass du nur mit ihr spielst."

„Nur mit ihr spielst", wiederholte er verständnislos.

Ally wandte sich wieder ihrem Computer zu. „Die Sache ist die: Falls du vorhast, zweimal mit ihr auszugehen und sie dann fallen zu lassen wie eine heiße Kartoffel, dann solltest du darüber nachdenken, ob du ihr das vielleicht ersparen kannst, und dich jetzt zurückziehen."

Er starrte sie an. „Okay, nenn mich begriffsstutzig, aber reden wir immer noch über Cherry?"

„Vergiss es."

„Nein. Du bist sauer auf mich."

„Ich bin nicht sauer."

„Ich bin mit drei Schwestern aufgewachsen", sagte er. „Ich kenne die Frauen. Du bist sauer."

Sie schnaubte und fing wieder zu tippen an, was ihn wütend machte, auch wenn sie sexy war. Er beugte sich vor, klappte ihren Laptop einfach zu und ließ seine Hand auf dem Deckel liegen. Sie waren sich sehr nah, nah genug, dass er sein Gesicht in ihr süß duftendes Haar schmiegen könnte, wenn er es wollte, oder an ihren Hals, was sogar noch schöner wäre.

Sie schaute zu ihm hoch, und er sah in ihrem Blick kurz dieselbe Verwunderung über die Anziehung zwischen ihnen aufblitzen, die auch er fühlte. Die Brille machte ihre Augen, die jetzt schon wieder unergründlich wirkten, sogar noch größer. „Rede mit mir, Ally."

Sie atmete zittrig ein. „Warum hinkst du?"

„Ich bin vom Dach gefallen. Warum bist du wütend auf mich?", wiederholte er ruhig.

Statt zu antworten, stand sie auf und ging zu dem Karton, den er mitgebracht hatte. Sie begann, die nicht eingewickelten Spielsachen durchzusehen. „Wow. Das ist ein vielversprechender Anfang", meinte sie und klang dabei ehrlich zufrieden. „Die Kinder werden sich freuen …" Stirnrunzelnd verstummte sie und zog eine Schachtel heraus, die in glänzendes rotes Papier mit nackten Weihnachtsmännern eingepackt war. „Was zum …“

Eddie stellte sich zu ihr, musterte das Päckchen und schüttelte lachend den Kopf. „Ich weiß es nicht. Da scheint jemand einen seltsamen Humor zu haben.“

„Es ist unpassend.“ Sie kniff die Augen zusammen. „Da ist ein Schild.“

Er schaute über ihre Schulter und las: *Für Brandermittlerin Ally Dauer.*

Ihre Blicke trafen sich.

Blieben aneinander hängen.

„Du musst einen Bewunderer haben“, vermutete er.

„Mit Namen Eddie Weston?“

Achtung Fangfrage. „Ich bin zwar ein Bewunderer“, antwortete er vorsichtig, „aber von mir ist das nicht.“

Prüfend sah sie ihn noch einen Moment länger an. Sie schien sich nicht sicher zu sein, ob sie ihm trauen konnte. Als er mit den Schultern zuckte, riss sie das Papier ab. Dann verharrte sie völlig regungslos.

„Was ist es?“

Sie hielt eine kleine Flasche hoch. „Ein duftendes Massageöl.“

Wie bitte? Eddie war nicht begeistert, dass ihr jemand ein solch intimes Geschenk machte, vor allem nicht auf diese geheime und hinterlistige Art. Er wusste nicht genau, was er für sie empfand oder was er eigentlich von ihr wollte, doch eins war ihm klar: Aus welchem Grund auch immer, er fühlte sich stark zu ihr hingezogen, schon von Anfang an. Er wollte nicht, dass ihr etwas passierte.

Sie las die Beschreibung auf dem Etikett durch und schnitt eine Grimasse. „Sinnlich, erotisierend und …" Ihre Wangen röteten sich. „Hm."

„Was noch?"

„Es ist … essbar."

Die Luft schien auf einmal vor Spannung zu knistern. Ja, er fühlte sich eindeutig zu ihr hingezogen. Weshalb es umso frustrierender war, dass sie kein Interesse an ihm gezeigt hatte. Sie hätten etwas verdammt Heißes miteinander haben können. „Wie umsichtig", sagte er schließlich. „Von einem Freund vielleicht?"

„Nein. Es gibt keinen."

„Einen Stalker vielleicht?"

„Nicht diese Woche."

„Gut." Eddie lächelte über ihren trockenen Humor und wollte gar nicht wissen, was es über seinen Charakter verriet, dass er erleichterter darüber war, dass sie keinen Freund hatte, als darüber, dass es keinen Stalker gab. Er beugte sich vor und nahm ihr die Flasche aus der Hand. „Pfirsichgeschmack", murmelte er und dachte an Pfirsichkuchen, großzügig verteilt auf weicher heller Haut. Sein Lieblingsdessert.

„Wer könnte mir das geschickt haben?"

Ally klang unsicher. Er fragte sich, ob ihre Reaktion damit zusammenhing, was gerade zwischen ihnen zu passieren schien, oder mit dem mysteriösen Geschenk. „Ich gehe davon aus, dass es keine Bewerber gibt?"

Sie öffnete den Mund, als wollte sie etwas sagen, dann schloss sie ihn wieder und blieb Eddie die Antwort schuldig.

Er drehte den Verschluss der Flasche auf und träufelte etwas Öl in Allys hohle Hand, bevor er sie an seine Lippen führte und die Stelle mit der Zunge berührte.

Sie zuckte zusammen und starrte ihn an. „Es wird heiß!"

„Hmm." Und es war nicht das Einzige, das heiß wurde. Hitze breitete sich in seinem ganzen Körper aus. Als er seine Zähne in ihren Handballen grub, schnappte Ally nach Luft.

„Eddie." Sie sah ihn mit großen Augen an. Ihr Mund war leicht geöffnet, und ihre Brustspitzen zeichneten sich unter ihrer Bluse ab.

Er fuhr mit der Kuppe seines Daumens über ihre Fingerknöchel und näherte sich langsam ihrem Gesicht. Zärtlich hauchte er ihren Namen, als sie langsam die Lider schloss …

„Eddie? Leitung eins!", rief Cherry vom Flur her. „Es ist Wache 31. Du hast vergessen, ihre Spenden abzuholen."

Er löste seinen Blick nicht von Ally. „Sag ihnen, dass ich komme!", rief er durch die offene Tür.

Ally schluckte. Dann nickte sie. „Du kommst …" Sie verzog das Gesicht. „Ich meine, du gehst. Du gehst …" Sie strich sich mit einer Hand über die Augen und versuchte, ihn mit der anderen gar nicht sanft zur Tür hinauszuschieben.

Er widerstand dem Druck und presste seine Lippen an ihr Ohr. „Ich würde lieber kommen."

Mit einem leisen, undefinierbaren Laut schubste sie ihn aus ihrem Büro. Danach zog sie die Tür fest ins Schloss.

Yep, dachte Eddie. Ally war wütend auf ihn.

3. KAPITEL

Ally verbrachte den Rest der Woche standhaft damit, nicht daran zu denken, welche Glut sie durchströmt hatte, als Eddie ihre Handfläche mit seiner Zunge berührt hatte.

Okay, sie dachte daran.

Häufig sogar, aber sie war auch nur ein Mensch.

Das war genau der Grund, weshalb sie so vorsichtig bei Männern war. Sie hatte keine Probleme, ihr Interesse zu wecken; sie zu halten, war indes schon sehr viel schwieriger. Zugegeben, ihre Arbeit nahm einen hohen Stellenwert in ihrem Leben ein, doch sie konnte sich auf mehrere Dinge gleichzeitig konzentrieren.

Jedenfalls wollte sie gern glauben, dass sie das konnte.

Dennoch schien es ihr Schicksal zu sein, allein zu bleiben. Um sich Enttäuschungen zu ersparen, hatte sie eine Mauer um sich errichtet.

Wenigstens liebte sie ihre Arbeit. Sie war gerade dabei, anstrengende Ermittlungen abzuschließen, die sie und die Abteilung Brandstiftung fünf Monate lang durchgeführt hatten. Die Brände hatten sechs Todesopfer gefordert, darunter zwei Kinder. Aber schließlich waren sie in der Lage gewesen, den Täter zu überführen. Ally war bei der Verhaftung dabei gewesen und hatte große Befriedigung über ihre Leistung empfunden.

Allerdings hatte sie dafür viele Überstunden machen müssen und war entsprechend ausgelaugt. Leider hatte sie noch eine Menge Schreibkram zu erledigen. Ganz oben auf dem Stapel lag eine Mappe mit einer Sammlung von Beobachtungen, die sie „Geheimer Weihnachtsmann“ genannt hatte.

Ally hatte das Massageöl und das Geschenkpapier als Beweismaterial aufgehoben. Das Papier und ein Polaroidfoto von dem Fläschchen befanden sich in der Mappe. Sie hatte nachgeforscht, wo in der Gegend Sexshops waren, und plante, sie auf diese beiden Artikel hin zu überprüfen.

Angesichts der Arbeit auf ihrem Schreibtisch seufzte sie tief. Alles, was sie wirklich wollte, war, etwas zu essen, dazu vielleicht ein Glas Wein und danach mindestens acht Stunden Schlaf. Es hatte eine Zeit gegeben, da hätte sie auch noch Sex auf ihre Wunschliste gesetzt, doch selbst dazu wäre sie viel zu müde.

Sie beschloss, noch eine Stunde zu bleiben, um wenigstens noch einen Teil zu erledigen, dann nach Hause zu fahren und ins Bett zu fallen. Um so lange durchzuhalten, holte sie sich einen Becher Kaffee aus dem Pausenraum und nippte schon daran, als sie in ihr Büro zurückkehrte.

Wo sie einen Karton Spielzeug auf ihrem Stuhl vorfand.

Ihr Instinkt sagte ihr sofort, dass etwas nicht stimmte. Mit einer bangen Vorahnung stellte sie den Kaffeebecher ab und packte die Sachen aus. „Mist“, flüsterte sie, als sie das einzige eingepackte Geschenk ganz unten im Karton entdeckte.

Diesmal war das Papier leuchtend grün, aber die

nackten Weihnachtsmänner waren die Gleichen. Sie schnappte sich das Päckchen und lief über den Flur Richtung Empfangsbereich, gerade noch rechtzeitig, um Cherry zu Eddie sagen zu hören: „Bis bald, Süßer."

Ally presste die Lippen zusammen. Eddie war offensichtlich nicht im Dienst. In den verblichenen Jeans, dem weichen weißen Henley-Shirt und abgenutzten Sneakers sah er viel besser aus, als es ein zum Tode Verurteilter dürfte. „Hey, Süßer", flötete sie anzüglich und bemerkte mit Genugtuung, wie er zusammenzuckte, bevor er sich zu ihr umdrehte.

„Kann ich dich einen Moment sprechen? In meinem Büro?"

Er schaute auf das Päckchen in ihrer Hand und schien sofort zu begreifen, was das zu bedeuten hatte. Sein Lächeln schwand, sein Blick, wachsam wie immer, wurde ernst. Noch etwas funkelte in seinen Augen, etwas, das sie nicht klar einordnen konnte. Fast hätte sie es für Beschützerinstinkt gehalten, doch da er auf der Liste der Verdächtigen ganz oben stand, war der Gedanke absurd.

Sie gingen nebeneinander über den Flur. Ally verspürte in seiner Nähe ein Kribbeln. Sie versuchte, es zu ignorieren. „Du hinkst heute nicht mehr so schlimm", stellte sie fest.

Eddie antwortete nicht darauf. Er legte seine Hand an ihren Rücken und schob Ally sanft vor sich in ihr Büro. „Öffne es", forderte er sie mit seiner tiefen, ruhigen Stimme auf.

Ihr stockte der Atem. Da sie nicht klar denken

konnte, wenn sie seine große warme Hand auf sich spürte, trat sie von ihm weg. Dann riss sie das Papier ab und starrte auf ein Buch mit dem Titel „Sogar Verlierer können Sex haben – ja, Sie sind gemeint“. Sie erstickte fast an ihrem kurzen, bitteren Lachen.

Der Titel war zu nah an der Wahrheit …

Ein Lesezeichen – bedruckt mit einer Blondine mit Weihnachtsmütze, langen roten Handschuhen, roten halterlosen Strümpfen und sonst nichts – steckte zwischen den Seiten. Die markierte Stelle war der Beginn eines neuen Kapitels: „Wie man küsst, um Erfolg zu haben“.

Eddie lachte leise. Der Klang löste wieder ein Kribbeln in ihr aus. Sie hob den Kopf und kniff die Augen zusammen. „Das ist nicht lustig. Was zum Teufel soll das?“

Ungläubig starrte er sie an. „Du glaubst, ich hätte dir das geschickt?“

„Hallo? Du bist schließlich derjenige, der die Kartons bei mir abliefert!“

Er atmete langsam aus. „Okay, das sieht nicht gut für mich aus, aber eins ist merkwürdig.“

„Merkwürdig? Was?“

Eddie fuhr sich erregt durchs Haar. Er machte den Eindruck, als ob er sich lieber ohne Betäubung einen Zahn ziehen lassen würde, als endlich mit der Sprache herauszurücken.

„Spuck’s aus, Weston.“

„Beide Male habe ich alle Spielsachen selbst in den Karton gelegt. Der Karton war vorher leer, und ich habe ihn nie aus den Augen gelassen. Trotzdem ist keins der … *Geschenke* von mir." Er lächelte schwach. „Schließlich weiß ich schon, dass du küssen kannst." Sie schauten einander lange an. „Und außerdem hätte ich die Päckchen nicht so schön einwickeln können."

Ally seufzte schwer und lehnte sich an ihren Schreibtisch. Dabei trommelte sie gedankenverloren mit den Fingern auf der geöffneten Mappe mit ihren geheimen Aufzeichnungen.

Eddie sah die Unterlagen, und bevor sie es verhindern konnte, nahm er die Mappe hoch.

„Hey. Das sind vertrauliche Informationen."

Er hielt die Mappe so hoch, dass Ally nicht herankam, während er rasch ihre Notizen überflog. Danach musterte er sie amüsiert. „Eine offizielle Untersuchung? Wirklich?"

„Pst!" Sie schloss ihre Bürotür, was ihn nur noch mehr zu belustigen schien. „Natürlich nicht offiziell." Sie verdrehte die Augen und schaute weg, als er leise lachte.

„Ich will mitmachen", sagte er.

„Nein."

„Doch." Er lehnte sich mit einer Hüfte an ihren Schreibtisch, als ob ihm sein Bein doch noch Probleme machte. „Ich bin bereits in die Sache verwickelt", fügte er hinzu. „Außerdem bin ich Beamter, genau wie du. Also bin ich dabei."

In dem Moment knurrte ihr Magen laut. Sie hatte kein Lunch gehabt, und nun war Abend. Sie war zu hungrig, um in Verlegenheit zu geraten oder sich gar mit Eddie zu streiten.

Er schien ihre Schwäche zu spüren. Entschlossen legte er das Sexhandbuch in die Mappe und klemmte sie sich unter den Arm, bevor er Allys Hand ergriff. „Komm."

„Wohin?"

„Komm einfach mit."

Ally leistete – ganz untypisch – keinen Widerstand. Sie musste hungriger sein, als ihr bewusst gewesen war. Schweigend ließ sie sich von Eddie zu seinem Truck führen. Er hielt ihr die Tür auf der Beifahrerseite auf und half ihr hinein, ehe er sich selbst vorsichtig hinters Steuer hievte. „Dein Bein …"

„Ist in Ordnung", versicherte er.

„Es hat aber nicht den Anschein."

„Möchtest du es dir ansehen?"

Sie wussten beide, dass er dazu seine Hose ausziehen müsste. Ally kämpfte noch mit Lust und Furcht bei dem Gedanken, als er leise lachte. „Mann, du müsstest in unserer Pokerrunde mitmachen. Ich würde dich um ein Vermögen erleichtern." Er lehnte sich über die Konsole zwischen ihnen und flüsterte ihr ins Ohr: „Und wann immer du mich ohne Hose sehen möchtest, Ally, brauchst du es nur zu sagen."

Sie errötete, tat so, als ob es ihr egal wäre, und schaute aus dem Fenster, während Eddie wieder leise über ihre Verlegenheit lachte.

Er fuhr mit ihr in die Stadt und parkte vor ihrem Lieblingscafé.

„Was tun wir hier?", fragte sie.

„Ich bin zu hungrig, um zu denken." Im Lokal führte er sie zu einer der hinteren Nischen und glitt neben sie hinein, statt sich ihr gegenüber zu setzen.

„Hey. Das ist mein Platz."

„Ich mag deinen Platz. Hast du dir schon überlegt, ob du möchtest, dass ich mir die Jeans ausziehe?"

„Ja. Nein!" Sie schloss die Augen. „Du bleibst angezogen."

„Lass es mich wissen, wenn du deine Meinung änderst." Er war ihr so nah, dass sein warmer Atem ihre Schläfe streifte. „Ich habe mich übrigens neben dich gesetzt, weil wir uns über heißes Massageöl, Sexhandbücher und nackte Weihnachtsmänner unterhalten werden. Ich dachte, du legst bestimmt Wert auf Diskretion."

Ja, doch sie legte auch Wert auf Abstand von seinem großen, starken, schönen Körper. Mit Abstand konnte sie sich daran erinnern, dass Eddie sie verletzt hatte. Die Tatsache, dass sie vor sechs Monaten nicht gut genug gewesen war, um sein Interesse länger als zwei Verabredungen lang aufrechtzuerhalten, beschämte sie, und sie nahm nicht an, dass sich in dieser Beziehung etwas geändert hatte. Und zu guter Letzt hatte sie geglaubt, dass zwischen ihnen etwas hätte sein können …

Verdammt, sie glaubte es immer noch. Verfluchter Kerl.

Er hatte sich lässig zurückgelehnt, die Beine ausgestreckt und einen Arm auf die Rückenlehne hinter ihr gelegt. Seine Sonnenbrille hatte er ins Haar geschoben, und sein Kinn war seit mindestens einem Tag nicht rasiert. Er sah mehr als nur ein wenig gefährlich aus.

Zum Glück wusste Ally bereits, dass sie nur in Gefahr war, wenn sie unvorsichtig wurde – und das würde nicht wieder passieren.

Die Kellnerin war jung und hübsch und kaute auf einem Kaugummi, das sie beinahe verschluckte, als Eddie sie anlächelte. „Was kann ich Ihnen bringen?", fragte sie geradezu schnurrend.

Er wandte sich an Ally. „Was klingt gut?"

Was gut klang? Seine Stimme. „Pizza."

„Also Pizza", sagte er. „Und zwei Bier."

Die Kellnerin strahlte ihn an, als ob er ihr gerade den Mond vom Himmel geholt hätte, und hüpfte davon. Ja, sie hüpfte wirklich. Ally warf ihm einen schrägen Blick zu. „Wird das niemals langweilig?"

„Was?"

„Die Bewunderung."

Er lächelte wie ein Mann, der sich wohl in seiner Haut fühlte. „Nein."

Ally verdrehte die Augen und lehnte sich zurück, als die Kellnerin ihnen das Bier brachte. Ally war keinen Alkohol gewohnt, doch sie hatte das Gefühl, dass sie die Stärkung heute Abend gebrauchen könnte. Sie trank einen großen Schluck und sah zu, wie Eddie dasselbe tat.

Dann stellte er die Flasche ab und musterte Ally, bevor er das Sexhandbuch an der markierten Stelle aufschlug. „Interessant."

Da sie dachte, dass er etwas gefunden hatte, das sie übersehen hatte, einen Hinweis irgendeiner Art, beugte sie sich zu ihm und schaute wie er ins Buch. Als sie sich bewegte, streifte sein Bizeps seitlich ihre Brust. Und als würde das nicht schon genügen, um eine Welle heißen Verlangens durch ihren Körper strömen zu lassen, stieg ihr auch noch sein männlich-würziger Duft in die Nase. Ally versuchte, all das zu ignorieren. „Was ist? Was hast du gefunden?"

„Hier steht, dass ein heißer Kuss dem Geschlechtsverkehr so ähnlich wie möglich sein sollte."

Ach du liebe Güte. Seine tiefe Stimme klang weich und kräftig zugleich. Um sich abzulenken, trank Ally noch einen großen Schluck Bier und stellte die Flasche auf den Tisch.

Eddies Blick wanderte vom Bier zu ihrem Mund. Er lächelte. „Weiter heißt es, dass ein Kuss lang und feucht und tief sein sollte. Die Zunge sollte langsam über die des Partners gleiten." Er neigte den Kopf und schaute sie unentwegt an. „Mir gefällt der Teil mit dem langsamen Gleiten."

Ally erinnerte sich nur zu gut daran. Schlimmer, ihr Körper reagierte darauf. Ihre Brüste wurden auf einmal schwer. Sie spürte ein eindeutiges Ziehen zwischen den Beinen und presste ihre Schenkel zusammen.

„Außerdem wird intimer Körperkontakt vorgeschlagen, von der Brust über das Becken bis zu den Oberschenkeln."

Eddie hatte kein einziges unanständiges Wort benutzt, und dennoch war Ally erregt. Unwillkürlich entfuhr ihr ein Stöhnen, das sie zu kaschieren versuchte, indem sie das Bier austrank.

Er beobachtete sie aufmerksam. „Ich glaube, wir sind bereit für das nächste Kapitel", murmelte er. Dann fing er zu lesen an. „Um vom Küssen in die nackte Phase zu gelangen …"

Er verstummte, als sie mit der Hand auf das Buch schlug. Wenn er mit dieser Stimme weitermacht, bekomme ich noch einen Orgasmus, dachte sie verzweifelt. „An der Stelle haben wir versagt."

Fragend schaute er sie an. „Versagt?"

„Okay, nicht wir. Ich. Ich habe versagt."

Er musterte sie einen Moment. „Erklär es mir."

„Wir sind zusammen ausgegangen." Verflixtes Bier. Es löste ihr die Zunge. „Zweimal."

„Ja."

„Wir haben uns geküsst." Sie deutete auf das Buch. „Lang und feucht und tief."

Nun verzog er die Lippen zu einem Lächeln. „Hmm."

„Und das war's dann auch schon. Du hast mich nie wieder angerufen. Keine nackte Phase."

Eddie schaute sie lange an. „Du hast mir nie einen Hinweis gegeben, dass du in die Richtung gehen oder mich überhaupt wiedersehen wolltest. Stattdessen hast du mir, als ich dich nach unserem zweiten Date in deine Wohnung brachte, auf die Schulter geklopft und gesagt, dass du in den nächsten Monaten sehr viel zu tun haben würdest, aber dass es wirk-

lich ein netter Abend gewesen sei."
„Das stimmte ja auch."
„Für mich hörte es sich nach einer Abfuhr an."
„Nein, das war es nicht. Es war … meine Art zu versuchen, mich zu öffnen."
Verwirrt schüttelte er den Kopf.
„Ich sagte, dass es nett war", fuhr sie fort. „‚Nett' ist ein absolut positiver Begriff, Eddie."
Er starrte sie an, als ob sie von einem anderen Stern wäre. „‚Nett' ist das Wort, dass man benutzt, um den Mann zu beschreiben, den man anruft, wenn man eine Reifenpanne hat. ‚Nett' ist der Mann im Laden, der dir etwas aus dem obersten Regal holt, an das du nicht herankommst. ‚Nett' ist der Nachbar, der deinen Briefkasten leert, wenn du auf Reisen bist. ‚Nett' ist dagegen ganz bestimmt nicht das Wort für den Mann, mit dem du bis zum Morgengrauen tanzen gehen möchtest, um ihn hinterher mit nach Hause zu nehmen und wilden Sex zu haben, bis die Wände wackeln. ‚Nett' ist nicht das Wort für den Mann, mit dem du in die Berge fahren möchtest, um hemmungslos lauten Sex unterm Sternenhimmel zu haben."
Oh je. Sex, bis die Wände wackeln?
Hemmungslos lauten Sex?
Sie konnte nichts anderes denken als: *Ja, bitte. Wo muss ich unterschreiben?*
„Ally?"
Sie merkte, dass er mit der Hand vor ihrem Gesicht wedelte, und zuckte leicht zusammen.

„Geht es dir gut?"

„Ja", antwortete sie schwach.

Pass auf.

Abstand halten.

Beides beachtete sie ja auch sonst bei ihren Ermittlungen. „All diese Dinge – die Sache mit dem Reifenwechsel, mit der Post – mag ich. Ich mag Männer, die so sind."

„Gut, aber diese Männer gehören definitiv in die Schublade ‚Freund'."

„Wenn ich mit jemandem ausgehe, möchte ich, dass er ein Freund wird."

Eddie musterte sie immer noch eindringlich und nahm ihre Hand. „Was willst du mir damit sagen? Dass du weiter mit mir als Freund ausgegangen wärst oder mit mir als ein Freund und … mehr."

Ally schluckte und wich seinem Blick aus. „Nun, ich schätze, das werden wir nie erfahren."

Er hielt inne, dann schüttelte er den Kopf. „Kein Wunder, dass du fünfundsiebzig Prozent deiner Fälle erfolgreich abschließt, während die meisten Ermittler froh sind, wenn sie auf dreißig Prozent kommen. Du treibst deine Verdächtigen wahrscheinlich dermaßen in den Wahnsinn, dass sie alles gestehen."

Sie war sich ziemlich sicher, dass das kein Kompliment sein sollte. „Ich bin gut in meinem Beruf."

„Ja. Daran besteht kein Zweifel. Doch wie ist es außerhalb des Jobs?"

Sie schwieg einen Moment, bevor sie umständlich zugab: „Es gibt einige Bereiche in meinem Leben, die etwas Bearbeitung nötig hätten." Als Eddie ihr ein wissendes Lächeln zuwarf, verdrehte sie die Augen, musste aber auch schmunzeln. „Ich arbeite daran", sagte sie weich. „In meinem eigenen Tempo."

„Dagegen ist nichts einzuwenden."

4. KAPITEL

Ally langte kräftig bei der Pizza zu. Nach dem langen Tag hatte sie das Gefühl, schon halb verhungert zu sein. Sie war bereits bei ihrem zweiten Stück, bevor sie merkte, dass Eddie die Notizen in ihrer Mappe überflog und dabei vor sich hin lächelte.

„Du hast hier alle Feuerwachen der Stadt aufgeführt", stellte er fest. „Stehen wir alle unter Verdacht?"

Da sie nicht antwortete, zog er eine Augenbraue hoch und las weiter. Als er zu ihrer Liste von Verdächtigen kam, warf er den Kopf in den Nacken und lachte schallend. „Ich? Ich bin dein einziger Verdächtiger?"

Sie zuckte mit einer Schulter.

Immer noch schmunzelnd ließ er seinen Blick langsam über ihr Gesicht schweifen. „Falls du mich abtasten möchtest, lass es mich wissen." Er blätterte ihre Unterlagen weiter durch. „Eine Aufstellung von Läden, die erotische Scherzartikel wie das Geschenkpapier verkaufen, sowie von den Sexshops in der Gegend. Was hast du vor? Willst du sie mit gezückter Pistole stürmen?"

„Gib mir die Mappe."

„Genau das hast du vor", vermutete er belustigt. „Gott, bitte lass mich dabei sein!"

Ally griff nach den Unterlagen, aber er schob sie rasch ans andere Ende des Tisches, sodass sie sich über Eddie lehnen musste, um an sie heranzukommen. Sie lag praktisch an seiner breiten Brust und langte nach dem Hefter, als Eddie ihn plötzlich losließ und mit beiden Händen über ihre Arme strich.

Ein Schauer der Erregung durchrieselte sie. Atemlos verharrte sie. Was die Sache mit dem Abstandhalten betraf, versagte sie völlig.

Eddie hielt die Hände still. Sein Blick fiel auf ihren Mund.

Als sie zitterte, beugte er sich vor. Und da sie bereits wusste, dass sein Kuss wie der Himmel auf Erden war, erbebte sie noch einmal am ganzen Körper vor Erwartung.

Doch anstatt sie zu küssen, griff er nach dem Sexhandbuch hinter ihr und schlug es bei dem Kapitel mit dem Titel „Sexuelle Fantasien“ auf.

„Wahrscheinlich hätte ich dieses Kapitel schreiben können“, murmelte er.

Unentschlossen, ob sie erleichtert oder enttäuscht sein sollte, dass er sie nicht geküsst hatte, setzte Ally sich wieder gerade hin und nahm noch ein Stück Pizza. „Lass mich raten. Deine Fantasien ranken sich um zwei Frauen, die einander küssen, oder um zwei nackte Frauen oder, noch besser, um zwei nackte Frauen, die dich küssen.“

Seine Augen wurden groß. „Nicht schlecht“, meinte er heiser. „Aber meine erotischen Fantasien sind normalerweise etwas spezieller.“

„Wie zum Beispiel?“

Er zog eine Braue hoch, sie stumm fragend, ob sie dies wirklich hören wollte. „Erzähl schon“, forderte sie ihn unbedacht auf.

„Meine Fantasie bist du", sagte er leise. „Du in dem knappen schwarzen Kleid und den High Heels, die du an Thanksgiving getragen hast."

Zweifelnd sah sie ihn an. Er nickte bekräftigend.

Nach einem Moment räusperte sie sich. „Ich in dem Kleid – das klingt eher harmlos."

„Mit nichts darunter außer deiner Pistole."

Ally blinzelte ein paarmal.

Eddie lachte leise. „Ja, ich habe die Szene nach dem Brand an Thanksgiving immer wieder vor Augen. Nur, dass du in meiner Fantasie durch mein Haus läufst statt durch die verkohlten Trümmer. Und du wirfst nicht deinen Verdächtigen von neulich, sondern mich zu Boden, und dann …"

Er atmete schneller. „Tut mir leid", sagte er kopfschüttelnd. „Jetzt kommt meine Lieblingsstelle. Du schlüpfst aus dem Kleid."

„Sag nicht, dass ich tatsächlich nur meine Pistole darunter trage"

„Nein." Er lächelte. „Du trägst auch Lippenstift."

Sie wandte sich von ihm ab und aß ihre Pizza auf, wobei sie nicht darüber nachzudenken versuchte, warum es in ihrem Bauch kribbelte. „Ich nehme keinen Lippenstift, sondern Lipgloss."

„Noch besser."

„Danke für die Pizza", sagte Ally, als sie fertig waren. „Du kannst mich zu meinem Auto bringen."

Ja, Eddie hörte das laut und deutlich. Sie wollte, dass er ging. Genau das hatte er auch vor sechs Monaten laut und deutlich gehört. Aber offensichtlich hatte er sie damals falsch verstanden, und das faszinierte ihn. Sie faszinierte ihn.

Und sie wollte ihn. Diese Gewissheit machte ihn glücklich, wie schon lange nicht mehr. Deshalb hatte er vor, ihr einen Gefallen zu tun.

Als er an ihrem Büro vorbei weiter Richtung Innenstadt fuhr, richtete sie sich auf. „Wir sind schon vorbei an …"

„Ich weiß."

„Dann kehr um!"

Da er sich nicht um ihre Aufforderung scherte, seufzte sie. „Das ist Kidnapping. Ich werde gegen meinen Willen festgehalten."

Er lächelte ihr kurz zu. „Wirst du mir Handschellen anlegen?"

Sie presste die Lippen zusammen. Fünf Minuten später, als er auf den Parkplatz von „Sally's Special XXX Toy Shop" einbog, wurde ihre Miene noch finsterer.

„Ich werde dich nicht fragen, woher du weißt, wo dieser Laden ist", sagte sie. Die Ironie des Namens entging ihr nicht. *Toy Shop.*

Spielzeug.

Damit hatte der ganze Ärger angefangen.

Eddie klemmte sich die Mappe unter den Arm und führte Ally in das Geschäft. Die schwarzen Wände waren mit Pornofilmplakaten und blinkenden Neonschildern mit vielversprechenden Titeln wie „Scharfe Girls nackt" und „Heiße Rute" dekoriert.

„Hübsch“, murmelte sie.

Eddie schmunzelte. Es amüsierte ihn, wie abgebrüht sie tat, obwohl er sie praktisch mit Gewalt durch den Laden zum Tresen schieben musste.

Dort waren eine Handvoll Vibratoren aufgestellt, einer größer und bunter als der andere. Ally warf einen Blick auf den auffallendsten, dreißig Zentimeter lang und so dick wie ihr Unterarm, und stolperte prompt.

Eddie grinste und legte den Arm um ihre Taille, während er dem Verkäufer hinterm Tresen zunickte. Der hagere Mann im Grateful-Dead-T-Shirt hatte einen dünnen Pferdeschwanz, der ihm bis zur Taille reichte, und war vom Alter her schwer zu schätzen.

Sein Blick wanderte von Eddie zu Ally, die er einen Moment länger anschaute, bevor er sich wieder Eddie zuwandte. Seine Augen funkelten verschlagen. „Was kann ich für euch tun?“

Ally musterte ihn scharf. „Sind wir uns nicht schon einmal begegnet?“

Der Mann grinste anzüglich. „Kann schon sein. Stammkundin?“

Eddie sah sie mit hochgezogener Braue an, doch sie kniff nur die Augen zusammen. „Nein“, betonte sie nachdrücklich.

Eddie klappte ihre Mappe auf und zeigte dem Mann das Foto von der Flasche mit dem Massageöl. „Verkaufen Sie das hier?“, fragte er.

„Nein. Wir haben bessere Marken.“

Ally hielt ihm den Sexratgeber hin. „Wie ist es hiermit?“

Der Verkäufer schlug das Buch an der markierten Stelle auf und grinste. „Sie haben Probleme beim Küssen?“

Sie knirschte mit den Zähnen. „Beantworten Sie bitte einfach nur die Frage.“

Er kratzte sich am Kopf. „Das ist von ‚Double D’s Adult World‘ in der Neunten Straße.“

Ally hatte sich schon umgedreht, als er hinzufügte: „Aber wir führen das Geschenkpapier, das Sie hier drin haben.“

Double D’s Adult World war geschlossen. Eddie fuhr Ally zu ihrem Büroparkplatz. „Danke für die Unterstützung“, sagte sie, bevor sie die Autotür aufmachte.

„Jederzeit wieder.“ Er lächelte. „Schade, dass Mr Grateful Dead nicht wusste, wer das Geschenkpapier in letzter Zeit gekauft hat. Ich dachte schon, du würdest deine Waffe auf ihn richten. Aber vielleicht hast du dich auch nur über seine Vermutung, dass du Probleme beim Küssen hast, geärgert.“

Ally kletterte aus dem Truck, schlug die Tür hinter sich zu und ging schnell zu ihrem Wagen, doch Eddie holte sie ein, bevor sie einsteigen konnte. Er hielt ihren Arm mit einer Hand fest, während er die andere an ihre Hüfte legte. Sanft presste er sie ans Auto. „Hey.“

„Hey sagt man zu Pferden“, erwiderte sie trocken.

Mit einem leichten Lächeln drängte er sich an sie. Der Kontakt mit seinem harten Körper löste in ihr Erinnerungen an das Vergnügen aus, das Eddie einem bescheren konnte. Ihre Brustspitzen richteten sich unter ihrem Top auf, und als er sein Bein zwischen ihre Oberschenkel schob, hätte sie beinahe gestöhnt. Stattdessen atmete sie tief aus und hielt seinem amüsierten Blick stand. „Du findest die ganze Sache äußerst komisch, nicht wahr?"

„Zumindest einiges davon." Er strich mit einem Finger über ihre Schläfe und steckte ihr eine lose Strähne hinters Ohr. „Nicht alles."

Obwohl sie zitterte, versuchte sie sarkastisch zu bleiben. „Lass hören."

„Ich liebe es, dir dabei zuzuschauen, wie du an diesen Fall wie bei offiziellen Ermittlungen herangehst. Du hast einen sehr analytischen Verstand." Er schwieg einen Moment und ließ seinen Finger über ihr Kinn gleiten, wobei er ihr Gesicht aufmerksam musterte. „Das macht mich an", gab er zu. Dann senkte er den Kopf und knabberte an ihrem Ohrläppchen.

Ally überlief ein heftiger Schauer. Sie presste die Knie zusammen. „Du hattest deine Chance …"

Eddie legte seine Finger an ihre Lippen. „Ja, das ist jetzt der Teil, den ich nicht komisch finde. Ich zog mich damals zurück, Ally, weil ich das Gefühl hatte, dich zu bedrängen. Ich wollte aber, dass du mich wirklich willst." Er streichelte ihren Hals mit seinem Daumen und spreizte die Finger, sodass sie knapp unter den Ausschnitt ihres Tops reichten, über ihr Schlüsselbein glitten und auf der Wölbung ihrer Brust liegen blieben.

Heißes Verlangen überkam sie.

„Gib mir noch eine Chance, dich dazu zu bringen, mich zu wollen“, bat er, während seine Finger sie leicht neckten.

Sie seufzte zittrig. „D...das ist nicht das Problem.“

„Gut.“ Er schob seine Finger in ihr Haar und küsste sie. Bei der ersten Berührung seiner Zunge durchströmten sie Schockwellen von Lust. Die Zeit schien stillzustehen. Ally nahm nichts um sich herum wahr außer dem Gefühl seiner harten Muskeln, die sich an ihr bewegten. Und nicht nur seine Muskeln waren hart, stellte sie fest, als sie seine Erektion durch seine Hose an ihrem Bein spürte. Er umarmte sie und ließ seine Hände über ihren Rücken und dann unter ihr Top gleiten, sodass sie seine warmen rauen Handflächen direkt auf ihrer Haut fühlte.

„Das habe ich vermisst“, flüsterte er. Sein heißer Atem streifte ihren Hals, und Ally war über sich selbst schockiert, als sie sich dabei ertappte, seine Schulter zu küssen. Auch ihre Hände waren wie von allein unter sein Hemd gelangt. Langsam strich sie über die Rillen an seinem Bauch, als ob sie versuchte, Blindenschrift zu lesen.

„Nun, eins ist jetzt jedenfalls geklärt“, murmelte er heiser und presste seine Stirn atemlos an ihre. „Das Kapitel über das Küssen brauchst du nicht zu lesen.“

„Nein?“

„Nein.“ Er lächelte. „Du machst mich verrückt, Ally.“ Weich sah er sie mit seinen grünen Augen an. „Komm mit zu mir. Lass es uns noch einmal versuchen.“

Ihr Körper schickte ein „Bitte ja!“ an ihr Gehirn.

Aber ihr Verstand mahnte sie zur Vorsicht. „Ich will einen Fehler nicht wiederholen, Eddie.“

Sie rechnete daraufhin mit Wut. Zumindest mit Verärgerung. Doch er überraschte sie, indem er seine Lippen an ihre Schläfe presste und sanft ihren Rücken streichelte, diesmal beruhigend statt verführerisch. „Die Sache mit uns ist kein Fall, in dem du ermittelst“, sagte er. „Es geht nicht um schwarz oder weiß, und es ist auch nichts, das du am Ende eines langen Tages auf deinem Schreibtisch liegen lassen kannst. Es ist richtiges Leben, Ally.“

„Ich weiß.“

„Dann spring über deinen Schatten und riskier einen Versuch.“

Als sie beharrlich schwieg, seufzte er und trat zurück. „Denk darüber nach.“

Das wenigstens konnte sie ihm garantieren.

5. KAPITEL

In den nächsten sechs Tagen absolvierte Eddie vier Vierundzwanzigstundenschichten. Am Ende der Woche, nur zwei Wochen vor Weihnachten, ging er leicht schwankend neben Sam aus der Wache.

„Mist“, murmelte Sam müde und blinzelte in die grelle Wintersonne, als sie draußen stehen blieben und auf das tosende Meer schauten. „Ich bin total fertig.“

Eddie setzte seine Sonnenbrille auf und nickte, zu erschöpft, um mit Worten zuzustimmen. Er hatte einen Karton Spielsachen für Ally im Truck, aber er brauchte erst einmal gute acht Stunden Schlaf, bevor er auch nur darüber nachdenken konnte, ob er sicher genug auf den Beinen wäre, um zu ihr zu fahren. Zuletzt hatte er sie gesehen, als er sie an ihrem Auto so verzweifelt geküsst hatte, als bräuchte er sie wie die Luft zum Atmen. Er hatte sie gebeten, ihnen noch eine Chance zu geben.

Doch sie war in die Nacht entschwunden und hatte ihn im Ungewissen gelassen, ob er gerade zurückgewiesen worden war oder ob sie es sich wirklich überlegte.

Er kannte sie. Sie war eine vorsichtige, pragmatische und intelligente Frau, die in einer Welt lebte, in der Probleme durch reine Hartnäckigkeit und Entschlossenheit gelöst werden konnten. Wenn sie erst einmal einen Entschluss gefasst hatte, musste man

Himmel und Hölle in Bewegung setzen, um ihre Meinung zu ändern. Leider war er sich ziemlich sicher, dass sie sich seinetwegen schon lange entschieden hatte.

„Bis morgen Abend", sagte Sam, wodurch Eddie sich bewusst wurde, dass sie immer noch auf der Straße vor dem Strand standen, zu müde, um sich zu bewegen.

„Morgen …"

„Das Spiel", erinnerte Sam ihn.

Sie spielten in der Basketballliga der Polizisten, Sanitäter und Feuerwehrleute und standen an der Tabellenspitze. „Ich werde da sein."

„Bring deinen besten Spieler mit."

Eddie lachte. Er war ihr bester Spieler, und er wusste es. Nachdem er sich von Sam verabschiedet hatte, stieg er in seinen Truck und fuhr wie von einem Autopiloten gesteuert nach Hause. Dort duschte er, bis ihm das heiße Wasser ausging, trocknete sich ab und fiel nackt auf sein großes behagliches Bett.

Er wachte vom Klingeln an der Tür auf und hob verschlafen den Kopf. Es war sechs Uhr abends. Ihm knurrte schon der Magen, weil er seit Stunden nichts mehr gegessen hatte. Trotzdem fühlte er sich erfrischt. Er rollte sich aus dem Bett, schlüpfte in ein paar Shorts und ging über den Flur, um die Haustür zu öffnen.

Verblüfft blinzelte er, als er Ally auf seiner Schwelle stehen sah. So wie sie angezogen war, musste sie direkt von der Arbeit gekommen sein. Schwarze Hose, hellblaue Hemdbluse, dunkle Sonnenbrille und dazu ein unergründlicher Gesichtsausdruck. Sie hatte ihre Geheimmappe unter dem Arm, womit sich die Frage, ob sie zum Vergnügen hier war oder aus anderen Gründen, erübrigte.

„Es tut mir leid“, entschuldigte sie sich sofort. Sie musterte ihn von oben bis unten. „Ich habe dich … geweckt.“ Etwas am Bund seiner Shorts schien ihre Aufmerksamkeit zu fesseln, deshalb schaute Eddie prüfend an sich herunter.

Die Shorts saßen tief, wahrscheinlich unanständig tief, weil er sich nicht die Mühe gemacht hatte, sie zuzubinden. Er holte das nach, während Ally sich abwandte. Ihre Ohren wurden rot, und als sie ihn wieder ansah, richtete sie ihre Augen auf seine Brust. „Ich wollte dich nicht stören.“ Sie zog die Unterlippe in den Mund. „Ich wollte nur …“ Sie hob den Kopf und starrte in den Himmel. „Die Spielsachen. Du hast die letzte Ladung nicht gebracht, deshalb bin ich bei deiner Wache vorbeigefahren. Dort hat man mir erzählt, dass du zu Hause bist.“

Er lehnte sich an den Türrahmen. „Alles okay? Du wirkst … durcheinander.“

„Du trägst kein Hemd. Oder Schuhe.“ Sie schluckte schwer und drehte sich um. „Ich störe. Ich wollte dich nicht aus dem Bett holen. Sorry, ich muss gehen, ich …“

„Angsthase“, sagte er hinter ihr.

Sie wirbelte zu ihm herum. „Wie hast du mich gerade genannt?“

„Du hast mich verstanden."

Sie kniff die Augen zusammen. „Das ist einfach unverschämt."

Er stieß sich vom Türrahmen ab, ging die zwei Schritte zu ihr und nahm ihr die Sonnenbrille ab. „So. Das ist schon besser", murmelte er. „Nun sieh mir in die Augen und sag mir, dass du nichts für mich empfindest. Dass du bereit bist, einfach wegzugehen und es nie zu erfahren."

„Was zu erfahren?", flüsterte sie.

„Was als Nächstes passiert."

Ally starrte ihn stumm an, eine Mischung aus Sehnsucht und Verwirrung auf ihrem hübschen Gesicht. Eddie hatte Mitleid mit ihr. „Wenn ich ein Hemd überziehe, wirst du dann in der Lage sein, einen ganzen Satz zu sagen?"

Sie lief rot an, dann hielt sie sich die Augen zu und tat so, als ob sie überlegte. Nach einem Moment nickte sie. „Vielleicht."

Lachend nahm er Ally bei der Hand und zog sie ins Haus. „Bin gleich wieder da." Er ging ins Schlafzimmer und schlüpfte in ein T-Shirt, ehe er zu ihr zurückging. Sie stand ihm Wohnzimmer neben dem Karton Spielsachen, den er auf einen Beistelltisch gestellt hatte.

Sie schaute nicht zu ihm hin, als er den Raum betrat, aber ihre Ohren waren nicht mehr flammend rot. „Ich dachte, ich komme diesmal zu dir", meinte sie. „Wir sollten den Karton gleich hier an Ort und Stelle durchsuchen."

„Um mich ein für alle Mal von der Liste deiner Verdächtigen zu streichen?“

Sie blieb so lange still, dass er schon keine Antwort mehr erwartete. Doch dann hob sie den Kopf und sah ihn direkt an. „In Wahrheit glaube ich nicht, dass du es bist.“

Eddie öffnete den Mund und schloss ihn wieder, ohne etwas zu sagen. „Danke“, brachte er schließlich hervor, während Ally ein in glänzendes Silberpapier mit nackten Weihnachtsmännern eingewickeltes Päckchen von der Größe einer DVD herausholte.

„Verdammt“, flüsterte sie.

„Das kann nicht wahr sein.“ Eddie stellte sich zu ihr, als sie das mysteriöse Geschenk auspackte.

Zum Vorschein kam das Cover eines Sexfilms. Ally schnappte nach Luft und reichte Eddie die Hülle. „‚Hier kommt der Weihnachtsmann‘“, las er laut vor. „Interessant.“ Er setzte sich auf die Couch, klappte seinen Laptop auf und schob die Scheibe ins DVD-Laufwerk.

Ally starrte ihn an. „Was tust du da?“

„Ich überprüfe Beweismaterial.“

„Ach du meine Güte.“ Sie klang so, als ob sie sich nicht entscheiden könnte, ob sie schockiert oder neugierig sein sollte.

Eddie wartete, bis der Computer die Daten eingelesen hatte, und klickte den Button „Play“ an. Der Film begann damit, dass zwei vollbusige Blondinen zu wirklich schlechter Musik im roten Bikini mit

Fellbesatz ein Büro betraten. Sie stritten sich darüber, wer Santa Claus dieses Jahr assistieren dürfe. Dann kam ein Mann in roter Badehose und mit Weihnachtsmütze auf dem Kopf dazu und erklärte, wer immer ihn am besten mit dem Mund verwöhnen könne, dürfte ihm bei der Qualitätskontrolle des „Spielzeugs" helfen.

Ally sank neben Eddie auf die Couch, als ob ihr die Knie weich geworden wären.

„Wollen wir sehen, wer gewinnt?", fragte er.

Bevor sie antworten konnte, waren beide Frauen schon auf den Knien, zogen „Santa Claus" die Badehose herunter …

„Ach du meine Güte", sagte Ally wieder. Sie hatte hochrote Wangen, ihre Augen glänzten, ihr Mund stand offen. Wenn Eddie sich nicht sehr täuschte, war sie eher neugierig als schockiert.

Und vielleicht auch ein wenig erregt.

Sie schauten einen Moment zu, aber als „Santa" anfing, wie ein Hund zu bellen, stoppte Eddie die Wiedergabe.

Langsam wandte Ally sich zu ihm um. „Mögen Männer so etwas wirklich?"

Bezog sie sich auf den Oralverkehr oder die Sache mit den zwei Frauen zur selben Zeit? „Einige", meinte er vorsichtig.

Sie schwieg eine Minute. „Ich verstehe nur die Sache mit den Tierlauten nicht", sagte sie schließlich ganz ernst.

Eddie lachte herzhaft und schlang einen Arm um

sie, um sie an sich zu ziehen und zu drücken. Sie war einfach hinreißend.

„Was glaubst du, was diese Geschenke zu bedeuten haben?", fragte sie.

Er hatte selbst schon darüber nachgegrübelt. „Vielleicht erlaubt sich nur jemand einen Scherz mit dir. Hast du überprüft, ob es eine Verbindung zu einem deiner Fälle geben könnte?"

„Ja." Ally schlug die Mappe auf der Seite auf, wo sie ihre laufenden Fälle aufgeführt hatte. Dank ihrer neuen Software zur Ermittlung von Täterprofilen hatte sie eine Verbindung zu ihrer persönlichen Sache fast ausschließen können. Die Wahrscheinlichkeit lag unter fünf Prozent.

Eddie blätterte den Hefter durch, um zu sehen, was sie inzwischen noch herausgefunden hatte. Ganz hinten entdeckte er etwas, das ihn stutzen ließ.

Sein Name.

Dann ihrer.

Und darunter eine Notiz mit Bleistift, die lautete: *Auch weniger als fünf Prozent.* Fragend schaute er Ally an.

„So stehen unsere Chancen zusammenzukommen", erklärte sie.

„Weniger als fünf Prozent? Wirklich?"

„Ich mag nicht verletzt werden."

„Ally." Er schüttelte den Kopf. „Ich habe dich nie verletzen wollen."

Sie nickte, nagte auf ihrer Unterlippe und atmete tief durch. „Das weiß ich jetzt."

Er verschränkte seine Finger mit ihren und sah ihr tief in die Augen. „Denkst du noch über meine Bitte nach?"

„Ja." Ihr Blick war sehr ernst. „Aber weniger als fünf Prozent, Eddie? Das ist sehr wenig."

Ja, das stimmte. „Immerhin besser als null", erwiderte er und lächelte sie zuversichtlich an. „Es ist nicht unmöglich."

6. KAPITEL

Nicht unmöglich.

Ally stand auf. „Ich muss los.“ Sie ging zur Haustür, legte die Hand auf den Griff, aber dann zögerte sie, ohne Recht zu wissen, warum. Oder doch?

Eddie legte seine Hände an ihre Hüfte und drehte Ally zu sich um.

Sie hatte ihn nicht einmal kommen hören. Jetzt stand er dicht vor ihr, über einen Meter achtzig groß und wunderbar muskulös. „Du weißt, was Frauen sich über dich erzählen?“, fragte sie mit wild klopfendem Herzen, als er zärtlich ihr Gesicht umfasste.

Langsam schüttelte er den Kopf.

„Sie sagen, dass man viel Spaß mit dir haben kann.“ Sie lächelte schwach. „Dass du interessant und aufregend bist. Ich glaube, ich habe mich zurückgezogen, weil ich Angst hatte“, fuhr sie unsicher fort. „Ich bin ein Workaholic. Mit mir kann man nicht so viel Spaß haben, und ich bin auch nicht aufregend. Ich kann mir nicht vorstellen, irgendetwas an mir zu haben, das dein Interesse wachhalten könnte.“

„Willst du mich auf den Arm nehmen?“ Er streichelte ihr Kinn mit seinen Daumen. „Du bist die intelligenteste Frau, die ich kenne. Hast du eine Ahnung, wie aufregend das ist? Du bist grundanständig und selbstlos, und dein Herz …“ Er stockte, sichtlich überwältigt von seinen Gefühlen.

Ally merkte, wie ihr Widerstand dahinschmolz.

Eddie küsste sie sanft und liebevoll. „Dein Herz ist ein Juwel“, flüsterte er an ihren Lippen. „Du hast mich völlig verzaubert, Ally.“

Sie seufzte, tief bewegt von seiner Offenheit. „Abstand“ war ihr Wort des Monats gewesen, doch Eddie hatte ihre Abwehr besiegt. Restlos. Selbst die Gewissheit, verletzt zu werden, konnte sie nicht davon abhalten, ihn zu begehren.

Ally wollte ihn.

Sie hatte ihn schon immer gewollt.

Er schloss die Arme fester um sie und küsste sie wieder, diesmal nicht mehr so sanft. Die Berührung seiner Lippen entfachte ein kleines Feuer in ihr, und als sie sich schließlich voneinander lösten, um Luft zu holen, schaute er sie so leidenschaftlich an, dass die Intensität seiner Gefühle sie fast ein wenig beunruhigte.

„Und was den Spaß und die Aufregung betrifft“, sagte er weich, „kennst du vielleicht noch jemanden, der so unanständige Geschenke bekommt? Ich jedenfalls nicht.“

Sie öffnete den Mund, und Eddie nutzte das aus, um sie wieder zu küssen und mit dem Rücken an die Tür zu drücken, bis sie sich nicht mehr erinnern konnte, was sie hatte sagen wollen.

„Was muss ich tun?“ Sein Mund war an ihrem Ohr, sein Atem heiß an ihrer Haut. „Wie kann ich es beweisen?“

„Beweisen?“

„Du glaubst mir nicht, dass ich dich will. Aber ich

will dich wirklich, Ally“, murmelte er, heiße Küsse auf ihrem Kinn und auf ihrem Hals verteilend. „So sehr. Himmel, wenn ich dich noch mehr begehrte, dann würden wir in Flammen aufgehen.“

„Es kommt mir jetzt schon so vor, als ob ich brenne …“

Leise lachend sah er ihr in die Augen. „Heißt das, dass du mich auch willst?“

„Mehr als alles andere“, gestand sie.

Mit einem Lächeln, das ihr unter die Haut ging, nahm er sie bei der Hand und führte sie ins Schlafzimmer. Als sie das riesige Bett sah, fingen ihre Knie zu zittern an. „Ally?“

„Ja?“ Sie starrte immer noch auf das Bett.

Eddie legte einen Finger unter ihr Kinn und drehte ihr Gesicht zu sich herum. Sein Blick war heiß, aber auch besorgt. „Meinung geändert?“

Sie schluckte. „Ich kann mich nicht an meinen Gedanken erinnern, geschweige denn daran, ob ich ihn geändert hätte …“

Da er sich nicht rührte, weder um sie zu küssen, noch um sie ins Bett zu kriegen, musste sie wohl deutlich aussprechen, was sie wollte. „Nein“, flüsterte sie. „Ich habe meine Meinung nicht geändert. Außer dass ich glaube, dass wir das Öl, das Buch oder die DVD nicht brauchen werden. Doch ein Kondom wäre nicht verkehrt.“

Er lächelte mehr als nur ein wenig erleichtert und beeilte sich, einen Streifen davon aus dem Nachttisch zu holen.

Es waren genau fünf Stück. Das dürfte genügen, dachte Ally. Dann überraschte sie sie beide, indem sie mit beiden Händen in sein Haar griff und seinen Kopf heranzog. Lasziv grub sie die Zähne in seine Unterlippe, bevor sie ihre Zunge in seinen Mund gleiten ließ.

Eddie stöhnte und packte sie. Hastig knöpfte er ihr die Bluse auf, streifte sie ihr von den Schultern und warf sie achtlos auf einen Stuhl hinter sich, bevor er ihren Hosenknopf löste.

Sekunden später stand sie nur noch in BH und Slip da. Eddie stieß bei ihrem Anblick einen anerkennenden, heiseren Laut aus. Er berührte ihre Brust mit einer Hand und reizte die rosige Spitze mit dem Daumen, während er mit der anderen Hand über ihren Po fuhr und mit den Fingerkuppen den Satinstoff zwischen ihren Beinen streifte.

„Warte", stieß sie keuchend hervor. „Jetzt du."

Er fasste sein T-Shirt am Saum und zog es sich über den Kopf. Ally schob ihm inzwischen die Shorts von den Beinen.

Er war beeindruckend gut gebaut, fast perfekt bis auf die Schnittwunde auf seinem Oberschenkel, die aber gut verheilte. Ally sagte das Erste, was ihr in den Sinn kam. „Du hättest bei dem Film mitmachen sollen."

Lächelnd nahm er ihr den BH ab, umfasste ihre Hüfte und drückte Ally sanft auf die Bettkante. Er selbst sank vor ihr auf die Knie und lehnte sich vor, um leicht sein raues Kinn an ihrer Brust zu reiben.

Wieder krallte Ally die Finger in sein Haar und hielt seinen Kopf verzweifelt fest, während er ihre Brüste küsste und zugleich seine Hände über ihre Rippen, ihre Taille und ihre Hüfte gleiten ließ.

Dann tastete sich ein Finger unter ihrem Slip zum Zentrum ihres Verlangens vor.

Ihr Kopf fiel in den Nacken, ihre Lippen öffneten sich. Sie konnte kaum atmen vor Erregung. „Eddie …“

„Du bist so schön“, murmelte er. Endlich zog er eine Brustspitze fest in den Mund und streichelte zugleich ihren empfindsamsten Punkt in genau dem richtigen Rhythmus, der sie dazu brachte, sich zu winden und lustvoll zu stöhnen.

„Und so heiß, Ally.“ Seine Lippen bewegten sich an ihrem Bauch hinab zu ihrer Hüfte, bevor er ihr den Slip von den Beinen streifte. Als er ihre Oberschenkel sachte auseinanderschob, versuchte sie zu sprechen, doch ihre Worte waren unverständlich. Er bat sie nicht, sie zu wiederholen.

Er ließ einfach seine Finger ans Werk gehen.

Sie kam schnell und gleich darauf noch einmal, als er seine Zunge und seine Zähne benutzte. Beinahe hätte sie ein drittes Mal den Höhepunkt erreicht, kurz nachdem er sie aufs Bett gedrückt, das Kondom übergestreift hatte und in sie eingedrungen war, aber dann hatte er ihr rau ins Ohr geflüstert, dass er gleich so weit sein würde.

Erst als er sich nach einem kraftvollen Stoß aufbäumte, das Gesicht vor Leidenschaft verzerrt, und danach erschauernd auf sie sank, verlor sie ihre Zurückhaltung und ließ sich fallen.

Vollkommen.

Es sollte nicht das letzte Mal in den nächsten langen dunklen Stunden sein …

Die Sonne schien Eddie beim Aufwachen ins Gesicht, und er verspürte ein merkwürdig leichtes Gefühl, das – wenn er sich richtig erinnerte – Glück bedeutete. Der warme Körper einer Frau lag neben ihm. Sie hatte einen Arm und ein Bein über ihn gelegt und die Wange an seine Brust geschmiegt.

Letzte Nacht war …

Rekordverdächtig.

Er fühlte, wie sich ein Grinsen auf seinem Gesicht ausbreitete, und noch bevor er die Augen öffnete, rollte er Ally auf den Rücken und drückte sie mit seinem Gewicht in die Matratze. Wie lange schon hatte er sich nach ihr gesehnt? Viel zu lange, und nun war sie hier, nackt unter dem Laken, und sah wundervoll zerzaust und befriedigt aus. „Genau so“, murmelte er und ließ seine Hände an ihren Po wandern, um ihn sanft zu kneten, „genau so sollte man jeden Morgen aufwachen.“

Sie summte zustimmend. „Du bist ja schon seit ein paar Minuten ‚hoch‘.“

„Tatsächlich?“ Er senkte den Kopf und küsste ihre Schulter und ihren Hals. „Hast du eine Idee, was man da machen kann?“

„Soll das ein Witz sein? Wir sind mein ganzes Re-

pertoire an Ideen vor fünf Stunden durchgegangen."
„Ich bin sicher, uns fällt noch etwas ein."
„Nun, ein Kondom ist noch übrig ..."
Oh ja. Eddie kümmerte sich um den Schutz und rollte sich über sie. Ally stöhnte lustvoll und öffnete einladend die Beine. Sie streichelte sein Gesicht, seine Schultern und seinen Rücken und grub zum Schluss ungeduldig die Fingernägel in seinen Po. Sie schien zu wollen, dass er sich beeilte.
Und er plante zu gehorchen.
Aber zuerst wollte er sie wieder schmecken. Er glitt an ihrem Körper hinab, schob die Hände unter ihre Hüften und hob sie leicht an. Als er zart an ihr zu saugen begann, zitterte sie vor Erregung, krallte die Finger in die Laken und stieß keuchend seinen Namen hervor.
Er liebte es, wenn sie sich so fallen ließ. Ob er jemals genug von ihr bekommen könnte? Er war sich nicht sicher. Als sich die Spannung in ihr in einem ersten Höhepunkt entlud, bewegte er sich über ihren Körper, verschränkte seine Finger mit ihren und hielt ihre Hände neben ihrem Kopf fest. Kraftvoll drang er in sie ein. Ally passte sich seinem Rhythmus an und drängte sich ihm bei jedem Stoß entgegen, während sie einander unentwegt in die Augen sahen. Sie legte die Beine um seine Taille und schien ihn so noch tiefer in sich hineinzuziehen. Hand in Hand, ohne den Blick voneinander abzuwenden, erreichten sie noch einmal zusammen den Gipfel der Lust.
Es war die erotischste Erfahrung seines Lebens.

Momente später lagen sie beide flach auf dem Rücken und rangen noch immer nach Atem.

„Das war …“ Sie verstummte.

„Ja.“ Das war alles, was er darauf sagen konnte. „Das war es.“

Nach ein paar Minuten fühlte Eddie, wie Ally sich bewegte. Er schlug die Augen auf und schaute sie an.

„Vielleicht“, begann sie sehr ernst, „vielleicht sind wir sexsüchtig.“

Er grinste. „Beschwerden?“

„Nicht eine einzige.“

Das brachte ihn zum Lachen. „Gut“, meinte er und schmiegte sein Gesicht in ihr Haar. „Hmm, ich liebe deinen Duft.“

„Ich benutze kein Parfum.“

„Ich weiß.“ Er küsste die Stelle unterhalb ihres Ohres, wo sie besonders empfindsam war, und lächelte, als sie erschauerte.

„Ich hätte gedacht, dass du inzwischen genug von mir hast“, murmelte sie.

Sie hatte keine Ahnung, dass er längst verloren war. Zärtlich strich er über ihre Seite, streifte ihre Brustspitze mit den Fingerknöcheln und beobachtete, wie sie sich aufrichtete. „Ich glaube nicht, dass das möglich ist“, gestand er ein wenig heiser.

„Wir haben es die ganze Nacht getrieben …“ Ally keuchte, als er sich über sie beugte und die harte Knospe mit der Zunge liebkoste. „In der Dusche, auf dem Küchentresen …“ Stöhnend hielt sie inne, als er leicht über die Stelle pustete, die er gerade mit der Zunge befeuchtet hatte.

„Und auf dem Fußboden im Flur", erinnerte Eddie sie.

Das ging auf ihr Konto. Aber er hatte jede einzelne hemmungslose Minute davon genossen.

Er umfasste ihr Gesicht und sah ihr in die Augen. „Ich war mir nicht sicher, ob ich dich heute Morgen noch hier finden würde. Ich bin froh, dass du geblieben bist."

„Ich habe versucht, im Morgengrauen zu gehen. Du …"

Lächelnd strich er ihr das Haar aus der Stirn. „Ja?"

„Du hast mich davon abgebracht."

„Hab ich das?"

„Das weißt du ganz genau. Du sagtest, dass es immer noch ein paar Stellen an meinem Körper gäbe, die du noch nicht gekostet hättest, und dann hast du …" Sie wand sich.

„Was?", fragte er, ebenso erregt, wie er letzte Nacht gewesen war.

„Meine empfindlichste Stelle geküsst."

Er erinnerte sich nur zu genau. „Du schmeckst so gut, Ally."

Sie schloss die Augen. „Du hast so eine Art, du weißt schon. Bei dir fühle ich …"

Eddie wartete darauf, dass sie den Gedanken zu Ende aussprach. Was fühlte sie bei ihm? Doch als sie still blieb, erkannte er, dass es keine Ergänzung am Ende ihres Satzes gab. Bei ihm fühlte sie.

Punkt.

Ihm stockte das Herz. Aber als er sich hinablehnte, um sie zu küssen, schlug sie mit der Hand an seine Brust. „Wir haben zu tun“, sagte sie. „Wir müssen aufstehen und den Rest der Spielsachen holen. Gemeinsam.“

„Ah, wie süß.“ Er küsste ihre Mundwinkel, erst einen, dann den anderen. „Du möchtest Zeit mit mir verbringen.“ Er lächelte, als sie die Stirn runzelte, weil sie das nicht so gemeint hatte und er es wusste. Sie vertraute ihm immer noch nicht ganz. Das war okay. Sie würden daran arbeiten.

Ihr Magen knurrte. „Großartig. Meine Wimperntusche ist wahrscheinlich verschmiert, mein Haar fürchterlich zerzaust, und jetzt weißt du auch noch, wie laut mein Magen knurren kann.“

„Ich sehe keine Wimperntusche, und dein Haar ist nicht fürchterlich. Obwohl …“ Er strich über die seidigen Strähnen. „Zerzaust ist es schon. Man sieht dir eben an, dass du gerade ordentlich rangenommen worden bist“, meinte er augenzwinkernd und amüsierte sich über ihr Stöhnen. „Und, glaub mir, mein Magenknurren kann deins jederzeit übertönen. Komm, ich mach uns Frühstück.“

„Zuerst duschen.“

„Wie du möchtest.“ Er rollte sich aus dem Bett und riss Ally das Laken fort.

Sie kreischte, dann richtete sie sich auf und musterte ihn mit großen Augen. Sein Verlangen war unübersehbar. „Schon wieder?“, fragte sie, als er sie auf die Arme hob.

Es sollte resigniert klingen, doch sie konnte nicht verbergen, dass ihre Stimme vor Erregung zitterte.

Es machte ihn verrückt. Er blieb auf dem Weg ins Bad stehen und küsste Ally so leidenschaftlich, bis sie sich keuchend vor Lust an ihn klammerte. Atemlos löste er sich von ihren Lippen. „Und du denkst, dass *ich* süchtig bin."

7. KAPITEL

Sie kamen nicht dazu, sich unter der Dusche zu lieben. Tatsache war, dass Eddie sie vorgehen ließ. Ally wusste nicht, ob sie enttäuscht oder erleichtert sein sollte, dass er nicht schon wieder die Gelegenheit hatte, mühelos Verlangen, Leidenschaft und Bedürfnisse in ihr zu wecken, ganz zu schweigen von den tieferen Gefühlen.

Sie hatte vorher ja keine Ahnung gehabt.

Nicht die geringste.

Aber mit dem richtigen Mann zusammen zu sein, sich von ihm auf die richtige Art berühren zu lassen gab ihr …

Ein richtig gutes Gefühl.

Nach dem Duschen machte Eddie Frühstück für sie. Er stand in abgetragenen Jeans und einem alten T-Shirt unrasiert in der Küche und bereitete Omeletts mit Toast zu. Dabei sah er ungeheuer sexy aus.

Und er war sich dessen anscheinend überhaupt nicht bewusst.

Als er merkte, dass sie ihn beobachtete, lächelte er zunächst leicht, bevor sein Gesichtsausdruck geradezu feierlich ernst wurde.

„Was ist?“, flüsterte Ally, doch er schüttelte nur den Kopf, zog sie vom Stuhl hoch und küsste sie, bis keiner von ihnen mehr klar denken konnte.

Später, nachdem sie gegessen hatten, fragte er sie nach ihren Plänen für den Tag.

Ihren Plänen.

Er versuchte nicht, ihr seine Vorstellungen aufzuzwingen, versuchte nicht zu bestimmen, hatte nie etwas anderes getan, außer ihr auf vielerlei Weisen zu zeigen, dass er ihren Job problemlos respektierte und ihr Befähigung dazu nicht anzweifelte.

Hatte er eine Ahnung, wie anziehend ihn das machte? Spürte er, dass er Wünsche in ihr weckte, an deren Erfüllung sie eigentlich schon nicht mehr geglaubt hatte?

„Also wohin?“, wiederholte er ruhig, wodurch ihr bewusst wurde, dass sie ihn bereits wer weiß wie lange stumm angeschaut hatte.

„Lass uns zu den Feuerwachen fahren, um die Spielsachen abzuholen“, antwortete sie.

Nachmittags ging es los. In der ersten von den drei Feuerwachen in der Stadt stand ein Karton, der nur halb voll mit Spielzeug war. Eddie reichte Ally eins nach dem anderen.

Keine böse Überraschung dazwischen.

Dasselbe bei der zweiten Wache.

In der dritten, Eddies Feuerwache, waren mehr Geschenke zusammengekommen. Wieder zog er ein Teil nach dem anderen heraus und gab es Ally, bis er plötzlich aufhörte.

„Ist das alles?“, fragte sie und hielt den Atem an. Gespannt suchte sie in seiner Miene nach einem Hinweis.

Seine zusammengepressten Lippen ließen nichts Gutes ahnen.

Er hob ein Päckchen in glänzendem Goldpapier mit nackten Weihnachtsmännern hoch. Die Schachtel war ungefähr dreißig Zentimeter lang und nur wenige Zentimeter breit. Ally starrte darauf, als wäre es eine zischende Kobra. „Verdammt."

Eddie führte sie nach draußen zu seinem Truck, wo sie mit zitternden Fingern das Papier abriss und dann entgeistert auf den Inhalt des Päckchens starrte. Ihr fehlten die Worte.

Eddie nahm ihr den langen Vibrator ab. „Interessante Farbe."

Er war lila. „Was zum Teufel soll ich damit machen?", murmelte sie.

„Verbring noch eine Nacht mit mir, und ich werde es dir zeigen."

Erschauernd sah sie ihn an. Sie versuchte, ein finsteres Gesicht zu machen, aber ihre Brustspitzen wurden vor Erregung hart. „Du würdest … du willst … hiermit?"

Sein Lächeln war schlichtweg schamlos. „Ich bin nie sehr für Spielzeug gewesen, doch ich weiß, wie gründlich du sein kannst. Wenn du dieses Teil ausprobieren möchtest, fühle ich mich verpflichtet, dir zu assistieren. Oder wenigstens zuzuschauen."

„Es handelt sich um Beweismaterial." Aber sie sah das Ding nachdenklich genug an, um Eddie zum Lachen zu bringen. Oh, sie liebte sein Lachen. Sie stieß ihn an und deutete auf die Verpackung. „Guck mal. Hier ist ein Ladenetikett." Es stammte von einem Sexshop in einem Nachbarort, den sie nicht auf ihrer Liste hatte.

Eine halbe Stunde später waren sie auf dem Weg

dorthin. Eddie war ein ruhiger, umsichtiger Fahrer. Er trug immer noch die alte Jeans und das T-Shirt und jetzt eine dunkle Sonnenbrille. Zum Rasieren war er nicht gekommen. Ally dachte daran, wie sich seine rauen Wangen abends zwischen ihren Schenkeln anfühlen würden. Im nächsten Moment wurde ihr bewusst, dass sie keine Ahnung hatte, ob sie ihn heute Abend überhaupt sehen würde.

Oder morgen Abend.

Sie hatte keinen Anspruch auf ihn. Sie hatte mit ihm geschlafen. Punkt. Und obwohl sie es nicht bereute, keinen einzigen Moment, wusste sie auch, dass sich etwas zwischen ihnen verändert hatte. Vor sechs Monaten war sie noch nicht ganz mit dem Herzen dabei gewesen. Jetzt war das eindeutig anders.

Was sein Herz betraf, tappte sie völlig im Dunkeln. Männer tickten anders als Frauen. Sie konnten Sex haben, ohne gleich an eine feste Bindung zu denken.

Eddie warf ihr einen Blick zu. „Alles okay?"

„Ja." *Lass es gut sein, bitte lass es gut sein …*

„Du scheinst tief in Gedanken versunken zu sein."

Ally öffnete den Mund, sagte dann allerdings nichts.

Er sah so aus, als ob er noch weiterbohren wollte, doch zum Glück waren sie mittlerweile am Sexshop angekommen. Die Tür war noch abgeschlossen. Einem Schild zufolge machte der Laden erst in einer Viertelstunde auf. Sie warteten am Truck, wo Eddie sie an sich zog. „Hey."

„Hey."

Er lächelte, aber als sie ernst blieb, schob er seine

Sonnenbrille ins Haar. „Willst du mir jetzt verraten, was dich so beschäftigt?"

„Nein."

Er musterte sie einen Moment, bevor er sie mit dem Rücken an die Tür des Trucks drückte. „Erinnerst du dich, wie ich alles aufgezählt habe, was ich an dir mag? Dass du so klug bist und schön und dass du mich Dinge wünschen lässt, die ich vorher nie wollte?"

An den letzten Teil erinnerte sie sich nicht, nein. Doch er gefiel ihr. Sie hielt den Atem an.

„Ich mag auch deine Ehrlichkeit", fuhr Eddie fort und hob ihr Kinn mit einem Finger an. „Du sagst, was du denkst. Keine versteckten Anspielungen, keine Ausflüchte. Ich liebe das." Er führte ihre Hand an seinen Mund und küsste die Handfläche. „Also wende diese Ehrlichkeit jetzt bei mir an, Ally, und erzähl mir, was dir im Kopf herumspukt. Sprich es einfach aus."

Sie blickte in seine tiefgründigen grünen Augen und stellte sich vor, wie sie ihm plötzlich all die Gefühle gestand, die für sie neu und beängstigend waren. Gerade hatte sie sich dazu durchgerungen, sich ihm anzuvertrauen, da bemerkte sie den Mann, der den Sexshop aufschloss. Sie runzelte die Stirn. „Der Laden wird geöffnet."

Der Mann trug zwar kein Grateful-Dead-T-Shirt und hatte auch keinen langen grauen Pferdeschwanz, aber aus irgendeinem Grund wusste sie es trotzdem. Sie *wusste*, dass es derselbe Mann war. Hastig befreite sie sich aus Eddies Armen. „Entschuldigen Sie!", rief sie und eilte zu ihm.

Er drehte sich um und fluchte derb. „Was, geben Sie denn niemals auf?“

„Sie *sind* es“, hauchte sie schockiert, und dann traf es sie wie der Blitz. Dieser Mann war auch der angebliche Kollege aus der „Spielwarenabteilung“, dem sie an Thanksgiving an der Brandstätte begegnet war. „Okay, ich will wissen, wer Sie sind, warum Sie bei drei verschiedenen Sexshops arbeiten und warum Sie mich verfolgen. Und ich will es *jetzt* wissen.“

„Mann, Sie können vielleicht nerven! Sie sind wie ein Pitbull, der sich festgebissen hat. Können Sie nicht einfach akzeptieren, dass es ein paar Dinge im Leben gibt, die man nicht näher zu untersuchen braucht?“

„Ihr Name“, sagte sie mit harter Stimme.

Er seufzte. „Damon Claus.“

„Und?“

Er verdrehte die Augen. „Und was? Werden Sie mich erschießen, wenn ich nicht rede? Falls Sie es noch nicht gemerkt haben, es ist Weihnachten, Lady. Um diese Zeit erschießt man niemanden, es gehört sich einfach nicht.“

Ally legte die Hand auf die Pistole an ihrer Hüfte. „Lassen Sie es drauf ankommen.“

Er schüttelte den Kopf und schaute zu Eddie. „Sie sollten es sich mit der Frau vielleicht noch einmal überlegen. Sie ist verrückt.“

Eddie kam näher, groß und stark und bedrohlich ruhig, eindeutig bereit einzuschreiten, falls notwendig.

„Reden Sie“, forderte Ally Damon auf.

Mit einem leichten Lächeln gab er nach. „Sie möchten die ganze Geschichte hören? Na schön. Ich bin der Bruder von Santa Claus und …“

„Versuchen Sie es noch einmal“, unterbrach sie ihn.

„Ja, ja, Sie glauben mir nicht.“

„Natürlich glaube ich Ihnen. Sie sind der Bruder vom Weihnachtsmann. Und ich bin die Zahnfee.“ Mit ihrer freien Hand holte sie ihr Handy aus der Hosentasche und warf es Eddie zu. „Ruf im Notfall Verstärkung.“

Damon schüttelte wieder den Kopf. „Wirklich, ich wünschte ja selbst, es wäre anders. Aber Santa nervt mich nun mal mit all der blöden Fröhlichkeit, okay? Also habe ich meine eigene … Sagen wir, ich habe es zu meiner Mission gemacht, die allgemeine Weihnachtsseligkeit bei jeder Gelegenheit zu torpedieren.“

Der Mann braucht dringend psychiatrische Betreuung, dachte Ally. „Und?“

„Na ja, Sie werden mit diesem Toy Drive, den Sie vorhaben, jede Menge froher Kunde verbreiten. Ich dachte, wenn ich Sie ein wenig ablenke …“, an dieser Stelle hielt er inne und schaute bedeutungsvoll zwischen ihr und Eddie hin und her, „… vermasseln Sie es vielleicht.“

„Ich lasse mich nicht ablenken“, sagte Ally.

„Natürlich nicht.“ Damon deutete mit einer Kinnbewegung zu ihrem Hals. „Dann ist das da wohl auch kein Knutschfleck, und letzte Nacht hatten Sie keinen Sex.“

Als Ally ertappt mit der Hand an ihren Hals schlug, grinste Damon nur. „Hören Sie, wenn Sie nicht vorhaben, mich zu verhaften, müssen Sie jetzt zusehen, dass Sie weiterkommen, damit ich meinen Job machen kann. Ich lebe davon, Dildos und Gleitmittel zu verkaufen."

Ally starrte ihn an. Am liebsten hätte sie ihm in den Hintern getreten oder ihn wenigstens festgenommen. Aber weshalb? Weil er ihr Sexspielzeug geschenkt hatte?

Damon musste die Resignation in ihrem Blick bemerkt haben, denn er lachte, zwinkerte ihr zu und verschwand in dem Shop.

Ungläubig drehte Ally sich zu Eddie um, der lächelnd mit dem Kopf schüttelte.

„Was ist?", fragte sie ein wenig trotzig.

„Deine Verhörmethoden machen mich an."

„Dich macht alles an."

„Möchtest du mich verhören?"

Ihre Anspannung ließ etwas nach. Unwillkürlich lachte sie. „Du brauchst Hilfe."

„Im Ernst. Du darfst sogar Handschellen benutzen."

8. KAPITEL

Eddie fuhr mit Ally nach Hause zurück. Er hatte gehofft, ihr dabei helfen zu können, die Anspannung zu lösen, unter der sie eindeutig stand, doch sie nahm sofort ihre Handtasche. Bestimmt wäre sie nach dem kurzen „Bye" einfach aus dem Truck gesprungen und zu ihrem Auto gelaufen, wenn er es nicht geschafft hätte, sie an der Bluse festzuhalten.

„Ich muss gehen, Eddie."

„In einer Minute." Er schaute ihr in die Augen. „Wir wurden vorhin unterbrochen. Du warst gerade dabei, mir etwas Wichtiges zu sagen."

„Woher weißt du, dass es wichtig war?"

Ihr Blick war voller Sorgen. Kein Wunder, dachte er, sie hat ja auch viel zu tun. Doch hinter all dem erkannte er auch noch etwas anderes. Einen Anflug von Panik und von etwas noch Bedeutenderem.

Sie musste fliehen.

Ihm wurde das klar. Und wie. Sie musste fliehen, weil sie gemerkt hatte, wie tief sie bereits in der Sache steckte. Nur, dass sie sicher auch wusste, dass es bereits zu spät war, sich jetzt noch zurückzuziehen. Sie steckten beide zu tief drin.

Zwischen ihnen gab es mehr als nur sexuelle Anziehung. Eddie war bis über beide Ohren in sie verliebt, und das schon lange. „Ich weiß es eben", sagte er sehr leise.

Ally lachte gezwungen. „Du glaubst, du kannst meine Gedanken lesen?"

„Nicht nur das. Ich kann auch in dein Herz sehen.“ Sanft zog er sie auf seinen Schoß. „Hör auf“, bat er, als sie sich gegen ihn wehrte.

Einen Moment lang verharrte sie regungslos, dann sank sie an seine Brust, presste ihr Gesicht an seinen Hals und ließ ihre Hände über seinen Oberkörper gleiten. „Ich weiß nicht mehr, wo wir stehen geblieben waren.“

„Lügnerin. Du weißt immer, wo du stehst.“

Sie stieß einen kleinen Laut aus, der nach Zustimmung klang.

„Pass auf. Ich fange an“, sagte Eddie und zupfte an einer Strähne ihres Haars, bis Ally ihn anschaute. „Wir haben uns wegen der Spielzeugspenden wiedergesehen.“

Sie nickte langsam. „Ja. Tut mir leid, wenn das für dich eine Strafe gewesen ist.“ Sie rutschte wieder auf den Sitz.

„Das meinte ich nicht, Ally.“

Sie verschränkte die Arme vor der Brust und starrte aus dem Fenster. „Hör zu, du musst das nicht tun …“

„Doch, das muss ich. Ich will, dass du weißt, dass ich nicht noch einmal denselben Fehler machen werde. Ich werde nicht einfach weggehen. Nicht jetzt, wo ich weiß, was wir haben.“

„Und was ist das?“

„Zunächst einmal Zuneigung. Dann Leidenschaft in hohem Maß. Und die Chemie zwischen uns? Sensationell.“ Er wünschte, sie würde ihn ansehen. „Und …“

„Was?“, hauchte sie und wandte ihm endlich wieder ihren Blick zu.

„Eine Zukunft. Wenn du dich darauf einlässt. Ich liebe dich, Ally.“

Alle Farbe wich aus ihrem Gesicht. „Du … du …“ Sie machte einen bekümmerten Laut und presste die Hand an ihr Herz.

„Atme“, murmelte er und packte sie.

Sie atmete ein und legte ihr Gesicht an seine Brust. „Gib mir nur eine Minute.“

Eddie schüttelte den Kopf und lächelte leicht. „Du hast es täglich mit den miesesten Brandstiftern und gruseligen Stalkern zu tun. Du trägst eine Waffe und kannst einen Mann, der doppelt so groß ist wie du, zu Boden reißen. Aber vor einem kleinen bisschen Gefühl hast du Angst.“

„Ja, das bringen sie einem in der Ausbildung nicht bei. Und außerdem kann bei diesem Gefühl nicht von einem kleinen bisschen die Rede sein.“

„Ally …“

Sie hob den Kopf. „Es tut mir leid, doch wenigstens weißt du jetzt, wie gestört ich bin.“

„Gestört oder verängstigt?“

„Na schön. Verängstigt.“ Sie wich zurück und fasste an den Türgriff. „Ich habe heute noch ein Meeting im Büro.“

„Wie ist es mit Dinner?“

„Ich werde sicher noch lange arbeiten.“

Eddie schaute ihr in die Augen. „Du weißt, wo ich wohne. Du kannst jederzeit zu mir kommen, selbst wenn es spät wird.“ Er beugte sich zu ihr und küsste sie.

Ally zögerte einen Moment, bevor sie seinen Kuss leise seufzend erwiderte. Als Eddie seinen Mund von ihrem löste, war ihr Blick verhangen, und sie rang nach Luft.

Er umfasste ihr Gesicht und küsste sie noch einmal. „Ich liebe dich, Ally.“ Dann beugte er sich über sie, öffnete die Tür und schob Ally sanft hinaus.

Als sie wegfuhr, schaute er ihr lange nach. Er hatte das Gefühl, dass sie durcheinander, erregt und unsicher war – alles Gefühle, die er nur zu gut nachempfinden konnte.

Er hoffte nur, dass sie sich eingestehen würde, dass sie auch verliebt war.

Ally fuhr wie in Trance zur Arbeit und betrat langsam mit weichen Knien, wild klopfendem Herzen und feuchten Händen das Gebäude.

Cherry reichte ihr einen Stapel Mitteilungen. Ein paar Kollegen kamen zum Plaudern in ihr Büro, ihr Boss steckte den Kopf zur Tür herein und erinnerte sie brüllend an das Meeting.

Nachher verließ sie den Konferenzraum und hatte nicht einen Satz von dem behalten, was gerade besprochen worden war.

Weil Eddie … sie liebte.

Er liebte.

Sie.

Sicher litt er wie Damon Claus unter Wahnvorstellungen. Eddie und sie – das könnte niemals funktionieren. Er war zu unbekümmert, zu gelassen, zu …

Perfekt.

Sie würde ihn mit ihrer Vorsicht, ihrer Genauigkeit und ihrem Drang, jeden Tag die Woche rund um die Uhr zu arbeiten, um den Verstand bringen. Er würde in null Komma nichts das Weite suchen.

Außer dass er sie genau so zu mögen schien, wie sie war. Er hatte sich vor sechs Monaten nur zurückgezogen, weil er geglaubt hatte, dass er ihr gleichgültig gewesen war. Und was den Rest betraf, so hatte er nie angedeutet, sie in irgendeiner Weise ändern zu wollen. Er mochte sogar ihre Art zu arbeiten. Er schien alles an ihr zu mögen.

Nur nicht ihre Unfähigkeit, über Gefühle zu reden.

Ja, das war ein Problem für ihn. Ally konnte ihm keinen Vorwurf machen. Vor allem nicht, weil sie wusste, dass er recht hatte. Sie hatte sich aus Furcht zurückgehalten, was wirklich unentschuldbar war.

Sie hatte keine Angst. Wenigstens nicht in ihrem Job. Dort blickte sie jeder Gefahr mutig ins Auge.

Aber …

Aber sonst war sie alles andere als mutig.

Es wurde höchste Zeit, etwas dagegen zu unternehmen. Sie schlug die Mappe „Geheimer Weihnachtsmann“ auf, blätterte zur letzten Seite und schaute auf die Chancen, die sie für sich und Eddie ausgerechnet hatte.

Fünf Prozent waren zu wenig, das wusste sie jetzt.

Deshalb radierte sie die Zahl aus und schrieb eine andere hin.

Und hoffte, dass sie es wahr werden lassen konnte.

Eddie bestellte Pizza und Bier, um Sam damit zu bestechen, ihm beim Verlegen der Terrassenplatten zu helfen. Sie hatten gerade gegessen und waren schon wieder bei der Arbeit, als es an der Tür klingelte.

„Das ist wahrscheinlich Sara“, meinte Sam und stand ächzend auf. „Sie wollte uns vielleicht Dessert bringen. Ich hole sie.“

Eddie kniete immer noch auf dem Boden, als Sam mit einem seltsamen Gesichtsausdruck zurückkam. „Und?“, fragte Eddie. „Hat sie Dessert gebracht?“

„Yeah. Ich glaube schon.“ Dann tat Sam etwas Seltsames. Er grinste breit, schlug Eddie auf die Schulter und nahm seine Schlüssel. „Stell dir den Wecker. Schichtbeginn ist morgen früh um acht, und ich habe das Gefühl, dass es heute bei dir sehr spät werden könnte.“

Leise lachend verschwand er.

Was hatte das zu bedeuten? Eddie richtete sich auf, streckte seinen schmerzenden Rücken und ging ins Wohnzimmer, wo er gleich darauf wie angewurzelt stehen blieb.

Ally war da, in einem kurzen schwarzen Kleid und auf zehn Zentimeter hohen Absätzen, viel Haut zeigend. Der Anblick hätte ihn beinahe umgehauen. Sie hatten bald Weihnachten. Was für eine sexy Bescherung!

Er legte die Hand an seine Brust, um zu prüfen, ob sein Herz noch schlug. Denn es schien ihm gerade so, als wäre er im Himmel.

„Hey." Ihre Stimme klang weich und ein wenig unsicher. „Du hast gesagt, ich könnte jederzeit kommen, deshalb …"

Eddie brachte keinen Ton heraus. Er konnte nur nicken.

Sie holte tief Luft. Dann tat sie etwas, das seinen Herzschlag wieder in Gang setzte, als hätte er Stromstöße erhalten. Sie strich mit beiden Händen über ihren rechten Oberschenkel, schob den bereits atemberaubend kurzen Rock noch höher und entblößte ihren Pistolenhalfter.

Sie war bewaffnet.

„Ich muss dich bitten, dich umzudrehen", sagte sie in sanftem Ton, der dennoch keinen Widerspruch duldete. „Die Hände an die Wand."

Er war vor Verblüffung sprachlos.

„Ich möchte dir nur ein paar Fragen stellen, und solange du kooperierst, muss ich keine härteren Mittel anwenden", erklärte sie.

Gehorsam drehte sich Eddie um und legte die Hände flach an die Wand. Er fühlte, wie Ally sich hinter ihn stellte. Sie umfasste seine Hüfte, und ihre Brüste streiften seinen Rücken. Erregt schloss er die Augen.

„Hast du es ernst gemeint?", flüsterte sie an seinem Nacken. Langsam ließ sie ihre Lippen über seine heiße Haut gleiten und schob ihre Finger unter den Saum seines T-Shirts.

„Jedes Wort“, antwortete er heiser. „Ich liebe dich, Ally.“

Er hörte sie atmen, ein wenig zu rasch, und es kam ihm sogar so vor, als könnte er ihren Herzschlag an seinem Rücken spüren.

„Welche Pläne hast du?“ Sie strich über seine Bauchmuskeln. Ihr Atem ging noch schneller. „Eddie?“

Es fiel ihm schwer, einen klaren Gedanken zu fassen. „Pläne?“

„Mit mir“, ergänzte sie.

„Ich werde jeden Zentimeter deiner Haut küssen, bis du meinen Namen schreist.“ Er lehnte die Stirn an die Wand. Sie war nicht mehr die Einzige, die schwer atmete. „Dann werde ich …“

„Nein.“ Sie presste ihre Lippen an seine Schulter und lachte zittrig. „Ich meine deine Pläne mit uns. Danach.“

Er versuchte, sich zu ihr umzudrehen, doch sie hielt ihn fest. Ihre Finger glitten unter seinem T-Shirt über seinen Bauch und seine Brust, dann wieder tiefer, um mit den Knöpfen seiner Levi’s zu spielen. Eddie stöhnte leise. „Ich habe vor, dich so lange zu lieben, wie du mich lässt“, brachte er endlich mit belegter Stimme hervor. Als Ally zart über seinen Hosenschlitz strich, gaben ihm beinahe die Knie nach. „Ich möchte mit dir zusammen sein“, fuhr er fort. „Sehen, wohin es führt.“

Weil er wissen musste, wie sie darauf reagierte, wandte er sich endlich zu ihr um.

Sie starrte ihn einen Moment an, ehe sie unter ihr

Kleid griff, den Halfter abnahm und beiseitelegte. Dann zog sie sich mit einer fließenden Bewegung das Kleid aus, nackt bis auf den …

„Lipgloss."

Seine schönste Fantasie.

Ally atmete tief durch. „Ich liebe dich auch, Eddie. Und ich möchte mit dir zusammen sein. Um zu sehen, wohin das führt. Aber ich hoffe, dass es zunächst einmal ins Schlafzimmer führt. Ich bin mir nicht sicher, wie es weitergeht, weil du mir nie die ganze Fantasie erzählt hast …"

Sein Herz quoll über vor Liebe zu ihr. Zärtlich zog er sie an sich. „*Du* bist meine ganze Fantasie", sagte er lächelnd. „Nur du."

– ENDE –

Rhonda Nelson

Tannenduft und heiße Küsse

Roman

Aus dem Amerikanischen von
Andrea Cieslak

MIRA®

1. KAPITEL

Viv Foster hatte leider schon immer das Talent gehabt, sich in Schwierigkeiten zu bringen.

In der Grundschule hatte sie zur Strafe mehr Zeit in der Ecke des Klassenzimmers stehen müssen, als sie an ihrem Platz gesessen hatte, meistens für unerlaubtes Reden oder Herumlaufen während des Unterrichts. Oder dafür, mittels ihrer Lupe ein kleines Feuer entfacht zu haben. Sie zuckte leicht zusammen. Das Experiment war eine Kleinigkeit zu erfolgreich gewesen.

In der Highschool hatte sie oft wütende Blicke verärgerter Lehrer ertragen müssen und war gelegentlich vor die Tür geschickt worden, aber etwas außergewöhnlich Schreckliches war nicht geschehen.

Obwohl sie mehr als einmal ins Büro des Rektors bestellt worden war, hatte sie niemals einen Schulverweis erhalten. Auf dem College und danach war es ihr gelungen, ihre Zunge – oder ihr Temperament – im Zaum zu halten. Sie hatte sich wie eine zivilisierte, erwachsene Frau benommen und nicht wie eine unbeherrschte Furie.

Doch leider waren kürzlich die Pferde mit ihr durchgegangen und hatten sie an den Ort gebracht, wo sie niemals hatte sein wollen.

Vor Gericht.

„Ich kann es immer noch nicht glauben, dass du Santa Claus angegriffen hast“, sagte Minna Waverly, ihre Anwältin und langjährige Freundin, als sie vor den Richterstuhl gerufen wurden.

Viv unterdrückte ein gereiztes Stöhnen. „Nein, um Himmels willen, ich habe Santa Claus nicht angegriffen. Ich habe einen bestellten Weihnachtsmann im Einkaufszentrum mit einem Schlag außer Gefecht gesetzt, weil er mich begrapscht hat. Das ist ein Unterschied."

Und der arrogante Kerl hat es verdient, fand sie. Ehrlich, der Typ hatte sie schon die ganze Woche angestarrt, gepfiffen und anzügliche Bemerkungen gemacht, wenn sie das Pech gehabt hatte, ihm über den Weg zu laufen.

Das Seltsame daran war, dass das immer wieder passiert war, obwohl sie es bewusst zu vermeiden versucht hatte.

Letzte Woche hatte sie ihn im Hauptgang der Mall auf sie zukommen sehen. Deshalb hatte sie extra einen weiten Umweg durch einen der größeren Läden mit Ausgang zum Parkplatz gemacht – meilenweit von der Stelle entfernt, wo sie ihr Auto in der Kälte abgestellt hatte. Zu ihrem äußersten Entsetzen und Ärger hatte er jedoch plötzlich genau an der Tür gelehnt, durch die sie hinausgehen wollte. Wie er vor ihr dorthin gekommen war, das war ihr ein Rätsel.

Verfluchte Weihnachtszeit, dachte Viv. Wenn sie nicht so knapp bei Kasse gewesen wäre, hätte sie den Nebenjob als „Zwerg" an der Geschenkverpackungsstation nicht angenommen. Aber ihre Schar von Nichten und Neffen, ganz zu schweigen von all ihren anderen Verwandten, erwarteten zu Weihnachten Geschenke. Sie war zu stolz, um zu sagen, dass sie es sich diesmal nicht leisten konnte, und klug genug , ihre Kreditkarte, die nur für Notfälle gedacht war, nicht mit einem Haufen Schulden zu belasten. Sie hatte zu viele Jahre lang abgelegte Kleidung tragen und Nudeln essen müssen, um jemals den Wert eines Dollars zu vergessen.

Nichts im Leben war umsonst.

Darüber hinaus war sie fest entschlossen, sich dieses Mal zu Weihnachten selbst ein Geschenk zu machen, das schon zwei Jahre geplant war: eine Reise nach London. Bei dem Gedanken überlief sie ein freudiger Schauer. Dicker Rahm und Teegebäck, Big Ben und die Themse. Viv liebte England und wollte wahnsinnig gern dorthin.

Als selbstständige Webdesignerin bekam sie dank der Mundpropaganda zufriedener Kunden immer mehr zu tun. Aber wie in vielen anderen Branchen, die nicht mit Einzelhandel zu tun hatten, brach das Geschäft während der Weihnachtszeit ein. Genau wie sie selbst schnallten viele Menschen den Gürtel enger, um die Extrakosten, die wegen der Feiertage anfielen, auffangen zu können. Andere Dinge – wie eine neue Website oder die Umgestaltung einer bereits vorhandenen – wurden auf ein späteres Datum verschoben.

Im Februar würde sie mehr zu tun haben, als sie bewältigen könnte. Bis dahin müsste sie sich einfach irgendwie über Wasser halten. Und zurzeit bedeutete das eben Geschenke einwickeln am „Wrap It Up“-Stand in der Mississippi's Magnolia Blossom Mall in Jackson.

Viv funkelte den Anwalt an, der den Grapscher, der es nicht nötig hatte, persönlich zu erscheinen, vor Gericht vertrat. Sie wünschte im Stillen, dass sie Weihnachten einfach ausfallen lassen könnte. Während die meisten anderen Menschen sich gern an die Weihnachtsfeste ihrer Kindheit erinnerten, war bei ihr das Gegenteil der Fall.

Als sie acht Jahre alt gewesen war, hatte ihr Vater ausgerechnet am Morgen des ersten Feiertags beschlossen, seine Sachen zu packen und seine Familie zu verlassen. Viv hatte nur gesehen, dass ihre Eltern sich gestritten hatten und ihr Vater deshalb fortgegangen war.

Natürlich hatte sie ihrer Mutter die Schuld gegeben.

Heute, als Erwachsene, sah sie die Dinge klarer. Wenn sie an jenen Morgen zurückdachte, erinnerte sie sich daran, wie ihre Mutter ihr geduldig geholfen hatte, ihren Kinderherd aufzustellen, obwohl ihr Mann sie gerade für eine andere Frau verlassen hatte. Viv hatte großen Respekt vor ihrer Mom. Ihr war das Wohl ihrer Töchter am wichtigsten im Leben gewesen. Deshalb hatte sie ihren eigenen Schmerz verdrängt und versucht, das Leben wie bisher weiterzuführen. Das erforderte eine Charakterstärke, von der Viv sich nicht sicher war, ob sie selbst sie besaß.

Drei Jahre später hatte sie ihren Vater im Spielwarengeschäft gesehen mit einem Jungen im Schlepptau, der ihrem Dad wie aus dem Gesicht geschnitten war. Seltsam, was man alles behält, wunderte sich Viv jetzt. Der Junge hatte eine Schaffnermütze aus

Jeansstoff auf dem Kopf gehabt, und die Träger seines Overalls waren verdreht gewesen. Vater und Sohn hatten sich eine Eisenbahn ausgesucht und in ihrem Eifer nicht bemerkt, dass Viv sie benommen angestarrt hatte. Stolz und Feigheit hatten Viv davon abgehalten, auf die beiden zuzugehen, aber sie hatte oft wehmütig an den Jungen gedacht. *Mein kleiner Bruder.* Sie hätte ihn gern kennengelernt, und es kam ihr beinahe so vor, als ob ihr in ihrem Leben etwas fehlte, weil er nicht da war.

Obwohl sie annahm, dass ihre Mutter von der neuen Familie ihres Vaters wusste, hatte Viv nie erwähnt, dass sie die beiden gesehen hatte. Warum nicht? Sie war sich nicht ganz sicher. In den Tagen unmittelbar nach dem Ereignis war sie nah daran gewesen, es ihrer älteren Schwester zu erzählen, doch aus unerklärlichen Gründen hatte sie es für sich behalten.

Wenngleich sie den Verlust des Vaters, der am Weihnachtsmorgen buchstäblich aus ihrem Leben verschwunden war, betrauerte, musste sie zugeben, dass es sie noch mehr schmerzte, ihren Bruder nicht zu kennen.

„Okay. Dann wollen wir es mal hinter uns bringen“, begann der Richter in gelangweiltem Ton. „Mein Lunch wird sonst kalt.“ Er blätterte die Unterlagen durch. „Also Körperverletzung, ja?“

Er grinste, und Viv bemerkte etwas sonderbar Vertrautes an ihm. Ein mulmiges Gefühl beschlich sie. Sie runzelte die Stirn und betrachtete ihn genauer. Unmöglich, aber er hatte eine frappierende Ähnlichkeit mit Damon Claus, dem Weihnachtsmann aus dem Einkaufszentrum, der sie in diese unglückliche Lage gebracht hatte. Sie blinzelte, gleichermaßen verblüfft und unsicher.

Er lächelte und zwinkerte ihr zu.

Viv schnappte nach Luft und stieß Minna an. Verfluchter Mist. „Minna, das ist *er*“, flüsterte sie außer sich. Panik und Fassungslosigkeit ließen ihr Herz rasen. Nur wie konnte … Es war unmöglich. *Oh Gott, ich bin verloren.* Sie würde im Gefängnis landen, in einem dieser scheußlichen orangefarbenen Overalls, und den Avancen ihrer lesbischen Mithäftlinge ausgeliefert sein. Vor Entsetzen lief ihr ein Schauer über den Rücken.

„Wer er?“, fragte Minna verwirrt.

„Er, der Weihnachtsmann aus dem Einkaufszentrum“, antwortete Viv, während ihr kalter Schweiß ausbrach.

Minnas Augen wurden groß. „Du machst Witze.“

Viv spürte, dass die Ader an ihrer Schläfe pochte. „Sehe ich so aus, als würde ich Witze machen?“

„Er kann es nicht sein“, wandte ihre Freundin ein. Sie schaute zum Richter, und ein grüblerischer Ausdruck trat in ihre Augen. „Obwohl ich zugeben muss, dass ich den Mann nie vorher gesehen habe.“

Oh Himmel, steh mir bei. Viv wurden die Knie weich. „Was soll ich nur tun?“

„Er ist es nicht“, erwiderte Minna fest. „Du hast Damon Claus angegriffen. Dies ist Richter Nick Moroz. Er ist neu“, räumte sie ein. „Doch er kann nicht beide Männer zugleich sein."

Das war zwar logisch, aber Viv wurde das Gefühl nicht los, dass beide Männer tatsächlich ein und derselbe waren. Von ihrer auffallenden Ähnlichkeit abgesehen, hatten sie beide dasselbe Grinsen, ein bisschen verschlagen und verwirrend attraktiv.

Richter Moroz brachte es fertig, zugleich uninteressiert und amüsiert zu wirken, als er fragte, wie die Angeklagte zu ihrer Tat stehe.

„Nicht schuldig", erklärte Minna mit klarer Stimme.

Er zog eine Augenbraue hoch. „Wirklich? Ich habe hier die Aussage unter Eid von einem Mr Jimmy Hall, Chef des Sicherheitsdienstes der Mall, der persönlich Zeuge der Attacke auf Mr Claus war."

Attacke? Das hört sich ja so an, als wäre ich eine Verrückte, dachte Viv empört. „Was Mr Hall nicht gesehen hat, ist, wie Mr Claus meinen Po betatscht hat", stellte sie aufgebracht klar. Die ganze Geschichte war einfach lächerlich.

Minna packte ihren Arm und drückte ihn warnend. „Was meine Mandantin meint, ist, dass sie provoziert wurde, Euer Ehren. Mr Claus hat sie sexuell belästigt."

Er stützte sein Kinn auf die Hand und lächelte Viv anzüglich an. „So? Hat Ihre Mandantin Anzeige erstattet?"

„Nein, Sir", antwortete Minna ein wenig unbehaglich. „Sie zog es vor, die Angelegenheit selbst zu regeln."

„Selbstjustiz also?" Missbilligend schnalzte er mit der Zunge. „Das können wir nicht dulden."

„Ich würde es nicht Selbstjustiz nennen, Euer Ehren. Sie hat sich lediglich gegen einen unerwünschten Annäherungsversuch verteidigt."

„Ich bitte zu unterscheiden: Sie hat sich keineswegs verteidigt, sondern Schläge ausgeteilt." Er durchbohrte Viv mit seinem Blick. „Und das steht ihr nicht zu. Bestrafung ist Sache des Gerichts. Oder, genauer gesagt, meine."

„Aber Euer Ehren …"

„Genug, Miss Waverly", unterbrach er Minna und ging die Papiere vor ihm durch. „Ich habe mein Urteil gefällt. Nach den vorliegenden Beweisen habe ich keine andere Wahl, als Miss Foster der Anklage für schuldig zu erklären. Wo kommen wir denn hin, wenn wir zulassen, dass Frauen in der Stadt herumlaufen und jeden Mann zusammenschlagen, der einen harmlosen Annäherungsversuch wagt? Das geht nicht."

Viv konnte es nicht fassen. Der Widerling hatte ihren Po begrapscht. Unter einem harmlosen Annäherungsversuch verstand sie etwas andere. Sie öffnete den Mund, um zu widersprechen, hielt sich indes zurück, als Minna die Fingernägel in ihren Arm grub. „Nicht", flüsterte ihre Freundin und schüttelte beinahe unmerklich mit dem Kopf.

„Das Verhängen von Strafen sollte denen überlassen bleiben, die dazu befugt sind." Richter Moroz schaute Viv an und grinste. „Ich verurteile Sie zu vierzig Stunden gemeinnützigen Dienstes auf Bailey's Tree Farm. Das sollte helfen, Sie in angemessene Weihnachtsstimmung zu versetzen."

Eine Baumschule, dachte Viv schockiert. Das konnte nicht sein Ernst sein. Sie wusste nicht, wie man einen Baum absägte, und hatte auch keine Kraft, gefällte Tannen aus dem Wald zu ziehen und jemandem aufs Autodach zu hieven. Sie hatte kleine Hände und hasste es zu frieren. Das konnte nicht richtig sein. Es musste sich um einen Irrtum handeln.

Bailey's Tree Farm war ihr allerdings nicht ganz unbekannt. Ihre Mutter kaufte dort jedes Jahr ihren Baum. Früher hatte sie mit den Mädchen immer einen Ausflug dorthin gemacht, und sie waren dann mit dem Weihnachtsbaum nach Haue zurückgekehrt. Unvermittelt hatte Viv ein überraschend deutliches Bild von einem hoch aufgeschossenen schlaksigen Jungen mit dunkelbraunem Haar und hellgrauen Augen vor Augen.

„Mit etwas Glück färbt die friedliche Stimmung auf Sie ab, und Sie überlegen es sich künftig zweimal, bevor Sie wieder einen netten jungen Mann angreifen." Er rieb sich das Kinn, als ob es ihm noch immer wehtat. „Wenden Sie sich an meine Sekretärin. Sie wird Ihnen alles Nötige schriftlich geben." Er schlug mit dem Hammer auf das Pult. „Nächster Fall."

Minna packte rasch ihre Sachen ein und stieß Viv an. „Lass uns gehen."

„Aber …" *Schuldig.* Zur Arbeit in einer Baumschule verurteilt. Von demselben Idioten, der ihr an den Po gefasst hatte! Dessen war sie sich sicher.

„Es tut mir leid", sagte Minna und lotste sie aus dem Gerichtssaal. An der Tür drehte sich Viv um und funkelte den sogenannten Richter wütend an. Sie *wusste*, dass er es war. Nur wie konnte es sein? Es war unbegreiflich, und dennoch war sie davon überzeugt.

Mit einem selbstgefälligen Lächeln winkte er ihr zu.

„Wir legen Berufung ein, nicht wahr? Du kannst mich da doch rausholen, oder?"

Minna schüttelte den Kopf. „Ich glaube nicht." Sie wirkte verwirrt. „Er hatte sich schon festgelegt, bevor wir überhaupt den Saal betreten hatten."

„Weil er Damon Claus ist. Oder sein Zwillingsbruder. Oder sonst etwas."

„Was auch immer, es ist nicht zu ändern, Viv. So wie die Dinge liegen, halte ich es für das Beste, dass du die Sozialstunden ableistest und es dabei bewenden lässt."

„Hast du je gehört, dass jemand dazu verurteilt wurde, Sozialstunden in einer Baumschule zu leisten?", fragte sie ungläubig. Nahm der Typ vielleicht Drogen? Was für eine Art Strafe war das?

Minna ließ sich von der Sekretärin die Unterlagen für Viv aushändigen und nahm den langen Gang, der zum Parkplatz führte. „Du willst mir doch nicht erzählen, dass du lieber eine orangefarbene Weste überziehen und Müll vom Straßenrand aufsammeln würdest, als in einer Baumschule zu arbeiten?"

„Das nicht", räumte Viv ein. „Wenn man es so betrachtet …" Trotzdem wurde sie das Gefühl nicht los, dass sie hereingelegt worden war.

Minnas Schritte verlangsamten sich, und ein seltsames Lächeln, das Viv fast ein wenig misstrauisch machte, breitete sich auf ihrem Gesicht aus. „Es gibt wirklich weit schlimmere Möglichkeiten, deinen Dienst an der Gesellschaft zu leisten, als Seite an Seite mit Hank Bailey zu arbeiten.“

Viv runzelte die Stirn. „Mit wem?“

„Hank Bailey. Er hilft mir jedes Jahr beim Aussuchen meines Weihnachtsbaums. Ehrlich, diesen Mann in Aktion zu beobachten, ist für mich einer der Höhepunkte der Adventszeit. Er ist der Hauptgrund, weshalb ich mir noch keine künstliche Tanne gekauft habe. Willst du behaupten, dass du noch nie auf Bailey's Tree Farm gewesen bist?“

„Du weißt, dass ich keinen Baum aufstelle“, antwortete Viv. Ihr einziger Weihnachtsschmuck bestand aus einer Papiergirlande, die ihre Nichten ihr gebastelt hatten, und einer hübschen Schneekugel mit dem Londoner Hyde Park im Winter, die ihre Mutter ihr vor ein paar Jahren zum Fest geschenkt hatte, zusammen mit einer Karte, auf der stand: *Eines Tages …*

Eines Tages, das würde am 26. Dezember sein – vorausgesetzt, dass nichts mehr schiefging. Viv hatte jahrelang für diese Reise gespart. Aber jedes Mal, wenn sie die nötige Summe fast zusammengehabt hatte, war regelmäßig etwas dazwischengekommen. Bislang hatte ihr London-Fonds für die Anschaffung eines neuen Durchlauferhitzers und Reparaturen am Getriebe ihres Autos herhalten müssen.

Diesmal sah es allerdings gut aus. Dieses Jahr würde sie fliegen.

Sie wusste nicht, warum, doch es war ihr sehr wichtig, dass sie es jetzt tat. Die Vorstellung, Silvester – nach

Weihnachten der schlimmste Tag des Jahres – wieder als einsamer, erbarmungswürdiger Gast bei Bekannten zu verbringen, war ihr einfach unerträglich.

Sie *musste* fortgehen. Sie *brauchte* London.

„Ich weiß, dass du keinen Baum aufstellst, Miss Scrooge, aber wie war es in deiner Kindheit? Ich kann mich erinnern, dass ich deiner Mutter schon einmal bei Bailey's begegnet bin."

„Mom holt sich jedes Jahr ihren Baum dort", erklärte Viv. Wieder tauchte plötzlich das Bild des schlaksigen Teenagers mit den hellgrauen Augen vor ihr auf. Ob das Hank Bailey ist, fragte sie sich.

Minna schaute auf ihre Armbanduhr. „Sorry, Süße. Ich habe einen Termin mit einem Klienten." Sie reichte Viv die Papiere. „Du fängst am Montagmorgen um acht Uhr an. Ich rufe dich später an."

Viv bedankte sich bei ihrer Freundin und sah ihr nach. Erst als sich die Türen hinter Minnas Rücken geschlossen hatten, wurde ihr die Bedeutung ihrer Worte voll bewusst. Entsetzt riss sie die Augen auf und starrte auf die Order in den Unterlagen.

Montag bis Freitag von 8.00 bis 16.00 Uhr.

Sie hatte einen Job und musste von acht bis sechzehn Uhr arbeiten. Wie zum Teufel sollte sie an zwei Orten gleichzeitig sein?

Sie ergab sich in ihr Schicksal und lachte freudlos auf.

Es war unmöglich.

Goodbye, London. Wieder einmal.

2. KAPITEL

Ich glaub es einfach nicht", sagte Jason kopfschüttelnd. „Amanda ist hübsch. Sie ist klug. Sie ist lustig. Habe ich erwähnt, dass sie hübsch ist? Und dir gefällt sie nicht." Er seufzte frustriert. „Warum nicht, Hank? Was hat denn mit dieser schon wieder nicht gestimmt?"

Henry „Hank" Livingston Bailey ignorierte die Frage. „Statt dir Sorgen um mein Liebesleben zu machen, könntest du mir helfen, den Baum in den Ständer zu bekommen."

Leise murrend leistete Jason, Hanks jüngerer, frisch verheirateter Bruder, der Aufforderung Folge. „Du hast kein Liebesleben, um das man sich Sorgen machen könnte", stellte er fest, während er die Blautanne aufrichtete. „Du hast eine Reihe von unverbindlichen Verabredungen, die immer damit enden, dass die Frau der Stunde die Musterung nicht bestanden hat." Jason schüttelte wieder den Kopf. „Ich verstehe es einfach nicht. Was hat dich an Amanda gestört? War ihre Nase ein wenig zu schief wie beim vorigen Mädchen? Hat sie zu laut gekaut wie die Kleine davor?" Jason schnaubte ungeduldig. „Wirklich, du gehst ja schon mit dem Vorsatz, einen Grund zum Kneifen zu finden, zum Date. Ich weiß nicht, warum du dir überhaupt die Mühe machst."

Das frage ich mich inzwischen auch, dachte Hank. Er drehte die Tanne, um sie auf Mängel zu überprüfen, brachte die Spitze in Ordnung und säuberte den unteren Bereich, bevor er seinen Jungs das Zeichen gab, sie zum Parkplatz zu bringen.

Die meisten Kunden liebten es, auf der Suche nach ihrem Baum über das Gelände zu streifen, doch es gab auch genügend andere, die ihre Tanne unter den Exemplaren am Verkaufsstand auswählten. Hinterher gingen viele von ihnen dann noch in den Geschenkeladen, der gleichzeitig ein Café war, um sich, je nach Geschmack, bei Apfelpunsch oder heißer Schokolade aufzuwärmen und selbst gebackene Kekse mit Zuckerguss zu knabbern.

Zusätzlich boten seine Mutter und seine Schwester noch anderes Weihnachtsgebäck – der Pecan Pie seiner Mutter war ein Renner – und handgefertigten Weihnachtsschmuck an. Bailey's Tree Farm war ein Familienunternehmen. Selbst Jasons frisch angetraute Ehefrau Angelica war in die Pflicht genommen worden und hatte einen neuen Prospekt entworfen. Seit Kurzem sprang sie auch gelegentlich im Verkauf ein.

Trotz der Tatsache, dass Weihnachten nur einmal im Jahr war, gab es in der Baumschule das ganze Jahr über genug zu tun. Bailey's versorgte nicht nur Jackson und Umgebung, sondern lieferte Bäume in den gesamten Südosten aus. Nach dem Weihnachtsgeschäft begann die eigentliche Arbeit: Es wurden Stümpfe ausgegraben, frische Tannen gepflanzt, Samen kontrolliert, Maßnahmen zur Schädlingsbekämpfung und Krankheitsvorbeugung durchgeführt, Formschnitte gemacht. Da es fünf bis sieben Jahre dauerte, bis eine Tanne in etwa zwei Meter hoch war, planten sie immer sieben Jahre im Voraus. So etwas wie eine Flaute im Geschäft gab es nicht. Es war harte Arbeit, aber lukrativ, auch dank der zunehmenden Kommerzialisierung der Feiertage. Hank musste zugeben, dass er diesen Aspekt hasste, doch er würde sich wie ein Heuchler vorkommen, wenn er sich beklagte.

Nur, wie zum Teufel sollte er bei all der Plackerei und Planung auch noch Zeit erübrigen auszugehen, geschweige denn jemanden finden, mit dem er den Rest seines Lebens verbringen wollte?

„Also erzähl schon. Was war mit Amanda?“, bohrte Jason weiter. „Ich möchte nur sicherstellen, dass wir nicht versuchen, dich mit jemandem zu verkuppeln, der denselben Makel hat.“

Hank hievte den nächsten Baum in einen Ständer und begann den ganzen Prozess von vorn. „Mir kommt gerade ein Gedanke. Warum hört ihr nicht auf zu versuchen, mich mit jemandem zu verkuppeln?“

Jason grinste. „Ausgeschlossen, Bruderherz. Angelica ist davon überzeugt, dass du eine Frau sehr glücklich machen kannst. Sie hält es für ein Verbrechen, dass du alt und allein bist.“

Hank lachte leise. Er gab zu, dass er allein war, aber alt? Er war dreißig, das konnte wohl kaum jemand alt nennen. Sein Blick schweifte zu Jason, und ein Lächeln zuckte um seine Mundwinkel. Außer seinem einundzwanzigjährigen kleinen Bruder und seiner gleichaltrigen Frau. In deren Augen war er zweifellos fast schon reif fürs Seniorenheim.

Allerdings kannte er seinen Bruder gut genug, um

zu wissen, dass die Fragerei kein Ende nehmen würde, wenn er ihm nicht antwortete. Also war es besser, die Karten offen auf den Tisch zu legen.

„Du möchtest wissen, was mich an ihr gestört hat?"

Jason verdrehte die Augen. „Frage ich dich das nicht schon seit fünfzehn Minuten?"

„Dreißig", korrigierte Hank ihn. „Es sind dreißig Minuten. Nach fünf Minuten deiner penetranten Neugier fangen meine Augen zu brennen an. Nach zehn Minuten wünsche ich mir, dass ich taub wäre. Nach fünfzehn erwäge ich ernsthaft, dir die Stimmbänder zu entfernen, und nach dreißig bin ich kurz davor, dich zu schütteln, bis dir Hören und Sehen vergeht. Da der Drang, meine Hände um deinen dünnen Hals zu legen, nicht stärker sein könnte, weiß ich, dass es dreißig Minuten sind."

Jason lächelte nur. „Was passiert nach einer Stunde?"

„Deine Frau wird Witwe, und ich bleibe ewig ein Fleck auf der Familienehre."

„Das wäre tragisch."

Hank lachte gutmütig. „Witzbold."

„Also?", drängte sein Bruder.

Hank lehnte sich an die Wand des Schuppens und zog die Piniennadeln aus seinen Handschuhen. „Sie hat mir erzählt, dass sie keinen echten Christbaum mag. Dass der Geruch von Tannengrün sie an die Lufterfrischer in öffentlichen Toiletten erinnert."

Jason, der darin eine unverzeihliche Sünde in den Augen der Baileys erkannte, stieß einen leisen Pfiff aus. „Verdammt."

Hank verzog das Gesicht. „Sie hat eine künstliche Douglastanne, Jase." Er stieß sich von der Wand ab und bereitete sich darauf vor weiterzuarbeiten, bevor sie das Geschäft offiziell öffneten. „Eine Frau, die den Geruch von Tannengrün nicht mag und einen künstlichen Baum zu Weihnachten aufstellt, ist keine Frau für mich."

Und das war noch milde ausgedrückt. In aller Ernsthaftigkeit, wer immer die zukünftige Mrs Bailey sein mochte, sie müsste Weihnachten ebenso sehr lieben wie er. Weihnachten bedeutete für ihn mehr als nur ein paar Feiertage – es war sein Lebensinhalt. Sein Erbe. Er schaute sich um und sah Tannen über Tannen in verschiedenen Wachstumsphasen.

Die Baileys bewirtschafteten die Fläche seit über hundert Jahren. Sein Urgroßvater hatte das Land erworben, um darauf Baumwolle anzubauen, aber der Boden war dafür ein wenig zu steinig gewesen. Seine Frau hatte bemerkt, dass die heimischen Pinien hier recht hübsch wuchsen, und hatte deshalb vorgeschlagen, die Bäume zu Weihnachten zum Verkauf anzubieten, um zusätzliches Geld in die Kasse zu bekommen. Mit ihrem Vorschlag hatte sie den Grundstein für ein gewinnbringendes Unternehmen gelegt, das seit drei Generationen in Familienbesitz war. Bis zum heutigen Tag backten sie die Zuckerplätzchen, die sie ihren Kunden anboten, immer noch nach dem Rezept von Hanks Urgroßmutter.

„Es tut mir leid, Hank. Das ist wirklich übel. Ich hatte gehofft, dass sie die Richtige wäre."

Hank zuckte mit den Schultern. Er fragte sich, ob die Richtige für ihn überhaupt existierte. Auch wenn er sich darüber beschwerte, dass sein Bruder sich in sein Liebesleben einmischte, musste Hank zugeben, dass er begonnen hatte, sich nach einer festen Beziehung zu sehnen.

Einmal hatte er eine gehabt.

Er war damals Anfang zwanzig gewesen, hatte gerade das College abgeschlossen gehabt und sich Hals über Kopf in ein Mädchen verliebt, das als Mediaberaterin für den lokalen Radiosender gearbeitet hatte. Sogar ihr Name war perfekt gewesen: Noelle.

Doch während Hank schon von einer gemeinsamen Zukunft mit ihr geträumt hatte, hatte sie sich heimlich mit ihrem viel älteren – und viel reicheren – Chef amüsiert. Der verheiratet gewesen war. Der Chef hatte Frau und Kinder für Hanks untreue Freundin verlassen, und soweit Hank wusste, waren sie immer noch zusammen.

Überflüssig zu erwähnen, dass die Erfahrung einen schlechten Geschmack bei ihm hinterlassen hatte. Ein generelles Misstrauen Frauen gegenüber hatte er seitdem nicht mehr ganz abschütteln können. Wie Jason richtig bemerkt hatte, schaffte Hank es immer, Fehler bei ihnen zu finden. Dabei war ihm bewusst, dass die Angst, verletzt zu werden, kein unerheblicher Teil des Problems war.

Außerdem, obwohl es eigentlich keine Rolle spielen sollte, wie er seine Miss Right kennenlernte, wünschte sich Hank eine zufällige Begegnung. Entgegen aller

Logik hielt er an der idealistischen Vorstellung fest, dass er es einfach *wissen* würde, wenn er das richtige Mädchen für sich gefunden hätte. Irrational? Erbärmlich romantisch? Unrealistisch?

Ja, all das war es.

Dennoch glaubte er an die Idee, wie unpraktisch sie auch scheinen mochte.

„Hank?“

Hanks Blick schweifte zu Brody Foster, einem der problematischen Teenager, die seit Beginn des Sommers in der Baumschule arbeiteten. Hank lag besonders dieser Junge am Herzen, dessen Vater sich verdrückt hatte und dessen verlebte, überwiegend gleichgültige Mutter unfähig war, sich um ihren Sohn zu kümmern. Wie viele Kids, die auf sich allein gestellt waren, hatte Brody ein Talent entwickelt, sich immer wieder in Schwierigkeiten zu bringen. Keine Drogen, zum Glück. Nur die typischen Verhaltensauffälligkeiten eines Halbstarken, der auf die schiefe Bahn zu geraten drohte. Seit er hier arbeitete, wirkte er jedoch schon viel reifer und schien sich gebessert zu haben.

„Ja, was ist?“, fragte Hank.

„Ihre Mutter hat mich gebeten, Ihnen zu sagen, dass die Lady, die hier ihre Sozialstunden leisten soll, da ist.“

Jason horchte auf. „Die Frau mit der Stahlfaust? Sie ist hier?“

Brody grinste. „Ja, Sir.“

Vivian Foster – alias „die Frau mit der Stahlfaust“ – war ein heißes Thema, seit Hank letzte Woche einen Anruf von Richter Moroz' Sekretärin erhalten hatte. Hank hatte die Bitte, eine zu gemeinnützigem Dienst Verurteilte ausgerechnet in der Baumschule zu beschäftigen, zwar etwas sonderbar gefunden, aber wahrscheinlich war man durch sein Engagement für die Jugendlichen auf ihn gekommen.

Außerdem: Wo könnte eine Frau, die Santa Claus attackiert hatte, besser Buße tun als an einem Ort, wo Weihnachtsbäume gezüchtet und verkauft wurden? Hank schmunzelte. Dieser Richter Moroz hatte einen sehr interessanten Sinn für Humor.

„Wie sieht sie aus?", wollte Jason wissen.

„Klein", antwortete Brody. „Man kann sich kaum vorstellen, dass sie auf den Weihnachtsmann losgegangen sein soll."

„Lass dich durch ihre Größe nicht täuschen", warnte Jason ihn mit einem seltsamen Glitzern in den Augen. „Es sind die Kleinen, vor denen man sich hüten muss. Die sind meistens furchtbar temperamentvoll."

Hank musste lächeln. „Sprichst du von unserer Mutter oder deiner Frau?"

„Von beiden."

Hank war geneigt, ihm zuzustimmen. Seine Mutter war ungeheuer liebevoll, doch wenn sie wütend wurde … Sie war wie ein kleiner Tornado, der alles um sich herum verwüstete. Er hatte einen solchen Temperamentsausbruch bei Angelica zwar noch nicht erlebt, aber sein Bruder gewiss. Und nach seinem Gesichtsausdruck zu urteilen, gefiel ihm der gelegentliche Sturm sogar. Verliebter Trottel, dachte Hank und zog sich die Handschuhe aus.

„Sie ist also im Laden?"

„Ja, Sir."

„Danke, dass du mir Bescheid gesagt hast, Brody. Ich gehe gleich rüber." Er machte sich auf den Weg zum Cottage, das an ein Lebkuchenhaus erinnerte und in dem sich die Bäckerei und der Geschenkeladen befanden.

„Ich komme mit!", rief Jason und holte ihn ein. „Ich muss mir diese Frau unbedingt ansehen."

„Sie ist nicht zu deiner Unterhaltung hier. Sie ist hier, um zu arbeiten."

„Ja, und das auch noch umsonst. Ich mag sie jetzt schon. Du nicht auch?"

Hank unterdrückte ein Lächeln. „Es ist nicht umsonst. Sie bezahlt ihre Schulden an der Gemeinschaft."

„Nun, ich bin froh, dass sie sie hier bezahlt. In letzter Zeit ist Angelica ein bisschen zu müde zum ..." Jason räusperte sich, und seine Ohren wurden rot. „Hilfe im Laden kann nicht schaden. Ich weiß, dass sie die zusätzliche Unterstützung dort gut gebrauchen können."

„Wer sagt, dass sie einen bequemen Job im Verkauf bekommt?", fragte Hank. „Richter Moroz ließ durchblicken, dass die Erfahrung für sie so unangenehm wie möglich werden soll, damit sie nicht wieder straffällig wird."

„Eine Wiederholungstäterin?" Jason blinzelte. „Du glaubst, sie könnte von einer Mall zur anderen ziehen, um Weihnachtsmänner zu attackieren?“ Er schnaubte.

Hank musste zugeben, dass das weit hergeholt war. Trotzdem, er hatte sein Wort gegeben, dass er Viv Foster in jedem Bereich der Baumschule arbeiten lassen würde, nicht nur im Geschenkeladen. Wie lange sie auf welcher Position beschäftigt war, lag natürlich in seinem Ermessen, doch er hatte nicht vor, sein Versprechen zu brechen.

„Was ist, wenn sie eine alte Frau ist? Du willst eine zierliche alte Lady zwingen, beim Bäumeschlagen zu helfen?“

„Natürlich nicht.“ Hank hatte allerdings nicht den Eindruck gewonnen, dass es sich um eine „alte Lady“ handelte. Er stieg die Stufen zum Laden hoch, zog die Tür auf und trat ein.

Wärme schlug ihm entgegen, und der vertraute Duft von Zimt und Apfelpunsch stieg ihm in die Nase. Egal, wie oft er schon in diesen Laden hereingekommen war, jedes Mal nahm ihn die weihnachtliche Stimmung gefangen. Feuer knisterte im Kamin, Weihnachtsmusik ertönte über versteckte Lautsprecher, und das gelegentliche Tuten einer antiken Eisenbahn versetzte ihn in seine Kindheit zurück. Wie kann man Weihnachten nicht mögen, fragte er sich. Es war die schönste Zeit des Jahres. Er atmete tief ein – und dann verschlug es ihm komplett den Atem, als die „Frau mit der Stahlfaust“ sich umdrehte.

Innerlich stand er sofort in Flammen. Das Brennen breitete sich von seinen Fußsohlen über seinen ganzen Körper aus, gefolgt von einem Erschauern, das er nicht auf die Kälte schieben konnte.

Ein Blick, nur drei Sekunden in ihrer Nähe, und er wollte sie mehr, als er je etwas in seinem Leben gewollt hatte. Sie war perfekt. Umwerfend schön. Sie nur anzuschauen, erregte ihn schon.

„Ah, da ist er ja“, hörte er seine Mutter wie aus weiter Ferne sagen.

Vivians Augen waren von dem ungewöhnlichsten Blauton, den er je gesehen hatte. Dunkel, beinahe lila, und von dichten langen Wimpern umrahmt. Sie erinnerten ihn an kandierte Veilchen. Der Vergleich schien passend, weil sie einfach zum Anbeißen war. Sie war klein, aber sehr kurvenreich – besonders ihr Po. Das rabenschwarze Haar unter der niedlichen roten Baskenmütze fiel fast bis auf ihre Schultern. Sie hatte makellose helle Haut, rosige Wangen, eine zierliche Nase und sinnlich geschwungene Lippen. Wie die Porzellanpuppen seiner Mutter, nur erwachsen und verdammt sexy.

Etwas wie Wiedererkennen blitzte in ihren ungewöhnlichen Augen auf, doch Hank war sich sicher, dass er ihr nie zuvor begegnet war.

Er hätte es nicht vergessen.

Er streckte die Hand aus, um die Frau zu begrüßen. In der Sekunde, als sich ihre kleinen Finger um seine schlossen, durchzuckte es ihn wie bei einem Stromschlag. Ein Prickeln überlief seinen Arm, seine Kopfhaut kribbelte, und er war unfähig, sich zu rühren.

In dem Moment wusste er es. Ob man es nun Intuition oder Instinkt oder sonst wie nennen wollte.

Er wusste es.

Bei dieser Frau würde er keinen Fehler finden. Jeder Nerv in seinem Körper gab ihm zu verstehen, dass sie vollkommen war.

Er wollte sie. Und er würde sie haben.

3. KAPITEL

Er ist es, dachte Viv, als ein etwas schiefes und zugleich gewinnendes Lächeln den sinnlichsten Mund, den sie je bei einem Mann gesehen hatte, auf vage vertraute Weise umspielte.

Sie atmete zittrig aus. Hitze breitete sich in ihr aus, unmöglich, aber ganz eindeutig eine Welle des Verlangens. Er war es, nur die erwachsene Version. Gut einen Meter neunzig groß, breitschultrig, muskulös. Er trug Jeans und ein Flanellhemd. Der Duft von Zedernholz und noch etwas anderem, einer betörenden Mischung aus Zitrusfrüchten und Patschuli, strömte von ihm aus und weckte in ihr den Wunsch, sich an ihn zu schmiegen und seinen Hals zu küssen. Ihre Lippen zuckten.

Natürlich wäre es angebrachter, ihm zunächst einmal die Hand zu schütteln.

Seine starken Finger schlossen sich um ihre. Viv hatte das sonderbare Gefühl, gleichzeitig zu fallen und Wurzeln zu schlagen. Es war so, als ob ihre Füße in den Boden einbetoniert wären, während der Rest ihres Körpers schwebte. Die Luft schien vor Spannung zu knistern, und Viv verspürte den seltsamen Impuls, mit den Fingern durch seine braunen Locken zu fahren. Der Kontrast zwischen seinem dunklen Haar und den hellgrauen Augen war so faszinierend, dass es ihr fast den Atem verschlug.

„Hank Bailey“, stellte er sich mit warmer Baritonstimme vor. „Sie müssen Vivian sein.“

„Viv, bitte“, verbesserte sie ihn automatisch. „Der einzige Mensch, der mich jemals Vivian nennt, ist meine Mutter, und sie tut es gewöhnlich nur dann, wenn ich mir ihren Zorn zugezogen habe.“

Sein Lächeln wurde breiter. Mit einer Kopfbewegung deutete er auf seine Mutter, eine lebhafte Frau Anfang sechzig mit ergrauendem Haar und wachen blauen Augen. „Sie ruft mich gelegentlich Henry, deshalb weiß ich genau, was Sie meinen.“

„Ich nenne ihn nur Henry, wenn er es verdient hat“, warf seine Mutter ein. „Zum Glück ist das nicht oft der Fall.“

„Ganz anders bei mir. Ich werde täglich mit vollem Namen angeredet“, sagte eine jüngere, kleinere Ausgabe von Hank. Der Mann trat vor und drückte ihr ebenfalls die Hand. „Ich bin Jason Bailey.“ Er zeigte auf eine hübsche Blondine hinter dem Tresen. „Das ist meine Frau Angelica.“

„Von den Umständen einmal abgesehen, freue ich mich, Sie kennenzulernen“, erwiderte Viv ehrlich bezaubert. Sie hatte sich wegen der Sozialstunden von ihrem London-Urlaub verabschieden müssen – der Manager des Shoppingcenters hatte ihr nicht freigeben wollen und stattdessen sofort Ersatz für sie eingestellt – und war deshalb das ganze Wochenende über schlecht gelaunt gewesen. Ihre miese Stimmung hatte ihren Höhepunkt erreicht, als Viv heute Morgen ins Auto gestiegen war, um hierherzufahren. Sie war entschlossen gewesen, jeden Moment der Zwangsarbeit zu hassen, aber nun schien klar, dass eine Woche mit dieser Familie – ihr Blick schweifte zu Hank – erträglicher sein könnte, als sie gedacht hatte.

Hank blinzelte, als ob er sich gerade an etwas erinnert hätte. Dann trat er ein paar Schritte zurück und holte einen Jugendlichen nach vorn. Viv schätzte ihn auf etwa vierzehn Jahre. Er war groß und dünn, doch an seinen breiten Schultern und der starken Kontur seines ungleichmäßig rasierten Kinns erkannte man schon den Mann, der in ihm steckte.

„Das ist Brody“, sagte Hank und schlug dem Jungen auf den Rücken. „Er ist meine rechte Hand.“

Brody errötete bei dem Lob. Offenbar war er Komplimente nicht gewohnt. Viv schloss ihn sofort in ihr Herz und wollte ihn instinktiv trösten. Außerdem hatte er etwas vage Vertrautes an sich. Sie konnte nicht erklären, was es war, aber sie hatte das sonderbare Gefühl, dass sie ihn schon einmal gesehen hatte. Wahrscheinlich ist er mir einmal im Einkaufszentrum über den Weg gelaufen, überlegte sie. Schließlich war es einer der Treffpunkte für Jugendliche in Jackson.

Sie lächelte. „Das hört sich so an, als ob du hier einen wichtigen Job hast.“

Er nickte. „Ich streng mich an.“

„Brody arbeitet hart“, bestätigte Hank.

Viv atmete tief durch und wippte leicht auf die Fersen. „Stichwort Arbeit, ich sollte wohl anfangen, nicht wahr?“

Hank rieb sich den Nacken, als ob er sie nur widerwillig beschäftigte. Vermutlich hätte er lieber einen

Mann vom Gericht geschickt bekommen, der Bäume fällen und schwere Lasten tragen konnte. Nun, sie war zwar klein, aber stark. Nicht, dass sie unbedingt draußen arbeiten und Bäume fällen *wollte*, doch falls es sein müsste, würde sie es können. Und wäre es auch nur, um diesem Mann zu beweisen, dass sie kein Leichtgewicht war.

„Wie wäre es damit, wenn ich erst einmal mit Ihnen herumfahre und Ihnen alles zeige?"

Sie nickte. „Gern."

Seine Mutter eilte um den Tresen und drückte ihr einen Becher heißen Apfelpunsch in die Hände. „Das werden Sie brauchen, meine Liebe. Es ist kalt heute Morgen."

Viv bedankte sich und folgte Hank nach draußen. Die schneidende Kälte war so unangenehm, dass Viv am liebsten sofort in den gemütlichen, angenehm duftenden Laden zurückgekehrt wäre. Die Vorstellung, mit Hank herumzuspazieren, wärmte sie indes von innen, sodass sie an seiner Seite blieb.

„Ich bin als Kind oft hierhergekommen", erzählte sie.

„Oh, wirklich?"

„Ja. Meine Mutter holt sich ihren Baum immer noch jedes Jahr hier. Leila Foster?"

Seine einzigartigen grauen Augen blitzten auf. „Natürlich. Jedes Mal eine zwei Meter zwanzig hohe Douglastanne." Er nickte lächelnd. „Ihre Mom ist sehr wählerisch. Sie weiß genau, was sie will."

„Sie liebt es, alles weihnachtlich zu schmücken, und

hält es für ein Verbrechen, einen künstlichen Baum aufzustellen."

Hank öffnete die Tür auf der Beifahrerseite seines Trucks. Beim Einsteigen nahm Viv wieder einen Hauch seines verführerischen Dufts wahr. Ihr lief buchstäblich das Wasser im Mund zusammen.

„Dann sind wir einer Meinung", erwiderte er. Er machte eine ausholende Handbewegung über das Land ringsum. „Mein Lebensunterhalt hängt von Menschen wie Ihrer Mom ab."

Da sein Gewerbe ein Saisongeschäft war, hatte Viv zum ersten Mal fast ein schlechtes Gewissen, dass sie nie einen Christbaum kaufte. Allerdings müsste sie Weihnachten dazu mögen. Da die Feiertage für sie jedoch mit dem Trauma ihrer Kindheit belastet waren, hatte sie nie den Wunsch nach einer festlich geschmückten Tanne verspürt. Normalerweise biss sie einfach nur die Zähne zusammen und versuchte, die Zeit irgendwie zu überstehen.

Ihr liebster Feiertag war Thanksgiving. Dann schmückte sie auch ihr Heim. Mit Füllhörnern, Kürbissen und herbstlichen Girlanden. Ihr gefiel die Botschaft, die hinter Thanksgiving stand: dankbar zu sein für das, was man hatte, ohne verpflichtet zu sein, andere zu beschenken.

Hank setzte sich hinters Steuer, ließ den Motor an und regulierte die Heizung. „Tut mir leid", sagte er. „Es dauert ein bisschen, bis es warm wird. Ich bin schon seit fünf Uhr hier."

Vivs Augen wurden groß. „Seit fünf?" Was die Heizung betraf, war ihr bereits warm genug. Er machte sie ziemlich … heiß.

„Wir fangen während des Weihnachtsgeschäfts früh an. Denn wir verkaufen nicht nur hier Bäume, sondern beliefern auch viele Baumärkte im Südosten. Wir bewirtschaften etwa zwei Hektar Land, und der größte Teil der Fläche ist für die Tannen bestimmt, die in den Vertrieb gehen."

„Wow", sagte sie beeindruckt. „Ich hatte keine Ahnung."

Hank deutete auf ein Blockhaus mittlerer Größe mit einer langen Vorhalle. Jason und Brody waren dort mit einem Baum beschäftigt und winkten ihnen zu, als sie vorbeifuhren. Wieder erlebte Viv eine Art Déjà-vu. Sie kannte Brody bestimmt. Aber woher?

„Das ist der Schuppen, wo die Tannen zurechtgeschnitten werden. Sobald sie eine passable Form haben, werden sie mit einem Netz überzogen, damit die Kunden sie leichter nach Hause transportieren können. Wir verkaufen auch unsere eigenen Christbaumständer. Sie sind schwerer und deshalb standfester als die fipsigen Dinger, die Sie im Geschäft kriegen."

Sie lächelte. „Versuchen Sie gerade, mir einen zu verkaufen?"

Hank fuhr um eine Kurve, und vor ihnen lagen ordentlich aufgereiht Bäume in unterschiedlichen Größen. In der Ferne sah man eine große Scheune, vermutlich mit Gerätschaften, und einige kleinere Schuppen.

Er schmunzelte. „Nur wenn Sie einen brauchen.

Doch ich bin natürlich für unseren, weil ich ihn entworfen habe.“

Sie nickte anerkennend. „Unter diesen Umständen werde ich den Kauf in Erwägung ziehen.“

Er steuerte den Truck über Kieswege, deutete unterwegs auf verschiedene Gebäude und erklärte ihren Zweck. Außerdem präsentierte er ihr die Vielfalt von Bäumen, die sie anbauten und verkauften.

„Blautanne, Schottische Kiefer, Douglastanne, einige Zedern“, zählte er auf. „Auch wenn sie kein so schönes Grün wie die Schottische Kiefer hat, bin ich ein Fan der Blautanne. Sie sind leicht zu formen und haben gute, kräftige Zweige.“

Er ist mit Leidenschaft bei der Sache, stellte Viv hingerissen fest. Wirklich, er verstand sein Handwerk und schien seinen Beruf zu lieben. Ihrer Erfahrung nach war das selten geworden. Die meisten Männer in ihrem Bekanntenkreis arbeiteten nur, um Geld zu verdienen. Was sie machten, interessierte sie kaum, und stolz waren sie auf ihre Tätigkeit erst recht nicht.

Sie erreichten einen Hügel, von wo aus man einige Häuser sehen konnte. Hank hielt an und deutete auf ein zweistöckiges Gebäude aus der Zeit vor dem Bürgerkrieg. „Das war das Haus meines Urgroßvaters. Mit ihm hat alles angefangen. Heute wohnen meine Eltern dort. Mein Bruder und ich haben auch hier gebaut.“

Viv schaute zu den anderen beiden Häusern, die beide sehr groß und geräumig waren und nicht unbedingt das, was man sich entweder für ein frisch verheiratetes Ehepaar oder für einen Junggesellen wie Hank – sie hatte verstohlen einen Blick auf seinen Ringfinger geworfen, als er ihr die Hand geschüttelt hatte – vorstellte. Offensichtlich hatte man schon beim Bau dieser Häuser spätere Familien im Sinn gehabt. Aus unerklärlichen Gründen verspürte sie auf einmal einen Kloß im Hals. Diese Männer planten auf lange Sicht. Ein weiterer Charakterzug, der Vivs Meinung nach immer seltener zu finden war.

„Die dunkelgrüne Zeder mit den weißen Rändern ist meine“, erklärte Hank. „Und sehen Sie die kleinen orangefarbenen Fahnen dort in der Mitte des Feldes?“

Sie nickte.

„Das wird ein Haus für gemeinsame Unternehmungen“, fuhr er fort. „Wir richten dort einen großen Freizeitraum sowie eine Küche ein, um uns ungestört zu erholen oder zu feiern. Einen Pool wird es auch geben.“

Sie lachte leise und neigte den Kopf. „Eine richtige Familiensiedlung, oder?“

Er schmunzelte. „Wie bei den Kennedys. Nur in kleinerem Rahmen.“

„Es ist hübsch“, sagte sie und meinte es ernst.

Das Funkgerät, das er in den Getränkehalter gesteckt hatte, rauschte plötzlich. „Hank, willst du den ganzen Tag herumtrödeln und mit unserer neuen Mitarbeiterin flirten, oder kommst du demnächst zurück und tust auch mal etwas?“, fragte Jason.

Unglaublich, aber Hank errötete, und dieses bisschen Rosa in seinen Wangen erfreute Viv ungemein.

„Entschuldigen Sie mich“, bat er und warf ihr ein verlegenes Lächeln zu. „Wir sind auf dem Rückweg“, antwortete er seinem Bruder. „Bis gleich.“ Dann wandte er sich wieder an sie. „Tut mir leid. Mein Bruder spielt gern den Komiker.“

„Kein Problem. Ich habe eine Schwester mit derselben Angewohnheit.“

Seine Augen funkelten. „Ich muss Ihnen gestehen, dass Sie seit letzter Woche Gesprächsthema Nummer eins hier draußen sind.“

„Wirklich?“

„Ja. Schließlich schickt man uns nicht jeden Tag eine Frau, die gemeinnützigen Dienst leisten muss, weil sie Santa Claus geschlagen hat“, erwiderte er und lachte leise. „Jase hat Sie ‚die Frau mit der Stahlfaust‘ genannt.“

Viv zog die Brauen hoch. Sie fühlte sich ein wenig gedemütigt. „Großartig. Ein Spitzname. Ich möchte, dass Sie wissen, dass meine Akte bis zu diesem Vorfall sauber war. Dies ist das erste Mal, dass ich zu Sozialstunden verurteilt wurde.“

„Gut, Sie tragen keine Tattoos als Zeichen Ihrer Zugehörigkeit zu einer Gang, und Sie scheinen auch keine Piercings zu haben. Sie wirken ziemlich ausgeglichen“, fand er und ließ seinen Blick kurz über sie schweifen. Unter der beiläufigen Musterung bekam sie eine Gänsehaut, und ihr Nacken wurde heiß. „Also … was ist passiert? Warum sind Sie auf den guten alten Weihnachtsmann losgegangen?“

Sie runzelte die Stirn. „Sie wissen es nicht?“

„Nein. Das stand nicht in den Unterlagen, die wir vom Gericht bekommen haben."

Viv verdrehte die Augen. „Natürlich nicht. Klar, dass dieser Witz von einem Richter alles ausgelassen hat, was ein besseres Licht auf mich geworfen hätte."

„Wollen Sie damit sagen, dass Sie unschuldig sind?"

„Das nicht", räumte sie ein. Ärgerlich schnaubte sie. „Ich habe ihn geschlagen. Und ich würde es unter denselben Umständen ohne Zögern wieder tun."

Hank wirkte verwirrt.

Oh, Erbarmen! „Sie wollen wirklich wissen, warum ich es getan habe?"

„Ich gebe zu, dass ich neugierig bin."

Viv atmete tief aus. „Na schön. Ich sage Ihnen, warum. Ich habe es getan, weil Santa Claus meinen Po begrapscht hat."

4. KAPITEL

Hank blinzelte. „Wie bitte?"

„Er hat meinen Po begrapscht", wiederholte Viv mit einem Anflug von Empörung in der Stimme. „Der Typ spielte Weihnachtsmann in einem Einkaufszentrum. Schon seit Wochen hatte er mich verfolgt, mich lüstern angestarrt und schlüpfrige Bemerkungen gemacht. Aber als er beschloss, handgreiflich zu werden, habe ich ihm ins Gesicht geschlagen." Sie zeigte keinerlei Reue. „Wie ich gerade sagte, ich würde es wieder tun."

„Und der Richter hat Sie für schuldig befunden?"

Sie lächelte bitter. „Ich bin mir ziemlich sicher, dass der Richter und der Weihnachtsmann ein und derselbe Mann sind."

Ungläubig schüttelte Hank den Kopf. „Das ist ein Scherz, oder?"

„Ich wünschte es."

Hank wusste nicht, was er als Erklärung für ihr Verhalten erwartet hatte, doch dass sie von Santa Claus befummelt worden war, hätte er sich niemals vorstellen können. Wieder schüttelte er den Kopf. „Was ist mit Ihrem Anwalt? Konnte er nichts tun?"

„*Sie* hat ihr Bestes getan." Viv seufzte und winkte müde ab. „Und ich habe den Mann nun einmal geschlagen. Ich bin der Körperverletzung schuldig gesprochen worden."

Hank trommelte mit den Fingern ans Lenkrad. „Ja, nur gab es mildernde Umstände. Sie hätten nicht verurteilt werden dürfen." Ihm gefiel vor allem nicht die Rolle, die er bei ihrer Bestrafung spielte. Andererseits war ihr Auftauchen das Aufregendste, was ihm in letzter Zeit passiert war, also war er aus selbstsüchtigen Motiven froh, sie hier zu haben. Er hatte nie zuvor derart spontan auf eine Frau reagiert, und wenn er auch gewiss kein Genie war, so war ihm doch klar, dass das etwas zu bedeuten hatte.

„Ich stimme Ihnen zu", meinte sie. „Aber es ist nun einmal, wie es ist. Ehrlich, ich möchte einfach nur das tun, was das Gericht von mir verlangt, und die Sache vergessen."

Ihm kam ein Gedanke. „Sie arbeiten also im Einkaufszentrum?"

Wieder verzog sich ihr verführerisch schöner Mund zu einem freudlosen Lächeln. „Nicht mehr."

Hank beschlich ein ungutes Gefühl. „Nicht mehr?"

„Der Manager wollte mir diese Woche nicht freigeben und hat jemand anderen für mich eingestellt."

Obwohl das keineswegs seine Schuld war, fühlte Hank sich trotzdem schuldig. Er atmete tief durch. „Das tut mir leid, Viv", sagte er. Etwas Besseres fiel ihm nicht ein.

Sie winkte mit einer ihrer winzigen Hände ab. Er liebte diese zarten Finger und hatte auf einmal die Vision, wie sie über seine nackte Haut glitten und seine Schultern und seine Brust streichelten. Langsam holte er Luft und versuchte, sich zu konzentrieren.

„Machen Sie sich deswegen keine Gedanken", erwiderte sie. „Es war nur ein Nebenjob, mit dem ich mir zu Weihnachten etwas dazuverdienen wollte, um mir einen kleinen Urlaub zu gönnen. Ich bin Webdesignerin. Es ist also nicht so, dass ich meine einzige Einkommensquelle verloren habe."

Das vielleicht nicht, dachte Hank. Doch wegen des traurigen Ausdrucks ihrer Augen vermutete er, dass sie etwas Gleichwertiges, wenn nicht Wichtigeres verloren hatte. Plötzlich hatte er das starke Bedürfnis, die Dinge für sie in Ordnung zu bringen. Wie? Warum? Wer wusste es schon? Er wollte einfach nur ihr Held sein.

Zufällig hatte die Familie schon lange den Plan, eine Website für ihren Betrieb einzurichten. Es wurde wirklich höchste Zeit, und wenn er Viv dafür engagierte, könnte sie ihren finanziellen Verlust ausgleichen. Er hielt vor dem Geschenkeladen, schaltete den Motor ab, aber noch nicht aus.

„Im Moment ist die Auftragslage etwas mau. Das ist um Weihnachten herum immer so", erklärte sie. Ein Lächeln umspielte ihre Lippen. „Die Leute kaufen Christbäume und Geschenke und reisen, um ihre Verwandten zu besuchen. Sie haben kein Interesse, sich eine neue Website einrichten oder eine vorhandene umgestalten zu lassen."

„Ich schon", entgegnete Hank spontan entschlossen. Sein Vater, der zurzeit auf Geschäftsreise war, um neue Handelspartner zu gewinnen, hatte ihm für solche Angelegenheiten schon lange die Entscheidungsbefugnis übertragen.

Viv sah ihn mit ihren veilchenblauen Augen ungläubig an. „Wie bitte?"

Er deutete auf das umliegende Gelände. „Wir reden schon seit über einem Jahr davon, dass wir eine Website haben möchten, hatten allerdings nie die Muße, uns darum zu kümmern. Wären Sie an dem Job interessiert?"

Der Blick, mit dem sie ihn bedachte, ließ seine Brust vor männlichem Stolz anschwellen. „Ja, sicher. Haben Sie Zeit, mir zu erzählen, was Sie sich vorstellen?"

Hank ergriff seine Chance. „Im Moment nicht. Wie wäre es, wenn wir uns beim Dinner darüber unterhalten?"

Sie lächelte zögernd. „Ich habe nichts vor."

Er jubelte innerlich. „Gut. Kommen Sie doch nach Feierabend zu mir nach Hause. Ich mache uns etwas zu essen."

„Sie wollen kochen?"

Hank biss sich auf die Innenseite seiner Wange. „Auf die Art ernähre ich mich für gewöhnlich."

Sie lachte. „Es tut mir leid. Ich weiß, dass ich nicht erschüttert sein sollte, aber …"

„Aber ich bin nur ein Mann und müsste deshalb in der Küche hilflos sein, völlig unfähig, passende Zutaten zu kombinieren?"

Vivs unbekümmertes Lachen löste ein Kribbeln in seinem Bauch aus. Er wollte dieses Lachen im Bett hören, wenn sie beide nackt waren.

„Schon durch die Tatsache, dass Sie wissen, dass man verschiedene Zutaten kombinieren *kann*, heben

Sie sich vom Durchschnittsmann ab."

Er sah ihr bewusst tief in die Augen. „Schön. Ich mag nämlich nicht durchschnittlich sein."

Ihr stockte kurz der Atem. Die Atmosphäre im Führerhaus des Trucks veränderte sich schlagartig. „Sie sind ein Erfolgstyp, nicht wahr?"

„Ich darf wohl von mir behaupten, dass ich gut bin."

Sie schluckte. Fast hatte er den Eindruck, dass sie sich ein wenig zu ihm herüberbeugte, doch das konnte nur Wunschdenken seinerseits sein. „Gesundes Selbstbewusstsein gehört anscheinend auch zu Ihren Vorzügen."

Hank zuckte mit den Achseln, als ob es schwierig wäre, derart vollkommen zu sein. Er wollte sie wieder zum Lachen bringen. „Einer von vielen, die man mir nachsagt."

Es zuckte um ihre Mundwinkel. „Mütter halten ihre Kinder oft für die größten Genies."

„Das ist nur zu wahr", stimmte er lachend zu. Schon lange hatte er nicht mehr so viel Spaß gehabt.

Ein Klopfen an der Scheibe der Fahrertür ließ ihn aufschrecken. Fluchend drehte er sich um und sah seinen Bruder dort stehen.

„Möchten Euer Majestät aussteigen und hier mit Hand anlegen, oder sollen wir Bauern uns allein abmühen?", fragte Jason.

Hank seufzte. „Sehen Sie, womit ich mich herumschlagen muss?"

Viv nickte, wobei sie ein Kichern kaum unterdrücken konnte. „Ja, das tue ich."

„Ich schätze, ich muss an die Arbeit gehen.“ Er hatte allerdings nicht die geringste Lust dazu. Viel lieber würde er ihre Gesellschaft genießen, in ihren dunkelblauen Augen versinken und einen Kuss von diesem unerhört sinnlichen Mund erheischen. Instinktiv wusste er, dass sie gut küssen konnte und ihr Körper perfekt zu seinem passen würde. Vor Erregung rutschte er auf seinem Sitz hin und her. Es war lächerlich. Er war kurz davor, die Kontrolle zu verlieren, dabei war noch nichts zwischen ihnen vorgefallen.

„Was soll ich tun?“

Außer sich zu mir auf den Schoß setzen, dachte Hank. „Helfen Sie meiner Mutter im Laden. Wir zählen die Rundfahrt als Arbeitstag im Gelände.“

Sie runzelte die Stirn. „Wie bitte?“

„Richter Moroz hat ausdrücklich darum gebeten, dass Sie auf dem Feld eingesetzt werden.“

Ihre Augen sprühten Funken vor Verärgerung. „Wirklich? Ist das normal?“

„Was meinen Sie?“

„Ich meine, kommt es öfter vor, dass Richter solche Bitten äußern?“

Hank zuckte mit den Schultern. „Ich weiß es nicht. Sie sind die Erste, die ihren gemeinnützigen Dienst bei uns ableisten muss.“

„Die Erste?“

„Ja. Ich habe Kontakt zu mehreren Schulpsychologen, die mir gestrauchelte Jugendliche bringen, um die ich mich kümmere, aber vom Gericht ist uns noch niemand geschickt worden.“ Er lächelte. „Offen gesagt, fand ich es ein wenig seltsam. Richter Moroz' Sekretärin rief letzte Woche an und arrangierte es."

„Oh." Nachdenklich kaute Viv auf ihrer Unterlippe. „Erinnern Sie sich noch, an welchem Tag sie anrief?"

„Mittwoch", antwortete er.

Sie lachte spöttisch. Hank fühlte sich ausgesprochen unbehaglich dabei. „Nun, das erklärt alles."

Fragend zog er eine Braue hoch. „Erklärt was?"

„Warum meine Anwältin der Ansicht war, dass der Richter seinen Entschluss schon vor der Verhandlung gefasst hatte. Ich war am Donnerstag vorgeladen. Da hatte er bereits alles für meine Verurteilung vorbereitet." Sie lachte noch einmal bitter auf. „Ich habe mich wohl mit dem falschen Weihnachtsmann angelegt."

„Sie sollten ihn anzeigen", riet Hank ihr, genauso erbost über das Verhalten des Richters wie sie. „Das ist nicht richtig."

Viv schüttelte den Kopf so energisch, dass die Haare um ihr Gesicht flogen. Eine einzelne Locke blieb danach einen Moment verführerisch an ihrer Unterlippe haften. „Nein", erwiderte sie seufzend. „Normalerweise würde ich Ihnen zustimmen, und, ganz ehrlich, die Vorstellung, ihn zu finden und ihm noch einmal einen kräftigen Schlag zu verpassen, ist ungeheuer verlockend, aber … Ich glaube, ich ziehe lieber den Kopf ein und bleibe seinem Radar fern." Sie schaute Hank an und lächelte. „Es ist schließlich nur eine Woche, und Sie haben mir einen neuen Auftrag gegeben. Es ist alles okay."

Wenn sie zufrieden war, dann war er es auch. „Gut."
„Also, dann mache ich um vier Uhr Feierabend und fahre zu Ihrem Haus?"
Er nickte. „Genau."
„Dann bis später." Viv kletterte aus dem Laster und ging zum Geschenkeladen.
Hank stieg ebenfalls aus und schlenderte pfeifend zum Schuppen, um seinem nervenden kleinen Bruder zu helfen.
„Wieso zum Teufel hat es so lange gedauert?", fragte Jason. „Wir frieren uns hier den Hintern ab, während du mit einer heißen Braut in deinem beheizten Truck herumkutschierst."
Hank ignorierte ihn.
„Nun? Was habt ihr gemacht?"
„Uns zum Dinner verabredet", antwortete Hank.
Jason blieb der Mund offen stehen. „Ihr habt euch verabredet? Willst du damit sagen, dass du sie tatsächlich schon eingeladen hast?"
Hank schaute hinüber zum Laden und konnte sehen, wie seine Mutter Viv eine Schürze über den Kopf streifte. Das Bild rührte ihn. Viv passte hierher. Sie gehörte hierher. Es war völlig irrational, und dennoch wusste er es. „Ja, das hab ich", bestätigte er und unterdrückte ein selbstgefälliges Grinsen. „Jungs …", er schlug Jason und Brody auf den Rücken, „… ich glaube, ich habe eine Schwäche für die Frau mit der Stahlfaust entwickelt."

5. KAPITEL

Obwohl sie Lust gehabt hätte, gemeinsam mit Maureen, Hanks Mutter, und Angelica Mittagspause zu machen, nutzte Viv die Gelegenheit und fuhr nach Hause, um ihren Laptop für die abendliche Verabredung mit Hank zu holen.

Dinner. Allein. Mit ihm.

Es fühlte sich ganz eindeutig nach einem Date an.

Sie unterdrückte den Impuls, vor Freude zu kreischen – normalerweise kreischte sie nicht, weder aus Freude noch aus anderen Gründen –, aber Hank Bailey hatte irgendetwas an sich, das in ihr den Wunsch auslöste, ihre Lieblings-CD einzuschieben, die Stereoanlage aufzudrehen, im Wohnzimmer zu tanzen und aus voller Kehle mitzusingen.

Ehrlich, sie hatte noch niemals zuvor einen Mann nur angesehen und im selben Moment schon daran gedacht, ihn nackt auszuziehen und von oben bis unten mit Küssen zu bedecken. Noch nie hatte ein bloßes Händeschütteln heftiges Verlangen in ihr geweckt, und noch nie hatte sie schon beim ersten Date den Drang verspürt, darauf zu achten, dass sie auch ihre schönste Unterwäsche trug.

Bis jetzt.

Hank Bailey war hundertprozentig männlich. Heute, wo Männer sich die Augenbrauen zupften, zur Maniküre und ins Spa gingen und sich Strähnchen ins Haar färben ließen, war Hank ein erfrischendes Relikt aus einer Zeit, als Männer einfach nur Männer waren.

Er war ein Prachtexemplar. Seine Schultern ... Sie hatte ihn tagsüber heimlich beim Arbeiten beobachtet und das Vergnügen gehabt, diese breiten, muskulösen Schultern in Bewegung zu sehen. Nicht nur einmal hatte sie sich bei der Gelegenheit vorgestellt, sanft in eine hineinzubeißen.

Sie hatte wirklich den Verstand verloren.

Viv atmete zitternd aus und wischte sich eine Schweißperle von der Oberlippe, als sie die Tür zu ihrem Häuschen ein paar Blocks entfernt von Jacksons Altstadtviertel aufschloss. Gerade weil sie dafür jahrelang nur Nudeln hatte essen müssen und ihre Kosten für Telefon und Kabelanschluss auf ein Minimum hatte beschränken müssen – schließlich hatte sie nebenbei auch noch ohne Studentendarlehen das College besucht –, war sie unendlich stolz auf ihr erstes eigenes Heim.

Sie liebte das kleine Haus und hatte viel Sorgfalt darauf verwendet, es in seiner früheren Schönheit zu restaurieren. Mit viel Hartholz und Stuck hatte das alte Gebäude mehr Charme als die kastenförmigen Häuser in den anderen Stadtteilen.

Ihre Katze Geraldine strich um ihre Beine und bekundete jaulend ihr Missfallen. Zweifellos hatte sie schon wieder kein Fressen mehr. Viv legte ihre Handtasche ab und füllte etwas Trockenfutter in den Napf. „Das muss reichen, bis ich heute Abend nach Hause komme“, meinte sie, ehe sie sich bückte und die Katze hinter den Ohren kraulte. Fürs Erste zufrieden, schnurrte das verwöhnte Ding.

Ein kurzer Blick auf die Uhr bestätigte Viv, dass sie bald wieder losfahren musste. Statt also weiter bei der Katze zu stehen, stand sie auf und holte schnell ihren Laptop und das nötige Zubehör. Es wäre gut, wenn Hank einen Internetanschluss hätte, doch sie hatte viele Dateien auf dem Computer gespeichert, sodass sie wenigstens einen Teil ihrer Arbeiten präsentieren konnte.

Sie hatte zwar den Eindruck, dass er ihr den Auftrag nur erteilt hatte, um ihre finanziellen Einbußen auszugleichen – eine ausgesprochen ritterliche Geste, wie sie fand –, dennoch wollte sie ihm zeigen, dass sie ihr Fach verstand. Wenn sein Betrieb so groß war, wie er behauptete – und er hatte keinen Grund zu lügen –, dann wäre Internetpräsenz für ihn ein echter Segen. Kurz, sie würde dafür sorgen, dass er seinen Entschluss nicht bereute.

Ihr Blick fiel auf den Kaminsims, wo die Schneekugel mit der Hyde-Park-Szenerie wieder verheißungsvoll glitzerte. Hank glich mit dem Auftrag nicht nur ihren Geldverlust aus – sie konnte nun doch noch nach London fliegen.

London. Einen Tag nach Weihnachten. Sie konnte es gar nicht erwarten.

Da sie noch ein paar Minuten Zeit hatte, beschloss Viv, Minna anzurufen, um sie rasch auf den neuesten Stand zu bringen. Sie erreichte ihre Freundin auf dem Handy und erzählte ihr, dass sie von Hank erfahren hatte, dass Richter Moroz über seine Sekretärin schon vor Vivs Verurteilung die Vorkehrungen für ihre Bestrafung getroffen hatte.

Minna fluchte. „Dieser gewissenlose Schuft. Ich werde gegen ihn vorgehen. Ich werde …“

„Nein“, unterbrach Viv sie. „Es ist gut.“

„Was meinst du damit, es ist gut? Du bist zu gemeinnützigem Dienst in einer Baumschule verdonnert worden und hast deinen Job verloren. Du hast London wieder Lebwohl sagen müssen, weil deine Sparsamkeit nicht zulässt, dass du wegen der Reise deine Kreditkarte auch nur mit einem Cent belastest. Es ist nicht gut. Es ist …“

Viv lächelte. „London steht wieder auf dem Programm, und ich vermute, dass ich mehr Geld mit der Gestaltung einer Website für Hank verdienen werde, als ich es mit dem Einwickeln von Geschenken die nächsten drei Wochen getan hätte.“

Minna blieb einen Moment still. „Es ist wegen Hank, stimmt's? Erzähl“, forderte sie ihre Freundin in singendem Tonfall auf. „Ich glaub, du hast interessante Neuigkeiten.“

Viv lachte. „Ich habe heute eine Verabredung zum Dinner mit ihm, um dabei den Inhalt und das Design seiner Website zu besprechen. Er kocht für mich.“

„Entschuldige mich“, erwiderte Minna. „Ich muss mir dringend Make-up besorgen, weil ich gerade ganz grün im Gesicht geworden. Dinner? Und *er* kocht für dich?“ Sie seufzte hingerissen. „Schön und patent. Ich wusste, dass der Mann mehr zu bieten hat als nur diese beeindruckenden Schultern.“

„Sein Po ist auch nicht schlecht“, meinte Viv.

„Du hast ihn dir ja schon ziemlich genau angesehen. Kein Wunder, dass du den gemeinnützigen Dienst auf einmal gern leistest."

Viv stieß einen kleinen Seufzer aus. Ihre Handflächen kribbelten. „Seltsam genug, aber es stimmt."

„Nur dass du Weihnachten hasst. Wie willst du Captain Christmas deine Aversion erklären?"

„Gar nicht", entgegnete Viv. „In Wahrheit spiele ich sogar mit dem Gedanken, dieses Jahr einen Baum aufzustellen."

Minna schnappte nach Luft. „Wie bitte? Schon bekehrt? Siebzehn Jahre lang Hass auf Weihnachten, und nach einem einzigen Morgen in einer Baumschule mit einem attraktiven Mann und einem Becher heißen Apfelpunsch ist das wie weggewischt?"

„So ist es nicht", widersprach Viv. „Ich glaube nur, dass es komisch aussehen würde, wenn ich mir keinen Baum holte. Hank hasst künstliche Tannen, und sollte ich jemals meinen Frieden mit Weihnachten machen, würde ich auf jeden Fall auch einen echten Baum vorziehen."

„Wirst du Hank bitten, dir beim Schmücken zu helfen?", fragte Minna in anzüglichem Ton.

„Minna."

„Nichts ‚Minna'. Der Mann gefällt dir. Du bist ganz bezaubert. Das merke ich doch."

Es hatte keinen Sinn, es zu leugnen. Seit dem Moment, in dem Hank den Raum betreten und ihre Finger mit seiner großen kräftigen Hand umschlossen hatte, verzehrte sie sich vor Verlangen nach ihm. Bei seiner Berührung war ihr heiß geworden, und sie hatte sogar gespürt, wie sich ihre Brustspitzen aufgerichtet hatten. Er brachte sie zum Strahlen. Viv schnitt eine Grimasse. Es war so lange her, dass das jemandem gelungen war, dass sie schon nicht mehr daran geglaubt hatte.

Wenn es um Liebe ging, war Viv außerordentlich vorsichtig. Diese Zurückhaltung stand dem Aufbau einer festen Beziehung natürlich im Weg. Sie wollte nicht alles auf ihren Vater schieben, dennoch vermutete sie, dass zumindest ein Teil ihres Misstrauens damit zusammenhing, von ihm im Stich gelassen worden zu sein. Das hatte sie geprägt. Ihr Vater hatte ihre Mutter mit zwei kleinen Kindern, einem Berg Schulden und siebenundsechzig Dollar auf dem Konto sitzen lassen. Sie hatte gesehen, wie ihre Mutter sich abgeschuftet hatte, um sie durchzubringen und endlich aus dem Loch herauszukommen. Ohne Zweifel war diese harte Lektion auch der Grund dafür, dass Viv es krampfhaft vermied, Schulden zu machen. Auch die Scheu, sich ernsthaft auf einen Mann einzulassen, weil er sie ja verletzen könnte, rührte daher. Aber …

Von erotischer Anziehungskraft und gutem Aussehen einmal abgesehen, hatte Hank noch etwas anderes an sich, das sie zu ihm hinzog. Sein gewinnendes Lächeln erweckte Vertrauen, seine starken Schultern ließen ahnen, dass in Krisenzeiten auf ihn Verlass wäre. Seine wachen grauen Augen verrieten Intelligenz und Humor, und seine Loyalität gegenüber seiner Familie, seinem Land und seinem Erbe war beeindruckend.

Er hat einfach alles, was eine Frau sich nur wünschen kann, dachte Viv. Zum ersten Mal seit dem Fiasko mit dem Weihnachtsmann im Einkaufszentrum bemerkte sie einen Silberstreifen am Horizont. Sie lächelte.

Interessanterweise hatte dieser Silberstreifen genau denselben Ton wie Hank Baileys Augen.

6. KAPITEL

„Ich muss zugeben, ich war etwas skeptisch, als Sie sagten, dass Sie für mich kochen würden.“ Viv tauchte ihren Löffel noch einmal in den Teller. „Aber das hier …“ Sie lächelte. „Das ist köstlich.“

Hank neigte den Kopf. „Ich freue mich, dass es Ihnen schmeckt. Ich bin ein großer Fan von Eintopf, besonders im Winter. Ich komme immer halb verhungert von der Arbeit nach Hause und möchte dann etwas Heißes und Herzhaftes essen. Ich mache oft Chili, Stew und Ähnliches.“ Er prostete ihr mit seinem Guinness zu. „Doch ich finde, dies ist eins meiner besten Gerichte. Deshalb bin ich froh, dass ich das für heute vorbereitet hatte, bevor ich Sie zu mir eingeladen habe.“

Viv trank einen Schluck Bier. „Und das selbst gebackene Brot?“

Er grinste. „Ich habe den Teig mittags schnell in die Brotbackmaschine gefüllt.“

„Es ist lecker. Ich habe auch schon einmal daran gedacht, mir eine solche Maschine zuzulegen, aber ich war mir nicht sicher, ob das Brot daraus auch wirklich schmecken würde.“ Sie zog eine Kruste durch das Irish Stew und steckte den letzten Bissen in ihren Mund. „Ich bin hin und weg.“

Das war er auch. Von ihr.

Ohne Zweifel war sie das wundervollste Wesen, dessen Gesellschaft er je genossen hatte. Kaum hatte sie sein Haus betreten, hatte sie genau die Dinge bewundert, auf die er stolz war. Bei der Einrichtung hatte er sich viel Mühe gegeben, besonders in der Küche. Er hatte einen großen Kamin eingebaut, antike Deckenplatten aus Kupfer verwendet und bei aller Zweckmäßigkeit immer auch auf Schönheit geachtet.

Viv passte so perfekt in sein Haus, dass er den eigentümlichen Gedanken hatte, dass das Gesamtbild erst durch sie vollständig wurde. Er wusste, dass es verrückt war, zumal er sie gerade erst kennengelernt hatte, doch so kam es ihm überhaupt nicht vor. Im Gegenteil, er hatte das Gefühl, als ob er sie schon sein ganzes Leben kennen würde. Beinahe wie eine Seelenverwandte.

Hank begehrte sie mit einer Intensität, die völlig neu für ihn war. Obwohl er wie jeder andere Mann einen gesunden Sexualtrieb hatte, war er immer sehr vorsichtig gewesen. Man konnte sich schließlich selbst Erleichterung verschaffen, ohne Krankheiten zu riskieren, und außerdem war er ein wenig altmodisch, wenn es um Sex ging. Mit anderen Worten, er hielt nichts von oberflächlichen Affären. Er musste eine Frau erst mögen, bevor er Lust verspürte. Untypisch für einen Mann, aber …

Viv hatte er von der ersten Sekunde zugleich gemocht und begehrt. Instinktiv wusste er, dass sie zu lieben das Unglaublichste sein würde, was ihm je widerfahren war.

Er wollte sie nicht nur – er brauchte sie.

Die einzige atmosphärische Störung an diesem Abend war aufgetreten, als Viv vor seinem Weihnachtsbaum gestanden hatte. Ein seltsamer, beinahe trauriger Ausdruck hatte ihre glänzenden dunkelblauen Augen getrübt. Besorgt hatte Hank sie gefragt, ob etwas nicht stimmte, doch sie hatte nur den Kopf geschüttelt und gemurmelt, dass sie ihre Einkäufe noch nicht alle erledigt hätte. Aus unerklärlichen Gründen hatte er das Gefühl, dass sie nicht ganz die Wahrheit sagte.

„Ich glaube, ich habe jetzt alles, was ich brauche, um das Design Ihrer Website grob zu entwerfen“, begann sie. „Zu Hause mache ich nachher noch einen Kostenvoranschlag und bringe ihn morgen mit, wenn Sie damit einverstanden sind.“

„Können Sie ungefähr abschätzen, wie teuer es wird?“

Viv nannte ihm einen Betrag, der ihm angesichts all seiner Wünsche angemessen schien. Sie zögerte und biss sich auf die Lippen. „Normalerweise bekomme ich die Hälfte der Summe im Voraus – nur um sicherzugehen, dass ich nicht umsonst arbeite – und den Rest bei Zufriedenheit, wenn alles fertig ist.“

„Kein Problem.“ Hank machte Anstalten aufzustehen. „Brauchen Sie den Scheck heute?“

„Nein“, meinte sie und hielt ihn mit einer kurzen Berührung seines Ärmels zurück. „Morgen reicht völlig. Haben Sie etwas dagegen, wenn ich meine Kamera mitbringe? Da es um einen Familienbetrieb geht, brauche ich Fotos von jedem von Ihnen sowie von der Farm, dem Geschenkeladen und natürlich den Bäumen."

Hank schnitt eine Grimasse. „Sie können alles fotografieren außer mir."

Sie schmunzelte. „Sorry, ich muss ein Bild von Ihnen haben. Es ist unverzichtbar für das Design."

Er hielt sich eine Hand vors Gesicht. „Ich hasse es, fotografiert zu werden."

„Sie hören sich wie eine Frau an."

Er warf ihr einen schrägen Blick zu. „Zweifeln Sie meine Männlichkeit an? Nachdem ich Sie gerade so wundervoll bekocht habe?"

„Tut mir leid", sagte sie. Ihr Lachen wärmte ihn ebenso sehr wie das Feuer vom Kamin.

„Das ist nun der Dank", murmelte er theatralisch. „Da stelle ich mich in die Küche und backe Brot. Überleg noch, vielleicht einen Kuchen zu machen. Und wofür das alles? Sexistische Beleidigungen."

Viv lachte wieder. „Sie haben daran gedacht, Kuchen zu backen?"

Er nickte. „Das habe ich."

„Aber?"

„Aber ich weiß nicht, wie."

Sie zog die Brauen hoch. „Sie wissen, wie man Brot backt, Stew und andere komplizierte Gerichte zubereitet, und Sie können keinen Kuchen backen?"

Hank kratzte sich die Brust. „Eine Tragödie, ich weiß."

„Sogar ich weiß, wie das geht", behauptete sie.

„Gut. Sie können einen für mich machen. Morgen Abend? Dieselbe Zeit. Ich werde kochen. Sie sorgen für das Dessert."

Einen Moment lang starrte sie ihn mit offenem Mund an, dann begannen ihre Augen zu funkeln. „Warum nur habe ich das Gefühl, dass ich gerade von einem Meister manipuliert worden bin?"

Lässig zuckte er mit den Schultern. „Nicht von einem Meister, nur von einem Mann, der hoch motiviert ist."

Viv schenkte ihm ein Lächeln, das ihm verriet, dass sie einerseits bezaubert war, ihm andererseits indes nicht ganz traute. „Ja, nur wozu motiviert?", fragte sie argwöhnisch.

Hank überlegte sich seine Antwort gut. Er könnte mit einer harmlosen Bemerkung reagieren und die Gelegenheit verstreichen lassen oder ehrlich sein. Die Wahrheit könnte Viv möglicherweise Angst machen, doch er fürchtete, dass ihm nichts anderes übrig blieb. Er musste aufrichtig sein.

„Ich möchte mehr Zeit mit Ihnen verbringen", sagte er und sah ihr tief in die Augen. „Natürlich nur, wenn Sie damit einverstanden sind." *Mist.* „Ich hätte das wahrscheinlich vorher fragen sollen, aber … sind Sie mit jemandem zusammen?"

Sie lachte kurz. „Nein." Nach einer Pause fügte sie hinzu: „Sie?"

„Ich würde mich nicht um Sie bemühen, wenn das der Fall wäre."

Viv seufzte, beinahe wehmütig. „Nein, das würden

Sie sicher nicht tun.“ Sie neigte den Kopf. „Darf ich Ihnen eine Frage stellen?“

„Natürlich.“

„Warum sind Sie noch Single? Sie scheinen ein toller Mann zu sein.“

Hank lachte. „Ist das ein verstecktes Kompliment?“

Schmunzelnd biss sie sich auf die Unterlippe. „Sie wissen, was ich meine. Sie sind intelligent, witzig, attraktiv und erfolgreich. Und Sie können Brot backen. Irgendein Mädchen hätte Sie längst schon geschnappt haben müssen.“

„Dasselbe gilt für Sie“, entgegnete er.

Sie grinste. „Ich hoffe nicht, dass je ein Mädchen scharf auf mich sein wird. Es würde mir leidtun, seine Gefühle zu verletzen.“

„Das macht Ihnen Spaß, nicht wahr?“

Sie nickte. „Ja.“

„Im Ernst, warum sind Sie noch allein? Warum hat noch kein Mann versucht, Sie über seine Schulter zu werfen und in seine Höhle zu schleppen?“

„Wahrscheinlich, weil ich mich handgreiflich zur Wehr setzen würde“, erwiderte sie mit blitzenden Augen. „Mein Temperament soll sich ja inzwischen herumgesprochen haben.“

Hank lachte. „Oh ja.“ Er spielte mit seiner Serviette und seufzte schwer. „Um Ihre ursprüngliche Frage zu beantworten: Ich habe einfach noch nicht die Richtige gefunden. Die Frau, mit der ich mich zusammentue, muss das Leben hier genauso sehr mögen wie ich, verstehen Sie? Dies ist ein Familienbetrieb, und daran muss ich denken, wenn ich mit jemandem ausgehe."

Ein Schatten huschte über ihr Gesicht. „Dann suchen Sie also nach dem weiblichen Gegenstück zu Santa Claus?"

„Wenn Sie damit eine rundliche ältere Frau mit grauem Haar meinen, die nach Zuckerplätzchen riecht, dann habe ich von der Sorte bereits eine in meinem Leben – meine Mutter." Er grinste und ließ seinen Blick absichtlich einen Moment auf ihrem Mund verweilen. Sie fuhr sich mit der Zungenspitze über die Lippen, und ihre Pupillen wurden groß. „Ich suche einfach nur eine Frau, mit der ich mein Leben teilen kann. Eine Frau, die mir Kraft gibt, bei der ich mich entspannen kann, die meine Geliebte, meine Freundin, meine Vertraute und meine Partnerin ist. Eine Frau, die mir hilft, dieses Haus mit Kindern zu füllen, die mit mir auf der großen Veranda sitzen, wenn ich alt bin."

Viv atmete aus. „Das ist ein g…großer Auftrag."

Den du zweifellos erfüllen könntest, dachte Hank. „Deshalb suche ich ja noch." Er beugte sich vor und strich mit dem Daumen über ihre Unterlippe. „Aber ich glaube, ich kann die Suche jetzt eingrenzen." Flüchtig streifte er ihre Lippen mit seinen. „Was meinst du, Viv? Willst du Zeit mit mir verbringen?", flüsterte er dicht an ihrem verführerischen Mund.

Sie beugte sich zu ihm und erwiderte seine Geste mit einem Hauch von einem Kuss. „Ich habe keinen

Weihnachtsbaum", gestand sie, als ob das etwas ändern würde.

Hank lachte leise und umfasste ihr Gesicht. „Kein Problem", versicherte er ihr. „Da kann ich dir helfen."

Dann senkte er seine Lippen auf ihre ... und schmeckte eine Spur von Ewigkeit.

7. KAPITEL

Ach du meine Güte, kann der Mann küssen, dachte Viv, als sich ihre Zungen zu einem erotischen Spiel vereinten. Drängend, aber nicht hastig, feurig und innig zugleich. Noch nie hatte sie einen Kuss so sehr genossen wie diesen von Hank Bailey. In ihrem Bauch kribbelte es vor Erregung, zwischen ihren Schenkeln pochte es verräterisch, und ihre Brustspitzen richteten sich unter dem BH auf. Ihre Glieder fühlten sich schwer an, und doch schlangen sich ihre Arme leicht und wie von selbst um seinen Hals, während sie seine Zärtlichkeiten leidenschaftlich erwiderte.

Hanks lustvolles Stöhnen brachte sie zum Lächeln. Er saugte an ihrer Zunge, probierte ihre Unterlippe und erforschte sorgfältig die sensiblen Innenseiten ihres Mundes.

Viv wusste nicht genau, wie sie dorthin gekommen war, aber einen Moment später saß sie auf seinem Schoß. Hank schob seine Finger durch ihr Haar, küsste die Konturen ihres Kinns und knabberte sanft an ihrem Ohr. Sie wand sich an ihm und spürte dabei seine Erektion an ihrer Hüfte, trotzdem fühlte sie sich seltsam sicher und beschützt in seiner Umarmung. Mit einer Hand strich er über ihren Rücken bis zu ihrem Po und drückte ihn leicht. Die Berührung löste erneut eine Hitzewelle in ihr aus, obwohl sie schon vor Verlangen glühte.

Wie sehr sie ihn begehrte!

Viv küsste seinen Hals, biss zart hinein und leckte anschließend die nicht vorhandene Wunde. Sie streichelte seine Brust und seine breiten Schultern und liebte das Gefühl seiner harten Muskeln unter ihren Fingern.

Es wäre noch besser, wenn er nackt wäre.

Der Gedanke ernüchterte sie plötzlich. Sie hatte Hank gerade erst kennengelernt und saß schon auf seinem Schoß. Man konnte ihr zwar alle Arten von schlechtem Benehmen vorwerfen – Fluchen am Steuer, nicht auf Anrufe ihrer Mutter zu reagieren und die Wäscheetiketten mit dem Aufdruck „Nicht entfernen“ von all ihren Kissen abzuschneiden –, aber eine Schlampe war sie nicht.

Sexuell frustriert und etwas verlegen beendete Viv den Kuss langsam. Dann lehnte sie ihre Stirn an Hanks. „Hm. Wie bin ich auf deinen Schoß geraten?“, fragte sie. „Hast du mich herübergezogen, oder bin ich einfach auf dich geklettert?“

„Ist das wichtig?“

„Nicht unbedingt. Ich versuche nur herauszubekommen, seit wann ich so leichtfertig bin“, erwiderte sie mit einem leisen Lachen.

„Du bist nicht leichtfertig. Du stehst eben auf mich“, antwortete er selbstgefällig. „Das bedeutet nur, dass du sehr guten Geschmack hast. Männer mögen das bei einer Frau.“ Seine Augen funkelten übermütig, als er sie noch einmal küsste. „Zu deiner Beruhigung, ich bin mir ziemlich sicher, dass ich dich auf meinen Schoß gezogen habe.“

Insgeheim atmete Viv erleichtert auf. „Gut“, meinte sie. „Wenigstens habe ich mich dir nicht an den Hals geworfen.“

Hank lachte weich. „Du machst mich fertig.“ Im nächsten Moment runzelte er die Stirn, als ob ihm gerade etwas eingefallen wäre. „Hast du wirklich keinen Weihnachtsbaum?“

Verdammt. Sie hatte es nur gesagt, um zum Schein zu protestieren, und gehofft, dass er es vergessen hatte. „Nein“, gestand sie seufzend. Sie bewegten sich auf gefährlichem Terrain.

„Dann ändern wir unseren Plan. Warum suchst du dir nicht morgen einen Baum bei uns aus, und ich schaffe ihn dir nach Feierabend nach Hause? Ich bringe unser Dinner mit. Und du backst Kuchen.“

Viv nickte. „Das klingt gut.“

„Tut mir leid, dass ich dir die letzten Abende absagen musste“, entschuldigte sich Hank, als er eine riesige Tanne – nicht die kleine, die Viv ausgesucht hatte – durch die Haustür in ihr Wohnzimmer schleppte.

Obwohl sie tief enttäuscht gewesen war und sich ohne ihn in der Baumschule ein wenig verloren gefühlt hatte, lächelte sie nur. „Kein Problem. Die Pflicht geht vor.“

Die Pflicht hatte in Form seines Vaters gerufen, der Verhandlungen mit einer großen Baumarktkette aufgenommen und dabei Hanks Hilfe gebraucht hatte. Was eigentlich nur ein paar Stunden hätte dauern sollen, hatte sich über einige Tage hingezogen – die sie nicht mit Hank in der Baumschule hatte verbringen können. Viv hätte nie gedacht, dass sie dem Ende ihres gemeinnützigen Dienstes mit Bedauern entgegensehen würde, doch es war tatsächlich so.

Morgen war ihr letzter Tag.

Hank hatte es geschafft, sie aufzumuntern, indem er ein paar Mal mit ihr telefoniert hatte, nur um zu reden. Stundenlange Gespräche waren daraus geworden. Es war erbärmlich, fand Viv, dass allein schon der Klang seiner Stimme genügte, um sie mit überschäumender Freude zu erfüllen.

Außerdem hatte sie in seiner Abwesenheit am Design seiner Website gearbeitet. Ein vorläufiger Entwurf war fertig, und sie hatte vor, ihn Hank an diesem Abend zu präsentieren. Aus Gründen, die sie sich nicht erklären konnte, hatte sie seinen Scheck immer noch nicht eingelöst und auch noch nicht den Flug nach London gebucht. Sie wusste wirklich nicht, warum sie zögerte. Es war die Reise ihres Lebens, aber trotz der Gewissheit, dass sie sich den lang ersehnten Urlaub finanziell bequem leisten konnte, wurde sie das Gefühl nicht los, dass noch etwas dazwischenkommen könnte. Sie verzog das Gesicht. Es war ihr eben schon zu oft passiert.

Hank blieb mitten im Wohnzimmer stehen und schaute sich um. „Wo möchtest du ihn haben?"

„Vor dem Fenster, denke ich."

„Ist das der Platz, wo du den Baum sonst auch aufstellst?"

Wieder beim Thema, nicht wahr? „Um ehrlich zu

sein, hatte ich noch nie einen."

Hank, der gerade dabei war, die Tanne in den Ständer, den er mitgebracht hatte, zu hieven, hielt inne. Er machte ein komisch erschüttertes Gesicht. „Dies ist dein erster Christbaum?"

„Seit ich erwachsen bin, ja", gab sie kleinlaut zu und wartete auf seine Reaktion. Er hatte ihr am Telefon gestanden, dass er einmal ein Mädchen nur deshalb auf Distanz gehalten hatte, weil sie eine künstliche Tanne zu Weihnachten benutzte. Viv konnte sich nicht vorstellen, wie er auf die Tatsache reagieren würde, dass sie noch nie einen Baum gehabt hatte, aber irgendwann musste er es ja einmal erfahren. Je früher, desto besser – zumal sie keinen Weihnachtsschmuck besaß. Hank hatte etwas von seinem Geschick, Lichterketten anzubringen, erwähnt, und sie hatte den Verdacht, dass er den Baum heute Abend auch noch schmücken wollte.

Oh je.

Dafür hatte sie gebacken. Sie lächelte betont unbekümmert. „Möchtest du ein Stück Kuchen?"

„Nicht vorm Dinner." Er befestigte die Tanne im Ständer und trat ein paar Schritte zurück, um sein Werk zu begutachten, bevor er sich wieder zu Viv umdrehte. „Meintest du das eben ernst?", fragte er. „Bist du allergisch gegen Tannengrün? Hält deine religiöse Überzeugung dich davon ab, christliche Weihnachten zu feiern?"

„Nein."

„Findest du es verschwenderisch, echte Bäume zu nehmen?"

„Nicht besonders, nein.“

Hank runzelte die Stirn. „Hilf mir bitte, Viv. Was ist das Problem?“ Er deutete über das Wohnzimmer, das immer noch wie zu Thanksgiving geschmückt war. „Offensichtlich hast du generell nichts gegen das Dekorieren. Übrigens ein hübsches Häuschen“, fügte er anerkennend hinzu.

„Danke“, murmelte sie.

„Also?“

Viv sank auf ihre Couch. Sie hatte gewusst, dass dieses Gespräch einmal kommen würde, und sie hatte sich davor gefürchtet. Hank lebte von dem Geschäft mit Weihnachtsbäumen, sie dagegen hasste Weihnachten. Es wurde Zeit, mit der Wahrheit herauszurücken. Aus egoistischen Motiven hatte sie allerdings gehofft, dass sie sich vorher wenigstens einmal geliebt hätten.

„Erinnerst du dich, dass ich dir erzählte, dass meine Eltern sich scheiden ließen, als ich acht Jahre alt war?“

Er nickte. „Ich sagte es damals schon, und ich wiederhole es jetzt: Dein Vater scheint ein wertloser Schuft zu sein.“

Dass Hank so entschieden auf ihrer Seite war, wärmte ihr das Herz. „Danke.“ Sie seufzte tief. „Was ich allerdings nicht erwähnte, war, dass er ausgerechnet am Weihnachtsmorgen gegangen ist.“ Sie schluckte und legte ihre Fingerspitzen aneinander. „Das hat mir das Fest für immer verdorben“, gestand sie mit einem traurigen Lächeln.

Er fluchte. „Das erklärt alles. Es tut mir leid, Viv.

Du hättest es mir sagen sollen. Dann hätte ich dir diesen Baum niemals aufgedrängt."

„Nein", erwiderte sie schnell. „Der Baum ist schön, und er ist etwas ganz Besonderes, weil du ihn mir gebracht hast. Ich bin erwachsen. Ich sollte in der Lage sein, darüber hinwegzukommen, oder? In vieler Hinsicht bin ich das auch schon, nur zu Weihnachten steigt das alles wieder in mir hoch."

„Nun, das ist verständlich", meinte Hank. Er setzte sich neben sie, legte einen Arm um die Schultern und zog sie an sich.

Sie liebte es, wie geborgen sie sich in seinen Armen fühlte. Dieses Vergnügen hatte sie heute schon einmal gehabt, als sie sich bei der Arbeit für eine Minute fortgeschlichen hatten, um miteinander allein sein zu können. Ihr Körper verzehrte sich geradezu nach ihm. Voller Sehnsucht hatte sie dem Abend entgegengefiebert.

„Das ist ein harter Brocken, den du da zu verdauen hast. Du warst erst acht, hast wahrscheinlich noch an den Weihnachtsmann geglaubt, und dein selbstsüchtiger Vater hat deine Welt zusammenbrechen lassen." Er küsste ihre Schläfe. „Du weißt, was du jetzt tun musst, nicht wahr?"

„Was?"

„Schönere Weihnachtserinnerungen schaffen."

„Ich habe ein paar", antwortete Viv. „Ich besuche jedes Jahr meine Mutter. Die Kinder meiner Schwester sind großartig. Wir stehen uns immer noch nahe. Trotz allem, was damals geschah. Aber …"

„Das sind Erinnerungen, die andere für dich schaffen. Das Haus deiner Mutter, die Kinder deiner Schwester. Du nimmst an Weihnachten teil, doch du machst selbst nichts, um deine Einstellung zu den Feiertagen zu ändern. Du musst etwas für dich tun."

Gerührt von seiner Besorgnis und beeindruckt von seinem Einfühlungsvermögen zeigte Viv zum Kaminsims. Ein kleines Lächeln umspielte ihre Lippen. „Das habe ich bereits vor. Siehst du die Schneekugel da?"

„Ja."

„Das ist der Hyde Park in London. Vorausgesetzt, dass keine Katastrophe passiert und ich mein Geld für etwas anderes ausgeben muss, bevor ich mein Ticket buche, fliege ich dieses Jahr dorthin. Einen Tag nach Weihnachten."

„Wow." Hank stieß einen leisen Pfiff aus. „Ich wollte auch schon immer einmal nach London. Ein sehr geschichtsträchtiges Pflaster. Du besuchst bestimmt auch Stonehenge, nicht wahr?"

Sie nickte und bedauerte, dass sie nicht den Mut hatte, ihn zu fragen, ob er Lust hätte, sie zu begleiten. Die Dinge zwischen ihnen hatten sich rasend schnell entwickelt, vor allem ihre Gefühle. Eigentlich müsste ihr das Angst machen. Stattdessen wollte sie einfach nur, dass er bei ihr blieb. Am liebsten für immer.

„Ja, Stonehenge steht natürlich auch auf dem Programm."

„Wenn du wieder da bist, musst du mir alles ganz ausführlich erzählen."

Wunderbar, dachte Viv. Das ließ darauf schließen, dass Hank sie zumindest noch in nächster Zukunft zusammen sah. Ihr Herz machte vor Freude einen Satz.

„Wie lange wirst du fort sein?"

„Zwei Wochen", antwortete sie. „Ich werde das neue Jahr drüben begrüßen."

Er zuckte zusammen. „Verdammt. Damit sind meine Pläne hinfällig."

Ruckartig drehte sie den Kopf zu ihm herum und schaute ihn an. „Was?"

„Ich hatte gehofft, du würdest Silvester mit mir verbringen."

Wow. Sie war hin- und hergerissen und lachte nervös. Die Reise ihres Lebens? Oder Neujahr mit dem Mann ihres Lebens? „Also …"

„Mach deine Reise", sagte er und stieß sie aufmunternd an. Mit ernstem, etwas zögerlichem Blick sah er ihr tief in die Augen. „Ich werde hier auf dich warten."

In dem Moment passierte es. Viv hatte das Gefühl, als würde eine magische Blume in ihrem Herzen aufblühen.

Gegen jede Vernunft und Logik und den gesunden Menschenverstand hatte sie sich bis über beide Ohren ausgerechnet in Hank Bailey verliebt. Von der ersten Sekunde an hatte sie sich stark zu ihm hingezogen gefühlt, und jetzt …

Sie war verloren.

Viv beugte sich zu ihm und hauchte einen Kuss auf

seine Lippen. „Bleib heute Nacht bei mir“, bat sie mit bewegter Stimme.

Er zog sie auf seinen Schoß und küsste sie zärtlich. Vor Erregung lief ihr ein Schauer über den Rücken. Hank lächelte an ihren Lippen. „Was glaubst du, warum ich dir den Baum gebracht habe?“

8. KAPITEL

Viv lachte leise, als Hank sie auf die Arme hob und Richtung Schlafzimmer trug. „Ich dachte, du wolltest mich in Weihnachtsstimmung bringen.“ Sie schmunzelte. „Aber jetzt begreife ich, dass du mich nur ins Bett bekommen wolltest.“ Sie schnalzte mit der Zunge. „Ungezogener Junge. Das wird sich Santa Claus merken.“

Er ging mit ihr über den Flur. „Hey, ich bin mein ganzes Leben lang im Club der Braven gewesen. Ich glaube, bei dir bin ich in besserer Gesellschaft.“

Empörung vortäuschend wich sie zurück. „Was willst du damit sagen?“

„Du hast Santa Claus geschlagen, Baby. Mag sein, dass er es verdient hat, trotzdem bin ich überzeugt, dass du damit auf der Liste der bösen Kinder gelandet bist.“

Viv machte ein nachdenkliches Gesicht. „Du könntest recht haben.“ Sie zog sein Hemd aus dem Bund seiner Jeans. „Nun, wenn ich schon auf der Liste stehe, habe ich ja nichts zu verlieren.“ Sie schob sein Hemd beiseite und küsste zärtlich seinen Hals.

Hank atmete scharf ein. Behutsam legte er sie aufs Bett und glitt neben sie. „Ho, ho, ho“, murmelte er und löste entschlossen die drei Druckknöpfe ihrer Bluse.

Schwarze Spitze, helle Porzellanhaut, die Andeutung einer rosigen Knospe unter dem BH …

Er war verloren.

Bewundernd zeichnete er die sanfte Wölbung ihrer Brüste über dem BH mit seinem Zeigefinger nach. „Du bist schön. Habe ich dir das schon gesagt?“

Viv lächelte weich und umfasste sein Kinn mit ihrer kleinen Hand. „Sehr oft, vielen Dank. Du siehst auch nicht schlecht aus.“ Sie atmete zittrig aus, als er den Kopf senkte, eine der festen Knospen in seinen Mund nahm und durch den dünnen Stoff daran saugte. „In meinem Bauch kribbelt es wie verrückt, wenn ich dich nur anschaue. Von der Minute an, in der du am Montagmorgen in den Geschenkeladen kamst, hatte ich schon Lust auf dich.“

„Wirklich?“ Die Vorstellung gefiel ihm.

Sie ließ ihre Finger über seine Schultern gleiten und presste ihre Handflächen an seine nackte Haut. Bei der Berührung überlief ihn ein Schauer.

„Ich liebe deine Schultern“, flüsterte sie leidenschaftlich. „Ich habe oft davon geträumt, das hier zu tun.“ Sie beugte sich vor und biss zart in seine Schulter. Anschließend fuhr sie aufreizend mit der Zungenspitze über die Stelle.

Hank war schon vor Erregung hart, seit er ihr Haus betreten hatte. Es schien ihm unmöglich, doch gerade hatte sich sein Verlangen noch einmal sprunghaft gesteigert. Seine Sehnsucht nach Erfüllung war beinahe schmerzhaft.

Dabei wollte er sich Zeit lassen und Viv langsam verführen.

Sein Vorsatz war allerdings kaum durchführbar, vor allem nicht, wenn sie weiter so mit ihm redete. Sie fuhr mit der Hand über seinen Bauch und löste geschickt den Knopf seiner Jeans. Hank stockte der Atem, als sie mit dem Reißverschluss hantierte. Eine halbe Sekunde später umschloss sie ihn mit ihren Fingern. Zischend atmete er aus.

Langsame Verführung war ausgeschlossen.

Er musste Viv nackt haben. Jetzt.

Ihre Bluse landete zusammen mit seinem Hemd auf dem Fußboden, ihre Jeans am Fußende des Bettes. Der String – passend zu ihrem BH, den er ihr auch schon abgestreift hatte – war so hübsch, dass Hank schon überlegte, ihn ihr anzulassen, aber als er mit den Fingern nur einmal über ihren Venushügel strich, änderte er seine Meinung.

Viv streichelte ihn, reizte die Spitze seines Schaftes mit dem Daumen, während sie sich vorbeugte und ihn wieder küsste. Der Kuss war heiß, wild und aufregend wie Sex selbst, so wie sie mit ihrer Zunge rhythmisch in seinen Mund hinein- und wieder hinausglitt. Hank spürte, dass er ernsthaft in Gefahr war, die Beherrschung zu verlieren, und fertig sein würde, bevor sie überhaupt richtig angefangen hatten.

Er löste sich von ihren Lippen, um einen Pfad von Küssen auf ihre Brüste und ihren hübsch gerundeten Bauch zu hauchen. Ihre Haut roch nach Vanille und Moschus, ein Duft, der seine Sinne noch mehr betörte. Er war ihr rettungslos verfallen.

Hank schob erst seine Hand zwischen ihre Beine, dann bewegte er den Kopf tiefer und berührte ihre empfindsamste Stelle mit seinem Mund.

Zu seiner Befriedigung schnappte Viv nach Luft

und krallte ihre Finger in die Laken. „Hank“, flüsterte sie warnend.

„Du schmeckst gut“, murmelte er und liebkoste sie mit der Zunge. Behutsam drang er mit dem Finger in sie ein, den Punkt suchend, der sie …

Sie fluchte und bäumte sich auf.

Ah, da, dachte er lächelnd.

„Das werde ich dir heimzahlen“, drohte sie ihm mit heiserer Stimme, musste aber dabei lachen.

„Das ist der Sinn der Sache, Sweetheart“, entgegnete er und verwöhnte sie weiter mit intimen Küssen.

„Nicht so“, stieß sie keuchend hervor. „Ich will dich in mir spüren.“ Sie spannte sich an. Ihr Körper schien sich auf die Erlösung vorzubereiten. „Bitte.“

Als ob dies eine Bitte wäre, die er ablehnen könnte. Hank zog ein Kondom aus seiner Brieftasche und streifte es sich rasch über. Drei Sekunden später beugte er sich über Viv und positionierte sich zwischen ihren Beinen. Sie sah ihn mit ihren veilchenblauen Augen groß an.

Sinnliche Lippen, geschwollen von seinen Küssen, langes welliges schwarzes Haar, aufgefächert auf einem purpurfarbenen Satinkissen, feste Brustspitzen, die ihn zu locken schienen, die Schenkel einladend für ihn gespreizt …

Etwas in seiner Brust zog sich zusammen und löste sich. Er drang mit einer geschmeidigen Bewegung in sie ein – und verliebte sich auf der Stelle.

9. KAPITEL

Viv beobachtete, wie eine Reihe von unergründlichen Emotionen über Hanks wunderbar vertrautes Gesicht huschten. Dann lächelte er – und glitt in sie hinein.

Sie keuchte und zog die Beine an, um ihn noch tiefer in sich aufzunehmen. Er knirschte mit den Zähnen, als er sein Gewicht verlagerte. Leidenschaftlich drängte sie sich ihm bei jedem Stoß entgegen und fühlte, wie sich Spannung in ihr aufbaute. Innerlich stand sie in Flammen, ihre Haut glühte. In diesem Moment zählte nur, dass sie und Hank eins waren. Sie liebte seinen großen, harten Körper. Zu sagen, dass er gut gebaut war, wäre weit untertrieben gewesen. Er war perfekt, und sie bewunderte jeden Zentimeter an ihm.

Er senkte den Kopf und saugte wieder an ihrer rechten Brust. Viv zuckte vor Vergnügen zusammen. Es schien eine direkte Verbindung zu geben von ihrer Brustspitze zum Zentrum ihres Verlangens, und jedes Ziehen seines geschickten Mundes kombiniert mit seinen rhythmischen Bewegungen brachte sie ihrem Höhepunkt ein Stück näher.

Viv fuhr mit den Fingern über Hanks Rücken, glitt über die sanfte Einbuchtung in seinem Kreuz und ließ ihre Hände schließlich auf seinem festen Po liegen, der ihr von Anfang an aufgefallen war. Sie massierte ihn sanft.

Hank lächelte. „Du magst meinen Po?"

„Ja, aber im Moment nicht so sehr wie andere Teile

von dir“, erwiderte sie und wand sich unter ihm. Ihre Erregung wuchs, steigerte sich mit jeder Sekunde, doch noch war die Erlösung knapp außer Reichweite. Viv grub ihre Zähne in ihre Unterlippe und spannte sich um ihn herum an, um ihn länger in sich zu behalten.

Sein Lächeln schwand. Er erhöhte das Tempo und schien mit jeder kraftvollen Bewegung noch tiefer in sie einzudringen. Es war der leidenschaftlichste Sex, den sie je erlebt hatte.

„Hank, ich brauche …“

Er schob seine Hand zwischen ihre vereinten Körper und streichelte ihre empfindsamste Stelle. Sie bog sich ihm entgegen.

„Das!“ Mit einem langen Schrei ließ sie sich von einem Strudel der Ekstase mitreißen. Ihr Höhepunkt war überwältigend, und bei ihrem wilden Ausbruch hielt auch Hank sich nicht länger zurück. Nach ein paar weiteren entschlossenen Stößen erreichte er den Gipfel der Lust und sank erschauernd auf Viv herab.

Zu sehen, dass sie diesen großen starken Mann zum Zittern bringen konnte, gehörte zu den schönsten Erlebnissen, die sie sich je hätte vorstellen können.

Viv ließ ihre Finger wieder über seinen Rücken gleiten, hob den Kopf und küsste seine Brust. Hank rollte sich neben sie, befreite sich rasch von dem Kondom und zog sie danach an sich. Ihr Kopf passte perfekt in die Einbuchtung an seiner Schulter, als ob die Stelle extra für sie geschaffen worden wäre.

Er kraulte ihren Oberarm. „Kann ich dir etwas sagen?“

Sie schmiegte sich noch enger an ihn und seufzte zufrieden und völlig entspannt. „Natürlich.“

„Du machst mir Angst.“

Sie wich zurück. „Was meinst du damit?“

„Dass ich schon in der ersten Minute, als ich dich sah, ein Bild von einer Zukunft mit dir vor Augen hatte.“

Obwohl sie genau wusste, was er meinte – schließlich hatte sie auf ihn ähnlich reagiert –, lachte sie unsicher. „Und die Vorstellung ist beängstigend?“

„Ja, wenn du nicht dasselbe empfindest wie ich. Meine Gefühle sind … intensiv. Ich war noch nie so schnell so ernsthaft … Weißt du, was ich meine?“

Und ob sie das wusste. Ihr Atem ging schneller. „Ja.“

„Mache ich dir jetzt Angst?“

„Etwas“, gab sie zu. „Auch ich empfinde … ernsthafte Gefühle. Mehr als jemals zuvor. Nur muss ich dir eins gestehen, Hank, ich werde vom Pech verfolgt. Ich weiß, dass es eine schlechte Angewohnheit ist, doch ich ertappe mich immer wieder dabei, dass ich den Atem anhalte und darauf warte, dass etwas schiefgeht. Das war schon immer so.“

Und es stimmte. Bei allem, selbst bei dem Flugticket, das sie noch buchen musste. Es war wirklich schrecklich. Warum konnte sie die Dinge nicht einfach so akzeptieren, wie sie waren? Warum musste sie immer mit etwas Schlimmem rechnen?

„Gefahr erkannt, Gefahr gebannt“, sagte er und drückte ihr einen Kuss auf die Schläfe. „Nur dass du es weißt: Wenn du vor mir davonläufst, werde ich dich zurückholen. Das mit uns ist etwas Besonderes.“

Vor Rührung brannten ihr Tränen in den Augen. „Obwohl ich Weihnachten hasse?“

„Ich werde dich bekehren.“

Viv lachte leise. „Das traue ich dir tatsächlich zu.“

Hank schmiegte sein Gesicht an ihren Hals. „Ich sollte wahrscheinlich gleich damit anfangen“, meinte er, aber bevor er sein Versprechen wahr machen konnte, klingelte sein Handy.

Stirnrunzelnd hob er den Kopf. „Tut mir leid. Ich erwarte zwar keinen Anruf, trotzdem sehe ich lieber nach, wer es ist.“ Er glitt vom Bett und suchte seine Jeans, dann holte er das Handy aus der Tasche. Viv beobachtete ihn und bewunderte dabei seinen nackten Körper. Dunkelbraunes Haar auf einer muskulösen Brust und ein Waschbrettbauch, der jeden Bodybuilder neidisch machen könnte.

Und dann erst der Rest …

Sie schluckte, als sie plötzlich das Bedürfnis überkam, ihn zu schmecken und die samtige heiße Haut in ihrem Mund zu spüren.

„Es ist Brody“, sagte er mit einer tiefen Sorgenfalte zwischen den Brauen.

Viv setzte sich auf. Ihre lüsternen Gedanken waren schlagartig vergessen. Sie hatte während der letzten Tage nicht wenig Zeit mit dem Jungen verbracht und große Zuneigung für ihn entwickelt.

„Hey", sagte Hank am Telefon. Während er zuhörte, wurde seine Miene noch finsterer. „Natürlich. Das ist überhaupt kein Problem. Ich komme gleich rüber. Nein, nein, es macht mir wirklich nichts aus. Ich habe dir doch gesagt, dass du mich jederzeit anrufen kannst, wenn du mich brauchst. Bleib, wo du bist. Ich fahre in einer Minute los und hole dich."

Er beendete das Gespräch. „Ich hasse es, dich jetzt allein zu lassen, aber ich muss gehen."

Sie zog die Knie an ihre Brust. „Was ist passiert?"

„Seine Mutter ist seit drei Tagen fort, es ist nichts zu essen im Haus, und das Elektrizitätswerk hat den Strom abgestellt." Seine Stimme vibrierte vor unterdrückter Wut. „Der Junge sitzt im Dunkeln, hungrig und, auch wenn er es nicht zugeben würde, voller Angst. Seiner Mutter müsste mal jemand kräftig in den Hintern treten", meinte er ärgerlich und schlüpfte hastig in seine Kleidung.

Viv gab ihm völlig recht und würde den Tritt in den Hintern nur zu gern persönlich übernehmen. Wie konnte eine Mutter ihr Kind nur so vernachlässigen? Was zum Teufel war mit der Frau los? „Wo ist sein Vater?"

„Er hat sich von der Mutter getrennt, als der Junge fünf Jahre alt war. Brody hat ihn seitdem nicht mehr gesehen."

Sie schüttelte den Kopf. „Das kommt mir irgendwie bekannt vor." Unvermittelt tauchte das Bild von ihrem kleinen Bruder vor ihrem inneren Auge auf. Dunkle Locken, so ähnlich wie sie. Große blaue Augen, so ähnlich wie sie. Er müsste in Brodys Alter sein, dachte Viv und schluckte schwer. Sie stellte sich Brodys nettes Lächeln vor, das dunkle Haar und die blauen Augen. Ihr Herz begann auf einmal wild zu klopfen. Lieber Himmel … Es war nicht möglich … Es konnte nicht sein – oder doch?

Ihr wurde der Mund trocken. Sie musste sich räuspern, bevor sie sprechen konnte. „Hank, wie heißt Brody mit Nachnamen?"

Er zog sich sein Hemd über. „Foster. So wie du", sagte er, als wäre das reiner Zufall.

Aber das war es nicht. Das war ihr auf einmal sonnenklar.

Ihr entfuhr ein erstickter Schrei. Der arme Junge saß verlassen, hungrig und allein im Dunkeln. Mit zitternden Händen warf sie das Laken beiseite und sprang aus dem Bett. „Macht es dir etwas aus, wenn ich mitkomme?"

„Nein, natürlich nicht." Hank musterte sie alarmiert. „Hey, ist alles in Ordnung? Du bist auf einmal weiß wie die Wand."

Viv atmete tief durch. „Hank, ich glaube, Brody ist mein kleiner Bruder."

10. KAPITEL

„Wow“, sagte Jason. „Ihr Bruder?“

Hank lehnte am Schuppen, während Viv und Brody an ihrem Auto standen.

Sie ging, wahrscheinlich ohne sich von ihm zu verabschieden.

Natürlich war Hank klar, dass ihr unter diesen besonderen Umständen ihr kleiner Bruder im Moment wichtiger war, als sich von ihm, Hank, zu verabschieden, doch instinktiv spürte er, dass bei Viv mehr dahintersteckte. Seit gestern Abend war sie ihm gegenüber zurückhaltend gewesen. Er vermutete, dass sie völlig durcheinander war, weil alte Wunden aufgerissen worden waren.

„Ja“, antwortete er. „Die Welt ist klein.“

Viv hatte ihm erzählt, dass sie ihren Vater ein paar Jahre nach der Trennung ihrer Eltern zusammen mit einem kleinen Jungen gesehen hatte. Da sie seinen Namen später nie im Telefonbuch gefunden hatte, war sie davon ausgegangen, dass sie alle fortgezogen waren. Das stimmte so nicht ganz. James Foster war allein fortgezogen und hatte wieder eine kaputte Familie zurückgelassen.

In Vivs Fall war die Mutter ein Juwel, in Brodys Fall war sie methadonabhängig. Die Frau war seit drei Tagen nicht zu Hause gewesen, weil sie im Gefängnis saß. Zum Glück hatte Hank schon immer gute Beziehungen zu den Behörden gehabt, sodass es ihn nur ein paar Telefonanrufe gekostet hatte, um vorübergehend das Sorgerecht für Brody zu bekommen. Hank hatte ihn gestern Abend mit zu sich nach Hause genommen.

Viv hatte ihm währenddessen anvertraut, dass sie Brody irgendwann in der Zukunft gern zu sich nehmen würde – wobei es natürlich eine Hürde war, das ihrer Familie beizubringen –, aber sie verstand, dass er fürs Erste sicher lieber bei Hank bleiben wollte.

Als Hank jetzt beobachtete, wie der Junge lächelte und Viv umarmte, fing er an, das ernsthaft zu bezweifeln. Brody hatte nun eine Familie und vertraute seiner großen Schwester instinktiv.

Ehrlich, die Ähnlichkeit war auffallend. Hank begriff nicht, wie sie alle das hatten übersehen können. Das gleiche dunkle Haar, die gleichen dunkelblauen Augen, das gleiche Talent, sich in Schwierigkeiten zu bringen. Sonderbar, dass die beiden sich ausgerechnet hier gefunden haben, dachte er. Es wirkte fast wie ein Teil eines großen kosmischen Plans.

„Du wirst sie doch nicht einfach gehen lassen, oder?“, fragte Jason.

„Was meinst du?“

Jason lachte, als ob er seinen Bruder für einen Trottel hielt. „Es ist offensichtlich, dass du verrückt nach ihr bist.“

Hank könnte lügen, nur was hätte das für einen Sinn? Er nickte. „Sie ist etwas Besonderes.“

„Dann lass sie nicht einfach so ziehen. Na los, rede mit ihr.“

Da Brody sich umdrehte und fortging, nutzte Hank seine Gelegenheit. „Hey!“, rief er ihr von Weitem zu und lief zu ihr. „Du fährst weg, ohne dich zu verabschieden?"

Viv lächelte gezwungen. „Ich muss die Sache mit Brody erst einmal verarbeiten", gab sie als Erklärung an. Hank wusste indes, dass es nur eine Ausrede war. „Ich muss mit meiner Mutter und mit meiner Schwester sprechen. Vermutlich wird meine Schwester seinetwegen genauso aufgeregt sein, wie ich es bin, und meine Mutter nimmt ihn sicher in die Familie auf, weil er ein Teil von uns ist ..."

„Es wird hart für sie sein. Vergiss nicht, Brody ist der Sohn der Frau, für die dein Vater sie verlassen hat."

Sie nickte. „Ich möchte nicht, dass Mom verletzt wird."

„Glaubst du, dass sie von Brody weiß?"

„Keine Ahnung. Dad hat uns verlassen, ohne zurückzuschauen, und Mom musste nach vorn schauen. Einerseits denke ich, dass sie es uns sicher erzählt hätte, wenn sie es gewusst hätte, andererseits hat sie es uns vielleicht aus Angst verschwiegen, weil sie befürchtete, es könnte zu schmerzlich für uns sein – einen Bruder zu haben und auch wieder nicht." Sie hob ihre schmalen Schultern. „Ich weiß nur eins: Was immer ihr Grund war, sie hatte immer nur unser Bestes im Sinn, was man von Brodys Mutter leider nicht behaupten kann." Sie lächelte ihn an und berührte seinen Ärmel. „Danke, dass du ihn bei dir aufgenommen hast. Wie ich dir gestern Abend schon sagte, möchte ich erst mit meiner Familie reden und letztlich Brody die Entscheidung überlassen, doch ich würde mich freuen, wenn er eines Tages zu mir ziehen würde." Ihre Augen schimmerten feucht. „Er und ich, wir sind uns sehr ähnlich."

Hank nickte. „Natürlich. Lass es mich einfach rechtzeitig wissen, wenn du so weit bist." Er machte eine kleine Pause. „Können wir uns heute Abend sehen?"

Viv erstarrte, und ein Schatten ging über ihr Gesicht. „Also …"

Er lachte weich. „Da habe ich dir wohl einen Schrecken eingejagt, stimmt's?"

„Ja", gab sie zu und sah ihn bedauernd an. „Ich brauche erst einmal ein wenig Zeit für mich, um mit den Dingen ins Reine zu kommen. Das verstehst du doch sicher."

Er nickte, ein wenig verletzt und dennoch verständnisvoll. Schließlich hatte sie ihn gewarnt. „Ich werde dich nicht bedrängen, aber ich werde auch nicht aufgeben."

Sie lächelte. „Das habe ich auch nicht angenommen."

Hank beugte sich zu ihr herab und gab ihr einen langen Kuss. Wenn sie Abstand brauchte, würde er ihr den lassen. „Ruf mich an, wenn du bereit bist. Ich werde warten."

Ein edelmütiger Zug, dachte Hank. Genau das, was ein Mitglied im Club der Braven tun würde … Doch falls es sein musste, könnte er auch zu anderen Mitteln greifen.

Denn um keinen Preis wollte er Viv verlieren.

Ich werde warten …

Die Worte klangen Viv noch in den Ohren, als sie in ihren Wagen stieg und abfuhr. Hank würde wirklich auf sie warten, das wusste sie, obwohl sie es gar nicht verdiente, nachdem sie ihn erst heißblütig geliebt hatte und kurz danach auf Abstand gegangen war. Sie wünschte sich ehrlich, dass sie endlich damit aufhören könnte, sich selbst im Weg zu stehen. Ihr Leben würde um vieles leichter sein.

Sie hatte gerade ihren kleinen Bruder gefunden. Sie sollte feiern. Sie sollte glücklich sein. Und im Grunde war sie es auch. Aber mit der freudigen Neuigkeit waren auch all die Fragen und Zweifel im Zusammenhang mit ihrem Vater wieder in ihr erwacht. Viv konnte beides nicht voneinander trennen. Es war hoffnungslos verworren.

Sie war emotional gestört, und Hank hatte Besseres verdient.

Nach außen hin war Viv eine starke, erfolgreiche junge Frau. Sie wusste das. Sie war stolz darauf, was sie erreicht hatte und was aus ihr geworden war. Doch tief im Innern war sie immer noch das kleine Mädchen, das sich fragte, warum ihr Vater sie nicht lieben konnte und ob es überhaupt je einen Mann geben würde, dem dies gelingen würde.

Hank, flüsterte eine Stimme in ihr. *Hank könnte dich lieben.*

Viv wollte das mehr als alles andere auf der Welt glauben. Wirklich. Sie wollte …

Plötzlich machte der Motor ein Unheil verkündendes Geräusch, fing an zu stottern und erstarb. Schwarzer Rauch quoll unter der Haube hervor, als sie den Wagen vorsichtig an den Straßenrand steuerte.

Viv schaute himmelwärts, dann lehnte sie ihre Stirn ans Lenkrad und lachte düster. Tränen brannten in ihren Augen. *Wie gewonnen, so zerronnen.*

Das Pech hatte sie wieder einmal eingeholt.

Sie hatte ja schon lange darauf gewartet.

Mit einem bitteren Lachen nahm sie ihr Handy, um einen Abschleppdienst anzurufen. Es war also doch gut, dass sie das Flugticket noch nicht gekauft hatte. Sie würde das Geld für die Autoreparatur brauchen.

Goodbye, London.

Goodbye … Hank.

11. KAPITEL

Heiligabend

Hast du von ihr gehört?", fragte Jason, als sie am Abend zumachten.

Hank schüttelte den Kopf. „Nicht ein Wort."

Er hatte die ganze Woche geduldig darauf gewartet, dass Viv zur Vernunft kommen würde, aber offensichtlich schien das nicht zu geschehen. Natürlich war er sich von vornherein klar darüber gewesen, weil er sie kannte. Sie hatte Angst davor, verletzt zu werden, Angst davor, dass er seine Meinung ändern würde, genau wie ihr Vater es getan hatte. Gott sei Dank war er durch Brody, der jeden Tag mit ihr sprach, auf dem Laufenden. Er wusste, dass sie mit ihrem Wagen auf dem Nachhauseweg liegen geblieben war und dass sie das Geld, das sie für London eingeplant hatte, für die Reparatur verwenden musste. Es ist das verflixte Pech, von dem sie dauernd spricht, dachte Hank.

Jason schlug ihm auf den Rücken. „Sorry, Bruder. Ich weiß, dass du dir bei ihr große Hoffnungen gemacht hast."

„Wer sagt, dass ich das nicht mehr tue?"

Jason runzelte die Stirn. „Du meinst, du hast sie noch nicht aufgegeben?"

Hank nickte. Tatsächlich hatte er sich schon zum Handeln entschlossen und wartete nur auf den richtigen Zeitpunkt, um seinen Plan umzusetzen.

Jason atmete tief durch und beugte sich vertraulich vor, als ob er ein Geheimnis loswerden wollte. „Hör zu, ich wollte es eigentlich für mich behalten, aber ich kann es nicht mit ansehen, wie du dich zum Narren machst."

„Was meinst du damit?"

Jason richtete sich auf, sichtlich bemüht, Haltung zu bewahren. „Sie hasst Weihnachten, Hank. Es tut mir leid, ich wollte es dir nicht erzählen, doch sie hat es Mom und Angelica gegenüber erwähnt. Wenn ich daran denke, wie du dich die ganze Woche gequält hast … Nun, da musste ich es dir einfach sagen."

Hank lachte. „Das weiß ich bereits."

Jasons fassungsloser Gesichtsausdruck war preisverdächtig. „Du wusstest das? Warum hängst du dann so durch? Ist das nicht gegen deine Überzeugung?"

Hank zuckte mit den Schultern, als wäre das bedeutungslos. Und so war es auch. „Ich werde sie bekehren."

„Und das Mädchen mit dem künstlichen Baum konntest du nicht bekehren?", fragte sein Bruder mit sich überschlagender Stimme.

„Es wäre die Mühe nicht wert gewesen."

Ein leichtes Grinsen glitt über Jasons Gesicht, und er neigte bedeutungsvoll seinen Kopf. „Okay, alles klar. Lass mich wissen, wenn ich dir irgendwie helfen kann."

Plötzlich kam Hank eine Idee. „Das kannst du tatsächlich. Könntest du mir etwas Weihnachtsschmuck und ein paar Lichterketten einpacken?"

Irritiert, aber bereit zu helfen, nickte Jason. „Natürlich."

Ausgezeichnet, dachte Hank. Jetzt war die Zeit gekommen, um zu handeln.

Erschöpft, aber glücklich, dass ihr gemeinsamer Abend so gut verlaufen war, machte sich Viv auf den Heimweg. Obwohl sie es war, die Brody zur Weihnachtsfeier der Familie mitgenommen hatte, hatte ihre Schwester Frannie darauf bestanden, ihn zu Hank zurückzubringen. Angesichts der Zeit, die Viv mit dem Jungen verbracht hatte, wollte Frannie verständlicherweise jetzt etwas nachholen. Ihre Schar von Nichten und Neffen – alle vier – war äußerst entzückt von dem neuen männlichen Familienzuwachs gewesen und hatte Brody mit offenen Armen in ihrer Mitte aufgenommen.

Wie vorherzusehen war, galt das auch für ihre Mutter, die zwar geahnt hatte, dass es ein Kind gab, sich dessen jedoch nie ganz sicher gewesen war. Viv hatte ihrer Mom von ihrem Plan erzählt, Brody bei sich aufzunehmen, und ihre Mutter hatte sie darin bestärkt. „Das ist gut. Ich mache mir Sorgen, weil du immer noch allein bist", hatte sie gesagt und ihrer Tochter die Hand an die Wange gelegt. „Deine Schwester hat es überwunden. Aber trotz meiner größten Bemühungen hast du es bis heute nicht geschafft."

Dies Geständnis hatte Viv das Herz gebrochen. Es war Viv nie in den Sinn gekommen, dass ihre Mutter sich für ihre Unfähigkeit, sich ernsthaft zu verlieben, verantwortlich fühlen könnte, dennoch tat sie es offensichtlich.

Und das war eine Schuld, die ihre Mutter nicht länger tragen sollte.

In diesem Moment fasste sie einen Entschluss, der sie so überglücklich machte, dass sie fühlte, wie sich ihr Körper entspannte und ein friedvolles Gefühl sich warm in ihrem Inneren ausbreitete.

Hank Bailey, der Mann, den sie liebte, wartete auf sie.

Doch er sollte nicht länger warten müssen.

Viv wollte zunächst heimfahren, ein kleines, aber bedeutsames Geschenk einpacken und dann zu ihm gehen. Von Brody wusste sie, dass die Baileys traditionell den Weihnachtsmorgen feierten, sodass sie ihn mit etwas Glück zu Hause antreffen würde.

Sie bog in ihre Straße ein und bemerkte etwas Sonderbares. Fassungslos rang sie nach Luft und beugte sich über das Lenkrad, während sie sich ihrem Haus näherte.

Mehrere Lichterketten schmückten ihr Haus. Elektrisch angetriebene Rentiere, Schneemänner und ein Santa Claus spielten Musik und bewegten sich. Künstlicher Schnee war über den gesamten Vorgarten versprüht, und beleuchtete Zuckerstangen säumten den Fußweg und die Auffahrt. Der Baum, der seit vergangener Woche kahl vor ihrem Fenster gestanden hatte, war jetzt mit hellen Lichtern und wunderschönem, handgemachtem Weihnachtsschmuck dekoriert.

Am wichtigsten jedoch war, dass Hank Bailey auf

den Stufen der Veranda saß – mit breitem Grinsen und einer roten Weihnachtsmütze auf dem Kopf.

Ihr Herz drohte zu zerspringen. Viv lenkte den Wagen in die Auffahrt, stellte den Motor aus und ging zum Haus. Als sie sich näherte, stand Hank auf und überreichte ihr einen großen roten Umschlag mit einer Schleife.

Er lächelte und zwinkerte ihr mit seinen grauen Augen zu. Sie dachte, dass sie vor Glück zerfließen müsste. „Frohe Weihnachten", sagte er einfach.

„Hank", flüsterte sie.

„Ich will dich nicht bedrängen", meinte er. „Es geht mir nur um eine neue Weihnachtserfahrung."

Sie lachte leise. Mit Tränen in den Augen betrachtete sie alles, was er für sie vorbereitet hatte. „Ich weiß nicht, was ich sagen soll. Es ist fantastisch. Danke."

Die Erleichterung, die sich in seinem Lächeln offenbarte, rührte sie. Er zeigte auf ihr Geschenk. „Mach es auf."

Sie zögerte. „Ich habe auch etwas für dich, aber ich habe es noch nicht eingepackt. Können wir kurz reingehen?"

„Natürlich."

Während sie sich aufgeregt bewusst war, dass er unmittelbar hinter ihr ging, eilte Viv ins Schlafzimmer und scheuchte eine wenig erfreute Geraldine vom Bett, auf dem immer noch das Papier lag, mit dem sie die Geschenke für ihre Familie eingepackt hatte. Sie beschrieb einen Zettel, legte ihn in eine kleine, leere Schachtel und wickelte diese schnell ein.

Hank wartete im Wohnzimmer auf sie und bewunderte das neue Foto von ihr und Brody, das sie auf den Kamin gestellt hatte. „Ihr mögt euch“, stellte er fest.

Viv lächelte. „Das stimmt. Ich wollte, dass er weiß, wie viel er mir bedeutet.“

Hank drehte sich um und sah sie an. Die flackernden Lichter gaben seinem Gesicht einen warmen, festlichen Glanz. „Oh, ich glaube, das weiß er bereits.“

Also gab es dann wohl nur einen Menschen, der nicht wusste, wie sie zu ihm stand. Doch das sollte sich ändern. Sie überreichte Hank ihr „Geschenk“.

„Hier“, sagte sie, „es ist nicht viel, aber …“

Hank deutete auf seinen Umschlag. „Lass uns gleichzeitig aufmachen.“

Ihre Kehle war wie zugeschnürt. „Okay.“

Sie öffnete das Kuvert vorsichtig mit den Fingernägeln und entnahm ihm einige Papiere. Es dauerte volle zwei Sekunden, bis ihr Verstand begriff, was sie vor Augen hatte. Sie rang nach Luft. „London“, flüsterte sie atemlos. Sie blickte auf und sah noch rechtzeitig, wie er den Zettel las, den sie in die Schachtel gelegt hatte.

„Dein Herz?“, fragte er mit belegter Stimme.

„Es gehört mir nicht mehr“, antwortete Viv. „Ich habe es gerade dir geschenkt.“

Da lächelte er und räusperte sich. „Danke. Das ist das schönste Geschenk, das ich je bekommen habe.“

Viv raschelte bedeutungsvoll mit den Papieren. „Das ist zu viel“, meinte sie. „Das kann ich nicht annehmen.“

Hank kam näher und schlang den Arm um ihre Taille. „Ich wusste, dass du so reagieren würdest, aber es ist bereits alles organisiert. Alles ist gebucht, das Ticket ist ausgestellt – es kann losgehen."

„Hank, ich weiß nicht, was ich sagen soll. Ich …"

„Brody hat mir von deinem Auto erzählt. Ich wusste, dass du nicht fliegen würdest. Du und dein verdammtes Pech", sagte er. „Wir warten nicht auf das nächste Unheil. Und falls doch etwas passiert, werde ich da sein, um dich zu beschützen." Sein Blick suchte ihren. „Ich liebe dich, Viv."

Eine Welle von Emotionen durchflutete sie. Sie beugte sich vor und küsste ihn. „Ich liebe dich auch, Hank."

Er wich etwas zurück. „Da ist allerdings noch ein Haken bei deiner Reise."

„Ach, wirklich? Was für ein Haken?"

„Wenn du genauer hinschaust, wirst du feststellen, dass du mit einem Begleiter reist."

Sie lachte weich. „Oh, tatsächlich? Und wer könnte das sein?"

„Das bin ich." Er hob sie hoch und küsste sie, bis sie beinahe atemlos war.

Viv lächelte wie verzaubert. „Ho, ho, ho", raunte sie. „Fröhliche Weihnachten."

EPILOG

Ich weiß ehrlich nicht, was wir noch mit dir machen sollen, Damon“, sagte sein Bruder Santa Claus bekümmert. Die anstrengende Saison war vorbei, und Santa gönnte sich ein Fußbad und trank dazu heißen Kakao.

Damon blies Rauchwölkchen in die Luft und lächelte, obwohl er sich wieder einmal für sein schlechtes Benehmen verantworten musste. Zu schade, dass es so viel Spaß machte, böse zu sein. Niemals würde er imstande sein, das aufzugeben. Außerdem war Weihnachten für ihn diesmal ein fröhliches Fest mit unerwartetem Ausgang gewesen.

„Du stiftest Krieg zwischen zwei Nachbarn um die Weihnachtsdekoration, du schmuggelst Sexspielzeug in eine Spendensammlung für Kinder, du …“

„Es nannte sich ‚Toy Drive‘“, verteidigte sich Damon scheinheilig. „Zufällig mag ich Sexspielzeug. Du solltest es ruhig auch einmal ausprobieren.“

Sein Bruder holte ärgerlich Luft. „Kinderspielzeug“, betonte er. „Es ging um eine Spielsachensammlung für *Kinder*.“

„Warum sollen denn nur die kleinen Biester ihren Spaß haben?“, wandte Damon ein. „Für die Erwachsenen ist es gelegentlich auch nicht verkehrt. Was spricht gegen eine kleine sexuelle Gratifikation zu Weihnachten?“ Er lachte leise. „Glaub mir, die Frau hatte es nötig.“

„Dein böser Plan schlug fehl, als sie sich tatsächlich verliebten, nicht wahr? Alle deine Opfer, Damon, sogar das arme Mädchen, das du zum Arbeiten in der Baumschule verurteilt hattest, haben ihre zweite Hälfte gefunden.“ Santa durchbohrte ihn mit einem schlauen Blick. „Du hattest für all diese Menschen doch kein Happy End geplant, oder?“

In Wahrheit nicht. Er hatte gedacht, es würde Spaß machen, sie zusammenzuwürfeln und dann zuzuschauen, wie sie sich aufeinanderstürzten. Natürlich hätte er nicht wirklich zugesehen. Schließlich war er kein Voyeur. Er hatte bestenfalls nur dafür sorgen wollen, dass sie zu Weihnachten tollen Sex hatten.

Aber Santa Claus hatte recht: Jeder Einzelne von ihnen hatte sich verliebt. Und zu Damons eigener Überraschung hatte ihm das ein gutes Gefühl gegeben. Es war nicht so lustig, wie Kondome im Spielwarenkaufhaus zu verteilen, doch im Notfall würde es reichen.

Er dachte sogar daran, eine jährliche Gewohnheit daraus zu machen, Santa Claus die Liste zu stehlen und die Gutmenschen mit den weniger Glücklichen zusammenzubringen. Ja, es könnte sogar darauf hinauslaufen, dass er dem nackten kleinen Knirps mit Pfeil und Bogen Konkurrenz machte.

Es war endlich ein Ziel, und das brauchte schließlich jeder, nicht wahr?

Damon blies noch ein Rauchwölkchen in Form eines Kranzes in die Luft, grinste zufrieden und trank seinen Scotch aus. Santa mochte ruhig bei heißer Schokolade bleiben – Damon trank lieber Alkohol.

– ENDE –

Lesen Sie auch:

Victoria Dahl

Ich komme, um zu schreiben

Band-Nr. 25594
7,99 € (D)
ISBN: 978-3-86278-320-5

Ungläubig und empört spähte Molly Jennings in das winzige Kaffeeregal im ebenso winzigen Tumble Creek Market. Sie entdeckte Folgers, Sanka und ein paar Marken, von denen sie noch nie im Leben gehört hatte. Und nicht eine einzige Packung Espressopulver in Sicht.

Als sie bekümmert aufseufzte, stieg ihr eine Duftmischung aus Instant-Kaffeepulver und Weichspüler in die Nase. In den letzten Jahren hatte sie die traurige Wahrheit über Kleinstadtsupermärkte erfolgreich aus ihrem Gedächtnis verdrängt. Keine ganzen Kaffeebohnen, keine Spezialröstungen. Ganz hinten im Regal stand etwas verstaubt eine einsame Dose Vanille-Kaffeeweißer. Molly schüttelte sich.

Zum Glück gab es noch das Internet. Ansonsten wäre sie nämlich nie wieder in den Genuss von hausgemachtem Espresso gekommen. Oder einem Hostess Fruit Pie. Molly warf einen vorwurfsvollen Blick in die sogenannte Snackabteilung bei den Kassen. Ihre letzte Hoffnung war die Tankstelle gegenüber vom Supermarkt. Molly war nämlich ziemlich sicher, dass Tankstellen gesetzlich oder wenigstens moralisch verpflichtet waren, Hostess-Produkte zu führen. Und CornNut.

„Oh Gott, CornNuts“, murmelte sie verzückt. Ihre Laune besserte sich schlagartig. Zum letzten Mal hatte sie in der Highschool welche gegessen. Hoffentlich gab es noch die Sorte mit Barbecue-Geschmack.

Ehe sie es sich anders überlegen konnte, schnappte sie sich eine Dose Folgers, schmiss sie in ihren Einkaufswagen und lief weiter zu den Tiefkühlregalen.

Der Backfisch, der gerade das Regal mit der Babynahrung auffüllte, beachtete sie kaum. Ganz offensichtlich hatte Moe Franklin seine Herrschaft über den Tumble Creek Market abgetreten. In Mollys Jugend hatte er seinen Supermarkt mit harter Hand und beängstigend lauter Stimme regiert und einen leidenschaftlichen Hass auf Teenager gepflegt. Alles Diebe und Punks, jedenfalls laut dem guten, alten Moe.

Also hatte sich in Tumble Creek doch ein bisschen was geändert, und das war auch gut so. Immerhin war auch Molly in den letzten zehn Jahren eine andere geworden. Sie hatte ihr großartiges Loft in Denver hinter sich gelassen, dazu ihr ziemlich lebhaftes Sozialleben, und – so hoffte sie wenigstens – einen ziemlich schweren Fall von Schreibblockade. Nicht zu vergessen die Ursache für ihre Schreibblockade: den Mistkerl, der ihr alles kaputt gemacht hatte. Offiziell bekannt als Cameron Kasten. Hauptbeschäftigungen: Exfreund und Stalker.

Jetzt lag eine vierstündige Autofahrt zwischen Molly und Cameron, und das bedeutete einen echten Neuanfang. Keine nervösen Blicke über die Schulter mehr, keine Notwendigkeit, jedes Geschäft, das sie betrat, vorher nach ihrem Exfreund abzusuchen. Kein Grund, die Partys ihrer Freundinnen zu meiden, nur weil Cameron dort auftauchen könnte.

Schon witzig, wie etwas so Alltägliches plötzlich die Laune heben konnte.

Aber es gab noch einen weiteren Faktor an Mollys

neuer Lebenssituation, der möglicherweise gewaltig zu ihrer Aufmunterung beitragen würde: Eventuell und mit ein wenig Glück würde sie tatsächlich irgendwann mal wieder Sex haben! Nicht dass ein Umzug in ein Kuhkaff mit tausendfünfhundert Einwohnern normalerweise ein Garant für verbesserte Aussichten in Sachen Sex gewesen wäre. Aber Molly hatte da eine ganz bestimmte Person im Auge.

Zwar hatte sie Ben Lawson seit zehn Jahren nicht mehr gesehen. Aber der Eindruck, den er damals bei ihr hinterlassen hatte, war so prägend gewesen, dass seitdem kaum ein Tag vergangen war, an dem Molly nicht an ihn gedacht hatte. Eigentlich war er in so gut wie all ihren Fantasien der Hauptdarsteller. Ein splitterfasernackter, ausgesprochen williger Hauptdarsteller.

Molly warf ihrem Spiegelbild in der Eisschranktür ein Lächeln zu, das aber sofort gefror, als sie die mehr als mickrige Auswahl in den Regalen registrierte. Und dabei hatte Tumble Creek doch nur ein einziges Diner! Sie konnte doch nicht jeden Tag dort essen! Oder vielleicht doch?!

Wirklich, sie vermisste ihren Lieblings-Thailänder jetzt schon. Der bloße Gedanke an die würzigen Nudeln ließ ihr das Wasser im Mund zusammenlaufen. Schicksalsergeben öffnete sie die Schranktür und redete sich ein, dass die Packungen in ihrer Hand nicht wirklich Tiefkühl-Makkaroni mit Käse enthielten.

„Ist das dann alles, Chief?“, fragte eine ziemlich verschlafen klingende Mädchenstimme. Trotz des gelangweilten Tonfalls sorgten diese Worte dafür, dass Mollys Herz einen kleinen Satz machte. Hastig schob sie ihren Einkaufswagen in Richtung der piependen Kasse und hielt am Ende des Gangs abrupt inne, weil der Anblick vor ihr sie so fesselte, dass sie wie gelähmt war.

Fesselnd, lähmend, überraschend und beängstigend umwerfend.

Er. In Fleisch und Blut, nicht nur in ihrer Fantasie.

Als Molly der letzte Wille ihrer Tante mitgeteilt worden war und sie plötzlich die Möglichkeit bekam, wieder zurück nach Tumble Creek zu ziehen, hatte sie sofort an Ben Lawson gedacht. Aber mit dieser Wirkung hatte sie nicht gerechnet.

Er war perfekt. Noch immer. Er wirkte muskulöser und männlicher als bei ihrer letzten Begegnung, was Mollys ebenfalls erwachsener gewordenem Männergeschmack allerdings sehr entgegenkam. Außerdem war er bekleidet, was ein weiterer wichtiger Unterschied zu ihrer letzten Begegnung war. Aber auch gegen seine Klamotten war absolut nichts einzuwenden. Ausgeblichene, fadenscheinige Jeans und ein dunkelbraunes Uniformhemd. Die Ärmel waren hochgerollt und enthüllten kräftige Unterarme, auf denen goldene Härchen glitzerten.

Er nickte der Kassiererin zu und reichte ihr ein paar Geldscheine. Seine Augen waren genauso schokoladenbraun, wie Molly sie in Erinnerung hatte, und in seinem Blick lag noch immer derselbe Ernst wie damals. Bens Haare hatten fast dieselbe Farbe wie seine Augen, was eigentlich langweilig hätte wirken müssen, Molly aber immer fasziniert hatte. Als sich ein zurückhaltendes Lächeln auf seinen Lippen ausbreitete, bildeten sich um seine Augen herum kleine Lachfältchen. Dann blickte er auf und sah Molly direkt an.

Trotz der fünf Meter Abstand traf sein Blick Molly wie ein Blitz. Als Ben sie erkannte, zog er verblüfft die Augenbrauen hoch und erstarrte mitten in der Bewegung. Seine Hand mit dem Wechselgeld blieb auf halben Weg zu seinem Geldbeutel einfach in der Luft hängen. Als die Kassiererin Molly einen Blick über die Schulter zuwarf, erwachte er aus seinem komatösen Zustand. Molly beobachtete, wie er sich bedankte, eine kleine Plastiktüte vom Tresen nahm und sich von der Kasse entfernte. Allerdings nicht in Richtung Ausgang, sondern in ihre Richtung.

Er erinnerte sich noch an sie!

Natürlich tut er das!

Molly war entsetzt, wie sehr sie sich darüber freute. Du bist keine siebzehn mehr, wies sie sich in Gedanken zurecht, während Ben immer näher kam. Sie fühlte sich winzig neben ihm, aber auf eine gute, eine zierliche Weise.

„Molly?", fragte er zögerlich. Das Wort polterte geradezu aus seiner Kehle, was Molly einen angenehmen Schauer den Rücken hinablaufen ließ.

„Ben! Hi! Ist ganz schön lang her, was?"

Oh, oh. Das war wohl nicht der beste Einstieg gewesen. Denn Ben nahm wieder diesen verblüfften Ausdruck an, und dann wurde er auch noch ein bisschen rot.

Ja, es war wirklich lange her. Zehn Jahre, um genau zu sein. Und das hatte seine Gründe. Wahrscheinlich musste auch er gerade an ihre letzte Begegnung denken, ebenso wie Molly. Oh Mann. Jetzt errötete sie auch.

Ben räusperte sich. „Ich, äh …" Er verzog die Lippen zu einem schmalen Strich und räusperte sich. Wahrscheinlich wies er sich in Gedanken genauso zurecht wie Molly vor ein paar Minuten. *Du bist jetzt der Polizeichef hier! Reiß dich zusammen!*

„Tut mir leid mit deiner Tante Gertie. Sie war ja ziemlich … lebhaft."

In der Tat, lebhaft war sie wirklich gewesen. Um nicht zu sagen: extrem starrsinnig. „Meine Mutter hat immer gesagt, dass Gertie zu stur zum Sterben ist, aber trotzdem kam ihr Tod ja nicht wirklich überraschend."

Ben neigte den Kopf zur Seite. „Ich habe gehört, dass sie dir das Haus hinterlassen hat. Aber niemand konnte sich vorstellen, dass du deswegen aus Denver zurückkommst. Bist du hier, um das Grundstück zu verkaufen?"

„Nö."

Ihre Antwort schien ihn leicht zu beunruhigen. „Machst du das Haus winterfest?"

„Eigentlich auch das nicht. Ich ziehe ein."

Seine beunruhigte Miene verwandelte sich schlagartig in ein undurchdringliches Pokerface, das ihm als Polizeichef vermutlich häufig gute Dienste leistete. „Du ziehst wieder nach Tumble Creek?“, wiederholte er.

„Jepp. Der Umzugswagen müsste so in einer Stunde da sein.“

„Im Ernst?“ Für einen kurzen Moment sah er Molly von Kopf bis Fuß an, dann sah er ihr wieder in die Augen. Siedend heiß fiel ihr ein, dass sie heute Morgen nicht gerade viel Zeit auf ihre Kleiderwahl verschwendet hatte.

Sie trug weite Kakihosen und ein T-Shirt, das fast so zerfleddert war wie ihre uralten Turnschuhe. Ihr dunkelblondes Haar hatte sie zu einem unordentlichen Pferdeschwanz hochgebunden. Zum Glück trug sie wenigstens keine Shorts, sie hatte sich nämlich seit einer Woche die Beine nicht mehr rasiert. Schließlich war es im Oktober verdammt kalt in den Bergen, da konnte ein zusätzlicher Schutz nicht schaden. Doch Kälte hin oder her, jetzt würde sie sich definitiv rasieren.

„Aber du arbeitest doch unten in Denver, oder?“, fuhr Ben schließlich fort.

Er sah sie an, als wäre er die Unschuld in Person, aber davon ließ Molly sich nicht täuschen. Immerhin war Ben der beste Freund ihres Bruders. Unmöglich, dass er nichts von der „Molly-Jennings-Frage“ wusste.

Sie lächelte und zwinkerte ihm zu. „Netter Versuch, Chief!“

Er hob in schweigendem Protest beide Brauen, aber

auch damit konnte er Molly nichts vormachen. „Wo wir schon beim Thema Arbeit sind: herzlichen Glückwunsch zu deinem schnellen Aufstieg als Chief!"

Er nickte dankend. „Außer mir wollte den Job einfach keiner."

„Wow, welch sittliche Bescheidenheit!" Ups.

Ben wurde wieder rot, und dann wurde auch Molly rot, da sie ja ganz genau wusste, woran er gerade denken musste. Das Bild in ihrem Kopf war so lebendig und detailreich, dass sich die Hitze von ihrem Gesicht im ganzen Körper ausbreitete.

„Na dann ..." Ben streckte seine Hand aus und verabschiedete sich mit einem knappen, professionellen Händedruck von Molly. „Willkommen zurück in Tumble Creek, Molly. Wir sehen uns." Ehe sie antworten konnte, war er schon weg. Mit einem leisen Klicken fiel die Eingangstür hinter ihm zu, und damit wurde Molly auch der Ausblick auf seinen spektakulären Hintern verwehrt.

Molly Jennings. Grundgütiger.

Ben zog seine Uniform aus und streifte sich die Joggingsachen über. Plötzlich wünschte er sich, Raucher zu sein. Genau, er brauchte eine Zigarette. Oder wenigstens einen Drink. Aber da er schon in ein paar Stunden wieder in den Dienst musste, würde er sich mit einem kurzen Lauf begnügen müssen. Frank hatte die nächsten paar Tage Urlaub, und da die Polizeiwache nur aus viereinhalb Beamten bestand, bedeutete das Überstunden für alle. Auch für den Chief.

Er schnappte sich Schlüssel und Handy und war schon halb zur Tür hinaus, doch dann kehrte er wieder um, um seinen Schlagstock zu holen. Die vielen Puma- und Bärenangriffe in den letzten Jahren hatten ihn vorsichtig gemacht. Der Frühling war zwar erfahrungsgemäß gefährlicher als der Herbst, aber Vorsicht war schließlich die Mutter der Porzellankiste.

Apropos: Vorsichtig war genau das, was er *nicht* gewesen war, als er Molly Jennings im Supermarkt über den Weg gelaufen war. Sie hatte dagestanden wie eine Horrorvision aus seinem allerpeinlichsten Albtraum. Mit schamverzerrtem Gesicht knallte er die Haustür hinter sich zu und rannte einfach drauflos, ohne einen Gedanken ans Aufwärmen zu verschwenden. Warm genug war ihm schließlich schon. Er war ja rot geworden wie ein verdammter Schuljunge! Noch einer von diesen blamablen Augenblicken mit Molly Jennings.

Aber heute war er kein zweiundzwanzigjähriger Junge mehr. Und Molly war definitiv nicht mehr siebzehn. Sie hatte so frisch, natürlich und reif gewirkt, wie sie dagestanden hatte mit ihrem dunkelgoldenen Pferdeschwanz. Und wie ihr Bauchnabel zwischen dem engen hellblauen T-Shirt und den schäbigen Cargohosen hervorgelugt hatte …

Gott, er *liebte* Cargohosen! Seiner zugegebenermaßen etwas ausgefallenen Meinung nach kamen Frauenärsche in keiner Verpackung besser zur Geltung. Zum Glück hatte er keine Möglichkeit gehabt, einen Blick auf Mollys Hintern zu werfen. Schließlich war der Rest von ihr schon fast zu viel für ihn gewesen.

Ben zwang sich die steile Strecke am Ende der Straße hinauf und bog dann nach links in den zugewucherten Wanderweg ab. Zufälligerweise führte der Pfad den Bergrat entlang, der genau hinter Mollys Haus verlief. Aber das hier war nun mal Bens Lieblingsstrecke, und die würde er ganz sicher nicht aufgeben, nur um Molly aus dem Weg zu gehen. Und wenn er ganz aus Versehen einen Blick durch die Fenster warf, dann war das nur natürlich. Klar war er neugierig! Sie waren schließlich befreundet gewesen. Na ja, zumindest hatte er seine gesamte Jugend in Mollys Nähe verbracht. Und ja, er hatte sie als Teenager unglaublich süß gefunden, aber sie war nun mal auch die minderjährige kleine Schwester seines besten Freundes gewesen. Also verbotenes Terrain. Und jetzt war sie siebenundzwanzig … und immer noch verbotenes Terrain.

Ben hatte sich nämlich geschworen, nie im Leben etwas mit einer Frau aus Tumble Creek anzufangen. Zu viel Gerede, zu viele Komplikationen. Wenn es etwas Schlimmeres gab, als ein Kleinstadtpaar zu sein, dann, ein Ex-Kleinstadtpaar zu sein. Die reinste Chaos-Garantie.

Also hielt sich Ben an Frauen, die nicht aus der Stadt kamen. Und da im Winter der Großteil der Straßen geschlossen war, beschränkten sich seine Affären meist auf die wärmeren Jahreszeiten.

Molly würde das ganze Jahr über hier sein. Na ja, oder auch nicht. Vielleicht wollte sie ja nur den Winter über bleiben! Vielleicht würde sie es ein paar Monate lang in Tumble Creek aushalten und dann wieder für zehn Jahre verschwinden.

Das Jahrzehnt in Denver hatte ihr gutgetan. Sie war schlank, aber nicht mager, rund und fest an jeweils den genau richtigen Stellen. Und ihre funkelnden grünen Augen wirkten noch lebhafter als damals. Selbstbewusster, irgendwie … erfahren und weltoffen. Verlockend.

Ben schüttelte diese gefährlichen Gedanken ab und folgte dem Pfad weiter nach oben bis zur Gabelung. Der eine Weg führte wieder zur Straße, der andere mündete nach einer Weile in einen Bergkamm, der einen atemberaubenden Blick auf das breite Tal westlich der Stadt bot. Die Sonne strahlte hell und warm, und die Luft war gerade frisch genug, um Bens Schweiß zu kühlen. Gegen das Gefühlschaos in seiner Brust wäre allerdings leider etwas mehr nötig gewesen als das.

Tief atmete er den erdigen Duft der Espen ein und beschloss, den Weg zum Bergkamm einzuschlagen. Wenn er noch ein bisschen weiterlief, wurde er vielleicht die Erinnerungen an Molly los, die so beharrlich durch seine Gedanken geisterten.

Er joggte gerade mitten durchs tiefe Dickicht, als sein Handy klingelte. „Lawson“, keuchte er in den Hörer.

„Ben“, sagte seine Sekretärin, die er seit Schulzeiten kannte. „Hier ist Brenda. Bist du zu Hause?“

„Nicht wirklich. Wieso?“

„Oh, wir haben hier ein kleines Problem. Andrew ist rüber zu den Blackmounds, da ist Vieh durch ein

Loch im Zaun getürmt. Und jetzt steht hier ein riesiger Umzugswagen, der die halbe Main Street blockiert und nicht weiterkommt. Das Auto von Jess Germaine steht im Weg, und er geht nicht ans Telefon.“

Ben knurrte genervt und drosselte sein Lauftempo. Bis er zurück im Ort war, hatte sich das Problem wahrscheinlich von selbst gelöst, aber falls Jess mal wieder seinen Rausch ausschlief …

„In Ordnung. Ich brauche zwanzig Minuten. Falls sich Jess meldet, ruf mich bitte kurz an.“

„Klar. Sag mal, weißt du, was der Umzugswagen hier überhaupt will?“

Unwillkürlich verkrampfte Ben die Kiefermuskulatur. Zum Glück wusste niemand von dieser heiklen Episode mit Molly vor zehn Jahren. Ansonsten würden sich jetzt nämlich alle das Maul zerreißen, sobald sich die Nachricht verbreitete, dass Molly wieder in der Stadt war. „Molly Jennings zieht zurück nach Tumble Creek“, sagte er betont ruhig.

Und macht mir vom ersten Tag an Ärger.

Susan Wiggs

Weihnachtsengel gibt es doch

Maureen liebt Weihnachten über alles! Deshalb ist sie auch überglücklich, dass sie dieses Jahr das große Krippenspiel organisieren darf. Leider wird ihr dabei Eddie Haven zur Seite gestellt, der größte Weihnachtszyniker der Welt. Als sie aber die furchtbare Nachricht erhält, daß ihre kleine Bibliothek geschlossen werden soll, hätte sie nie damit gerechnet, dass ihr rettender Weihnachtsengel ausgerechnet der Mann ist, der dieses Fest überhaupt nicht leiden kann!

Band-Nr. 25626
8,99 € (D)
ISBN: 978-3-86278-473-8
eBook: 978-3-86278-543-8
400 Seiten

Susan Wiggs

Was der Winter verschwieg

Nie hätte Sophie gedacht, dass sie je ihre Arbeit als Anwältin aufgeben würde. Bis zu dem Tag, der ihr gesamtes Leben verändert. Über Stunden wird sie von Terroristen als Geisel fest gehalten – und nach ihrer glücklichen Rettung hat sie nur noch einen Wunsch. Sie möchte bei ihrer Familie sein. Dank deren Liebe und der Fürsorge ihres attraktiven Nachbarn Noah fangen die Wunden langsam an zu heilen …

Band-Nr. 25640
8,99 € (D)
ISBN: 978-3-86278-492-9
eBook: 978-3-86278-565-0

Band-Nr. 25625
8,99 € (D)
ISBN: 978-3-86278-472-1
320 Seiten

Linda Lael Miller
In einer zärtlichen Winternacht

Ein Cowboy zum Verlieben

Montana, 1910: Als ihre kleine Schule geschlossen wird, steht Juliana vor dem Nichts. Dankbar folgt sie Lincoln Creeds Einladung, einige Tage auf seiner Ranch zu wohnen. Er ahnt nicht, was Juliana für ihn empfindet, denn vor allem sucht er eine Mutter für seine kleine Tochter. Kann Juliana nicht nur die Hilfsbereitschaft, sondern auch das Herz des Cowboys gewinnen?

Hör auf die Stimme deines Herzens

Brad O'Ballivan ist auf seine Ranch zurückgekehrt! Die Nachricht trifft Meg wie ein Schlag. Vor Jahren war sie mit ihm verlobt. Doch dann zog es ihn nach Nashville – und er wurde als Countrysänger ein Star. Plötzlich steht Brad wieder vor ihr – und scheint fast unverändert. Genau wie ihre Gefühle für ihn. Aber ihr McKettrick-Stolz ist größer als die Sehnsucht. Noch ist sie nicht bereit, ihm zu verzeihen …